Fabio M. Mitchelli est né à Vienne (Isère) en 1973. Fasciné par les faits divers et les grands criminels du XXe siècle, il a été révélé au grand public par *La Compassion du diable*, surnommé le « Livre bleu », où il mêle à la fiction des éléments puisés dans le chaudron du réel. Il réinvente ainsi le genre du *true crime*.

Du même auteur :

Romans :

La Verticale du fou, Ex-Æquo
À la verticale des enfers, Ex-Æquo
Tueurs au sommet, Ex-Æquo
La Verticale du mal : le dernier festin, Ex-Æquo
Le Cercle du chaos, Ex-Æquo
La Compassion du diable, Fleur Sauvage
Par une forêt obscure, collection « La Bête noire », Robert Laffont

Nouvelles :

Transferts, Ex-Æquo
« Next level », in *Silencieuse et perfide*, au profit de l'AFSEP
(Association française des sclérosés en plaques), Fleur Sauvage

Retrouvez les ouvrages et l'actualité de Fabio M. Mitchelli sur :
fmmitchelli.wix.com/mitchelli
ou sur le profil Facebook de l'auteur.

Ce livre est également disponible
au format numérique

www.milady.fr

Fabio M. Mitchelli

La Compassion du diable

Fleur Sauvage

Milady est un label des éditions Bragelonne

ISBN : 978-2-8112-1695-5

Bragelonne – Milady
60-62, rue d'Hauteville – 75020 Paris

E-mail : info@milady.fr
Site Internet : www.milady.fr

Merci à mes proches…

Mes plus profonds remerciements vont à Bernard Minier, qui a contribué au lissage de ce texte, qui m'a conseillé et encouragé. Il a su, avec modestie et une grande générosité, m'apporter les éléments et les codes essentiels pour faire de ce roman un thriller qui, je l'espère, vous procurera les frissons dont vous êtes si friands.

Merci à Sarah, qui a traversé pour moi l'enfer de Dante.

Merci à Stéphane Marchand, le seul à avoir éclairé pour moi les recoins obscurs de mon existence, à une époque où je sombrais peu à peu dans une sorte de folie du cœur… Merci pour tes mots, ta gentillesse et ton écoute.

Un grand merci à Ludovic Francioli, infirmier en pédopsychiatrie, pour nos conversations philosophiques concernant nos très chers serial killers*…*

Merci à Gaylord Kemp pour ses lectures attentionnées.

Merci à David Lecomte, mon éditeur, qui me ramène au grand jour en m'accordant sa confiance.

Un remerciement tout particulier pour Bertrand B., qui signe la couverture de l'ouvrage. C'est avec grand talent qu'il a su retranscrire, en une seule image, la noirceur du récit et son ambiance glaciale. Bravo à toi.

Je remercie également ma talentueuse éditrice, Lilas Seewald, qui m'a permis d'intégrer la collection Milady Thriller, aux éditions Bragelonne, mais qui m'a surtout fait redécouvrir La Compassion du diable *sous un angle de vue différent…*

Merci à tous ceux et à toutes celles qui continuent de pénétrer mon antre malgré son ambiguïté, sa profondeur et ses ténèbres.

Ne devrions-nous pas, à un moment donné de notre vie, nous poser cette étrange question : « Qui suis-je réellement ? Ai-je bien exploré tous les arcanes de mon esprit ? Suis-je vraiment cette personne que je crois être ? »

À la beauté du monde et à la magie de nos troubles…

Avis au lecteur

Certains passages de ce roman s'appuient sur des faits divers réels qui se sont déroulés aux États-Unis. Certaines scènes évoquent des articles parus dans la presse ou sur des sites Internet spécialisés.
Cet ouvrage s'inspire de la vie de Jeffrey Dahmer et de sa folie meurtrière, ainsi que de la série de meurtres perpétrés par Anthony Sowell à Cleveland, dans l'État de l'Ohio, en 2009, mais le récit lui-même n'est que fiction. Toute ressemblance avec des personnes ou des situations actuelles ou ayant existé serait donc purement fortuite.
L'auteur précise également que certains épisodes peuvent heurter la sensibilité des plus jeunes.

La Compassion du diable *bénéficie d'une incroyable bande-son, accessible en ligne au lien suivant : http://www.deezer.com/playlist/934604995 :*
Bob Dylan, You're No Good
Les Rolling Stones, (I can't Get No) Satisfaction
Les Rolling Stones, Sympathy For The Devil
Les Rolling Stones, Midnight Rambler
Murray Head, Say it Ain't So, Joe
U2, Twilight
Kim Carnes, Bette David Eyes
Les Rolling Stones, Angie
Whitney Houston, The Star Spangled Banner
Peter Tosh, (You Gotta Walk) Don't Look Back
Scott McKenzie, San Francisco (Be Sure to Wear Flowers in Your Hair)

*L'**intelligence** est l'ensemble des facultés mentales permettant de comprendre les choses et les faits, et d'aboutir ainsi à la connaissance conceptuelle et rationnelle (par opposition à la sensation et à l'intuition). Elle permet de comprendre et de s'adapter à des situations nouvelles, et peut en ce sens être aussi définie comme la faculté d'adaptation. L'intelligence peut être également perçue comme la capacité à traiter l'information pour atteindre ses objectifs.*

Cette nuit dans l'Ohio, cette nuit… impulsive. Rien n'a plus été normal, depuis. Ça entache votre vie entière. Après que ce soit arrivé, j'ai pensé que j'allais juste essayer de vivre aussi normalement que possible, et que j'allais enterrer ça. Mais les choses comme ça ne restent pas enterrées. Je ne pensais pas que ça le ferait, mais ça le fait, ça infecte toute votre vie.

Jeffrey Dahmer, parlant de son premier meurtre,
celui de Steven Hicks.

Je suis là depuis de très longues années et j'ai volé à beaucoup d'hommes leur âme et leur foi. J'étais là quand Jésus-Christ a eu son moment de doute et de douleur…

Les Rolling Stones, *Sympathy for the Devil.*

Première partie

Que la lumière soit…

I

*Blake memoria/***in utero**

Il ne sait pas encore comment il va s'appeler, ni même ce que sera son avenir.

Son nom, qui deviendra tristement célèbre, il ne le porte pas encore. Il ne sait pas qui il est, il ne sait pas qu'il mutera plus tard en un redoutable prédateur, un tueur sanguinaire, froid, un tueur qui aimera répéter cet acte abominable qui consiste à briser des existences. Non, il ne sait même pas qui il est, car il n'est pas encore né. Il mesure à peine dix millimètres et ressemble à un ver de farine recroquevillé sur lui-même.

Rien de ce à quoi il est prédestiné ne lui effleure l'esprit ; aucune image ne le frappe, ni le sens des mots « mort » ou « vie » ; absolument rien de son héritage génétique de futur meurtrier ne provoque de réaction en lui.

Il est inerte. C'est un embryon de quatre semaines qui sommeille dans le ventre de sa génitrice, un zygote évolué qui cherche à se développer comme s'il devait déjà sauver sa peau au détriment de celle des autres.

Il entend la musique. Il danse au rythme des pas de sa mère, au rythme de son existence, au rythme de ses cauchemars. Il nage dans la tiédeur du liquide amniotique, en cadence, à mesure que ses songes s'égrènent, ces visions dans lesquelles baignent tant d'horreurs.

Il absorbe les sons, les vibrations, les clameurs, la douleur, le sang.

Son cerveau, comme une éponge sèche, se gonfle des informations qu'il perçoit depuis ce monde avant le monde, depuis le seuil de cette porte qui le conduira dans quelques mois au point zéro de son existence terrestre. Les informations ne sont que violence, hurlements, terreur. Il perçoit les chocs, les vibrations des coups qui pleuvent sur sa mère. Les prémices de son destin s'articulent lentement dans sa gangue de chair et de sang, les balbutiements de sa vie prochaine, cette vie de criminel, celui qu'il deviendra…

*

Cleveland, État de l'Ohio/États-Unis, **juin 1981**

Il ferma les yeux.

Surgissant de sa mémoire, les odeurs et les images des grands espaces de Fort Peck Lake, dans le Montana, lui firent du bien. Les vastes forêts enneigées, les pistes verglacées à travers les bois, à l'affût du vieux cerf, ce seigneur et prince des toundras immaculées. Les paupières closes, il respira.

Grâce au noble cervidé, les effluves et les images effroyables de la scène de crime s'étaient lentement estompés.

Freddy Lawrence se pencha sur le conteneur cylindrique et jeta un œil terrifié à la jeune inspectrice qui l'accompagnait. La chaleur les écrasait. Le soleil de juin, cette année-là, cramait le cuir à la vitesse d'une rôtissoire.

Le médecin légiste se faisait attendre. Ils étaient donc pour l'heure les seuls spectateurs, les uniques témoins de la scène macabre à laquelle ils avaient été conviés.

Victoria Fletcher, fraîchement débarquée de l'Académie de police, venait de plonger dans la noire réalité de son job. Elle haussa les épaules et adressa un regard interrogateur à Lawrence, comme s'ils se trouvaient à l'examen pratique d'une séance d'autopsie et qu'il devait lui fournir des explications.

Le parc national de Cuyahoga Valley était désert. Ils semblaient seuls au monde.

Une équipe de l'United States National Forest avait été envoyée la veille pour travailler sur une portion du parc. Aux abords de la rivière Cuyahoga, une herbe parasite et proliférante menaçait certaines espèces végétales protégées. Elle courait sur plusieurs centaines de mètres, le long de la rivière. Des spécialistes avaient donc été délégués pour éradiquer la vermine tout en protégeant la pépinière arboricole classée au patrimoine.

Le fait d'acheminer des engins de travaux publics, tels une mini-pelle et des camions-bennes, et toute une armada d'éminents botanistes n'avait en soi rien de bien troublant. Ce n'est que lorsque la pelle mécanique avait retourné la terre du bosquet, d'où semblait démarrer l'infection végétale, que les choses s'étaient compliquées pour l'équipe de l'unité forestière. Avec des gestes affolés, le responsable de l'unité s'était mis à hurler contre le conducteur de la pelle, puis quatre autres gars avaient agité les bras en sautant sur place comme des diables sortis de leur boîte.

L'odeur. Infecte. Insupportable et soutenue.

Lawrence et Fletcher ne cillaient pas. Ils se laissaient engloutir par le paysage environnant, le bruissement de la rivière qui glissait sur les galets, le chant des oiseaux et les craquements des troncs centenaires.

Juste devant l'énorme godet de l'engin qui avait déjà creusé une vaste fosse, un conteneur cylindrique en plastique bleu émergeait des profondeurs, telle une épave renflouée des abysses. À un mètre cinquante environ, un deuxième tonneau, à demi dégagé de toute la terre qui le recouvrait, laissait apparaître son flanc.

Cela aurait pu rester une affaire banale, une infraction industrielle de plus. Tout aurait pu laisser croire qu'il s'agissait de deux caissons de déchets toxiques provenant d'une des raffineries ou usines du coin. Cela aurait pu être une de ces nombreuses affaires qui faisaient rager le microcosme écologique de la ville. Cela aurait pu… Seulement, l'un des deux conteneurs avait été éventré par le godet et son couvercle métallique avait sauté.

Aussi abominable que spectaculaire, la scène dégageait une atmosphère quasi occulte, irréaliste.

Un corps avait été introduit dans le compartiment. Dans un état de conservation à peu près correct, comme momifié, le cadavre avait été ramené aux lueurs du jour, remonté des entrailles du sol par la bonne grâce d'une espèce végétale parasite. La mâchoire grande ouverte, il semblait crier – il était probable, sinon certain, que la victime respirait encore lorsque son meurtrier l'avait enterrée.

— Freddy… vous… vous en pensez quoi ? murmura Fletcher, accroupie devant le tombeau de plastique bleu.

L'inspecteur se massait le front, l'air stupéfait et perdu dans ses pensées, comme si ses quinze longues années de carrière un peu désastreuse lui avaient épargné ce genre d'affaire sordide.

Originaire du Wisconsin, fils d'un ouvrier et d'une mère atteinte d'une maladie génétique, Freddy Lawrence était né en 1942. Petit garçon fragile, il avait été surprotégé par sa mère et avait passé son enfance dans ses jupes. Lorsqu'elle était morte, son père n'avait pas pu assumer seul l'éducation de son fils. Craignant d'élever une « mauviette » ou un « assisté », il avait envoyé Freddy chez son oncle, dans le Montana, pour lui forger le caractère. Dès l'âge de neuf ans, Freddy avait donc fait l'apprentissage d'une vie spartiate, loin du tumulte de la ville. Résidant dans une zone montagneuse très isolée, au sud de Fort Peck Lake, l'oncle préférait se nourrir des fruits, des légumes et de la viande que la nature lui offrait plutôt que de faire des kilomètres jusqu'à l'épicerie ou d'attendre le ravitaillement par avion. À contrecœur, Freddy l'avait accompagné dans ses circuits de chasse et de pêche ; il avait appris à se servir d'un fusil et à pêcher à la mouche.

Le deuil, le froid, l'éloignement, l'ascèse.

Tout ce qui avait fait de son enfance, à son sens, une tragédie humaine qui tatouait encore son esprit…

— Freddy ? Ho ! Vous en pensez quoi…

La voix de la jeune Fletcher le fit sursauter. Il la dévisagea un instant.

De longs et fins cheveux noir de jais. Des yeux d'un brun très clair assez troublant et des traits hérités d'une origine indienne, probablement cheyenne du Dakota du Sud. Voilà le visage auquel il souriait tous les matins lorsqu'il prenait son service.

Victoria Fletcher avait vingt-neuf ans et avait été classée parmi les premiers de sa promotion à l'école de police. Grande, athlétique, elle n'avait rien eu à envier à ses collègues masculins pendant sa période d'évaluation.

— J'en sais foutre rien, Victoria, il faut attendre que le légiste se pointe. Mais, d'après ce merdier, il se pourrait que ce truc pourrisse depuis au moins… je sais pas, trois ans ou plus…

— Et d'après vous, dans le second tonneau ? fit-elle en se relevant.

— Quoi, le second tonneau ?

— Vous croyez que c'est le même schéma ?

Freddy Lawrence se releva à son tour et hocha nerveusement la tête.

— Que croyez-vous trouver là-dedans ? Ce n'est pas une pochette surprise… Évidemment qu'il y a un deuxième cadavre dans ce putain de tonneau ! gronda-t-il.

Un rapace survola la zone en jetant un cri strident, comme pour marquer l'emplacement d'un futur festin.

Victoria Fletcher scruta longuement le corps momifié.

Une bouche ouverte sur une denture intacte, deux trous noirs à la place des yeux… Rien qu'un squelette, qui témoignait pourtant de toute l'horreur avec laquelle la victime avait abordé la mort dans ce container de plastique.

Victoria se pencha un peu plus et, après quelques contorsions, se redressa d'un coup, la main sur les lèvres.

— Freddy…, susurra-t-elle en désignant la momie d'un doigt tremblant, il me semble que la victime a été démembrée…

La patrouille de flics débarquée sur les lieux avant les deux inspecteurs avait figé la zone, protégé les éléments de la scène et photographié l'ensemble. À l'arrivée de Lawrence et de Fletcher, les policiers s'étaient poliment retirés pour sécuriser le périmètre et écarter d'éventuels randonneurs ou journalistes friands de ce genre de faits divers. Aux alentours, au-delà des bandelettes de plastique jaune qui flottaient au vent, la végétation paraissait vouloir témoigner de ce qui s'était réellement produit dans le parc national de Cuyahoga Valley. Malgré son immuabilité, par les bruissements du vent dans ses feuillages profonds, elle semblait souffler la solution de l'énigme en désignant le coupable, l'être maléfique qui avait commis ce crime odieux quelques années plus tôt.

Freddy Lawrence haussa les épaules et alluma une cigarette, l'air troublé. Puis il attrapa un petit caillou qu'il balança un peu plus loin, vers le lit de la rivière.

— On va attendre sagement, Victoria, le légiste nous dira…

— Pas de problème, Freddy, je n'avais pas l'intention de triturer le cadavre, ni même de le retourner. Je voulais seulement vous signaler le fait que ses membres semblent avoir été sectionnés, et vous… vous ne vous en souciez pas plus que ça ? Vous ne venez même pas constater ?

— Ces putains de macchabées me filent le tournis, à force… Je crois que j'en ai vu assez en quinze ans, Victoria. Alors, avant de foutre mon nez là-dessus, je vais laisser opérer notre ami Stenton, qui va se faire un plaisir de…

— Hé ! ça va, ne vous emballez pas, je voulais juste vous faire part d'un élément qui pourrait se révéler important, un mode opératoire dont vous auriez peut-être déjà entendu parler…

Lawrence se retourna et cloua son regard sur l'horizon, les mains dans les poches. Il tira nerveusement sur sa cigarette, avant de l'écraser de sa semelle. Puis, tout en s'éloignant, il lança à sa jeune coéquipière :

— Si vous voulez mater, allez-y… vous me raconterez. Quant au mode opératoire, cela me rappelle effectivement quelque chose… Un certain Edmund Kemper, que l'on surnommait l'« ogre de Santa Cruz ». C'était en 1972. Il démembrait ses victimes après les avoir assassinées. Mais ça… c'était sur la côte Ouest, en Californie…

2

Blake memoria

Il était né. Voilà, il était venu au monde, destiné à endosser le fardeau du malheur et d'une vie singulière. La souffrance l'avait pris dès son premier cri, alors que sa mère lui offrait la lumière en ce bas monde.

Cela avait duré jusqu'à l'âge de huit ans.

Il se souvenait d'avoir pleuré, souvent, chaque fois que son paternel rentrait ivre après le travail et qu'il cognait sa mère. Un drame humain comme celui de nombreux foyers, une tragédie sociale comme tant d'autres.

Il était né avec une légère déformation labiale, une espèce de bec-de-lièvre qui l'avait un peu handicapé plus tard, surtout dans ses relations avec les filles. La plupart des médecins avaient diagnostiqué une malformation congénitale, mais certains membres de sa famille maternelle savaient qu'il s'agissait en fait de la conséquence des coups portés par l'époux à sa femme pendant sa grossesse.

Son père avait été l'ombre noire de son enfance, le reflet sombre de ses terreurs. Souvent, il le forçait à travailler avec lui. Il redoutait les odeurs de fiente d'oiseaux dans la basse-cour, les remugles de merde et de pisse qu'exhalaient la vingtaine de clapiers étalés le long du hangar obscur. L'idée d'approcher les cadavres d'animaux, morts par manque de soins, le faisait frémir. Ces dépouilles en putréfaction qu'il devait ramasser. Parfois, quand son père délaissait les travaux de la maison pour sombrer dans des nuits de dérive, les carcasses de lapins ou de volailles finissaient par se dessécher, frêles squelettes au fond du clapier de béton ou sur le sol du poulailler crépi d'excréments.

Il se souvenait encore de ce bruit. Ce son que produisaient les ossements en percutant le fond du seau de métal dans lequel son père les jetait. Ce son l'avait hanté des années. Il se rappelait le contact de la fourrure sur sa paume, cette douceur qui lui permettait de s'éloigner de l'horreur, de la mort et de la puanteur. Chaque fois que s'était présentée l'occasion de caresser un animal, il avait ressenti une exaltation particulière, comme un enivrement sexuel.

Il avait fini par être fasciné par l'anatomie animale, par le mystère de la vie : la naissance, l'évolution, la mort et la disparition physique. Puis le temps avait passé…

Il ne s'était jamais senti aussi bien qu'à l'adolescence, aussi léger, libre de lui-même, de ses gestes, de ses décisions et de ses réflexions. Le trouble qui s'était insinué dans ses tripes dès l'enfance ne l'avait jamais quitté. Aujourd'hui qu'il appartenait au clan des hommes, de ceux qui survivent à leurs terreurs, à leurs angoisses, il n'aspirait plus qu'à une seule et unique chose : se procurer ce plaisir sensationnel, comme autrefois, lorsqu'il jetait les dépouilles de lapins aux ordures, chaque fois que sa main effleurait leur douce fourrure.

Il s'était forgé son identité sexuelle au gré des rencontres, au fur et à mesure que les filles le rejetaient. Il s'était rendu à l'évidence et avait accepté son attirance, son appétence pour le sexe masculin, et plus particulièrement pour les jeunes hommes au physique sportif et glabre. Son désir de posséder un corps sur lequel il avait fantasmé n'était jamais aussi fort, aussi puissant que dans ses songes. Il y voyait toujours le même gars d'à peine vingt ans, allongé près de lui dans son lit. Ce qui le faisait frémir, ce n'était pas tant le fait que le gamin soit entièrement nu et offert, mais plutôt qu'il soit mort, à son entière merci. Il désirait plus que tout posséder ce corps, s'en délecter sexuellement et en disposer à sa guise. Il savait que ce jeune homme-là ne pourrait rien lui refuser, qu'il serait soumis, qu'il lui appartiendrait. Ce bel éphèbe imberbe habitait toutes ses nuits. Dénué de la moindre pilosité, comme s'il avait résolument banni de son imagination les poils, la fourrure… Il rêvait et savourait ces images, étape par étape, jusqu'au bout : une fois l'acte sexuel consommé, il entreprenait de démembrer le corps méthodiquement. Parfois, au comble de l'horreur, il lui ouvrait le thorax et allait fouiller l'intérieur. Comme lorsqu'il était gamin, quand il dépouillait les petits animaux morts et les délestait de leurs entrailles. Tout comme il allait procéder, ce fameux soir de juin 1963.

Il n'avait que vingt et un ans, mais ses terribles pulsions sexuelles allaient le conduire aux portes de son abominable destin.

Son tout premier meurtre, le premier d'une très longue série, qui marquerait à jamais son esprit…

*

Cleveland, État de l'Ohio/États-Unis, **juin 1981**

— Vous y croyez, vous, à tous ces foutus bruits de couloir ? demanda Fletcher en allumant une cigarette.

— Quels bruits de couloir ? répondit placidement Freddy Lawrence en allumant à son tour une cigarette.

— Les corps que l'on a retrouvés hier seraient ceux de jeunes hommes disparus depuis plusieurs années et, probablement, il s'agirait des victimes d'un tueur en série toujours en liberté…

— Foutaises ! Qui vous a dit ça ?

— Un jeune inspecteur de chez nous…

— Mais encore ? D'où il tient ce genre d'infos, le gars ?

Victoria Fletcher grimaça un sourire.

Une porte claqua quelque part dans les couloirs de l'institut médico-légal. Le bruit sembla tournoyer dans le bâtiment, pour venir mourir dans la salle d'accueil de l'entrée principale.

Les deux flics sursautèrent et se regardèrent en chiens de faïence. Les yeux de Lawrence, plantés dans ceux de sa coéquipière, l'imploraient de lui lâcher le nom du type qui détenait autant d'informations.

Fletcher allait ouvrir la bouche quand, au bout du corridor qui se déroulait devant eux, une forme fantomatique s'avança lentement, accompagnée en rythme d'un cliquetis de métal.

Le médecin légiste s'approcha des flics, leur donna une vigoureuse poignée de main et décrocha l'énorme trousseau de clés qui pendait à sa ceinture.

Un sourire fendit son visage émacié. Les yeux plissés, comme si les salles sombres de l'institut avaient amenuisé sa vue et l'avait rendu sensible à la lumière, il scruta Lawrence sans prêter attention à Fletcher. Posément, il claironna d'une voix théâtrale :

— Alors, comment allez-vous, Lawrence ? Je sais que vous n'aimez pas patienter dans cet endroit un peu obscur, mais on fait ce qu'on peut. Le projet d'installation du nouvel éclairage a été refusé. Cette année, la ville a réajusté notre budget, et trois de nos éléments ont été remerciés. Douglas et moi-même faisons désormais tourner l'institut avec les moyens du bord et des heures à rallonges…

Un sourire pincé sur les lèvres, Victoria Fletcher s'intercala entre Lawrence et le légiste :

— Épargnez-nous vos problèmes de budget et vos rapports avec la municipalité, Stenton, nous ne sommes pas venus pour vous entendre déblatérer ce genre de salades…

L'œil rond et le sourcil haut, atterré, Stenton chercha l'appui de son vieil ami. Lawrence haussa les épaules d'un air niais, comme s'il ne pouvait rien contre les pitbulls enragés de la nouvelle police.

Fletcher embraya :

— Parlez-nous plutôt des corps, de la datation *post mortem*, de la cause du décès, du mode opératoire… Bref, donnez-nous un morceau de barbaque afin que nous puissions nous mettre en chasse…

Comme une mère de famille qui venait de morigéner sa progéniture, ses traits s'étaient durcis et sa respiration s'était emballée.

Elle croisa les bras et releva le menton. Fière et droite.

Le légiste se racla la gorge et bredouilla :

— Inspecteur Fletcher, mes problèmes sont aussi les vôtres. Si nous n'avons plus de…

— Stenton ! lança Freddy Lawrence d'une voix ronflante. La petite a raison : mettez-nous au parfum, qu'on en finisse avec cette histoire. Les médias vont s'emparer de cette saloperie et on n'aura pas encore ouvert le dossier d'instruction…

Stenton se raidit. Deux claques dans la gueule dans la même journée, cela faisait beaucoup.

— Bon, suivez-moi, grommela-t-il en farfouillant dans son épais trousseau de clés.

Les deux flics échangèrent un regard complice.

Le trio s'ébranla. Le légiste les entraîna le long d'un couloir mal éclairé, un boyau de ténèbres à l'extrémité duquel on pouvait apercevoir une lueur vacillante. Arrivés au bout du corridor, ils notèrent que le néon du plafonnier trépidait, produisant un éclat jaunâtre qui se dissipait sur les murs de béton crasseux et glacials.

— C'est là, susurra Stenton en introduisant une clé magnétique dans la serrure sécurisée. Maintenant, on pratique les examens plus approfondis dans ce labo…

Il pianota rapidement un code sur le clavier mural et continua :

— Nous avons placé vos deux gugusses ici, c'est un labo sécurisé…

La porte s'ouvrit sans un bruit. Au centre de la pièce éclairée par le halo blafard des vitrines réfrigérées, les ignobles fardeaux remontés des profondeurs reposaient sur les tables d'inox.

Du fond de leurs barils-cercueils, les victimes avaient emporté leur terrible secret. Il allait falloir les faire parler…

*

Blake memoria/**juin 1963**

Ce fameux soir de juin 1963, il avait vingt et un ans lorsque les prémices de son périple de tueur allaient le mettre sur les rails de sa légende.

Cela faisait un moment déjà qu'il observait le jeune homme fumer sa cigarette devant le club.

Le môme devait avoir dix-sept ans, dix-huit tout au plus.

Le club 777 regorgeait de petites salopes dans son genre, des marginaux prêts à tout pour grappiller quelques billets en échange d'une passe vite envoyée.

Blake aimait se tenir sur le trottoir d'en face, près de l'entrée de l'immeuble. Il se postait là, chaque fois que la terrible impulsion se faisait sentir.

Il s'était lentement approché, un sourire affable vissé sur ses lèvres sèches comme du papier crépon. Le genre de sourire qui vous met en confiance, vous égare et vous mène à votre perte.

Le jeune, curieux, l'avait regardé s'amener dans sa direction et lui avait concédé un clin d'œil en écrasant son mégot du talon.

— Bonsoir, avait-il gloussé en dévisageant l'inconnu. Vous êtes du quartier ? J'vous ai jamais vu traîner dans le coin…

— Non, je suis de passage… Je visite Cleveland. Quel est votre prénom ?

Le jeune homme avait hésité, avant de se détendre et d'esquisser un sourire.

— Steven… et vous ?

— Blake, c'est comme ça que je m'appelle…, avait-il soufflé en posant sa main sur l'épaule du gosse.

Steven s'était reculé, un rictus déformé par la crainte au coin des lèvres. Pourtant, il était fasciné par son visiteur : grand, beau et, lui semblait-il, animé d'aucune mauvaise intention. Un billet serait le bienvenu pour manger à sa faim cette semaine-là ; alors il avait enchaîné, scellant ainsi le dernier épisode de son existence :

— Dites-moi, vous seriez pas un peu timide ? Parce que si c'est le cas, il faut pas. Je sais très bien m'occuper des hommes dans votre genre…

L'étrange individu avait observé sa bouche gourmande, puis avait baissé les yeux. D'un œil noir, il avait scruté l'extrémité de l'avenue qui plongeait dans le silence et les ténèbres. Il n'avait pas répondu. Il s'était contenté de continuer à sourire, tout en reniflant nerveusement comme s'il avait cherché à dissimuler quelque chose.

Steven avait lâché un soupir de lassitude, puis s'était dirigé vers la porte du club qu'un gorille aux épaules démesurées avait ouverte violemment.

Blake ne savait plus comment cela avait commencé, ce qui avait vraiment déclenché sa furie sauvage, cette ignoble barbarie.

Ce jeune homme devant le club avait provoqué en lui une sensation de plaisir inédite, un désir inconnu. Il en avait gardé une douloureuse érection jusqu'au moment où il était remonté dans son véhicule, tandis que Steven retournait à l'intérieur du club.

Quelque chose d'infernal l'avait secoué. Un sentiment très noir, inexplicable et monstrueux.

Il s'était surpris à rêver du corps mort de ce pauvre type, ce jeune et beau garçon à qui il avait envisagé de fracasser le crâne. Ce corps si fragile et innocent, dont il avait songé à déflorer l'intimité.

Calé au fond du siège en cuir de sa vieille Mercury Comet, il avait patiemment attendu que Steven sorte du club enfumé. Les paupières closes, Il s'était abandonné à la caresse en pensant à tout ce qu'il pourrait faire sur ce gars, au plaisir qu'il éprouverait lorsqu'il serait mort. En râlant de satisfaction, il avait remonté sa braguette de ses doigts poisseux et s'était laissé aller à la torpeur.

Le rêve de la possession sexuelle l'avait submergé.

Les heures avaient passé. La nuit était tombée.

Et il s'était réveillé avec la conviction intime que son destin de tueur devait se sceller ce soir-là.

Steven était ressorti du club aux alentours de 23 h 45. Il avait emprunté le trottoir d'Euclid Avenue, puis avait bifurqué sur 9th Street pour rejoindre Chester Avenue, où se trouvait son modeste appartement, sa tanière où il recevait parfois ses clients.

Blake l'avait suivi en silence. À distance, son véhicule avait filé le jeune homme jusque devant son immeuble. Là, Blake s'était garé et avait récupéré une caisse de bière dans son coffre.

Dans le hall, une seule boîte à lettres portait le prénom « Steven ».

Il avait gravi le large escalier aux murs défraîchis, dans une odeur entêtante de moisi et d'urine.

Il avait frappé au numéro 21. Steven avait ouvert, surpris. Blake lui avait souri en désignant d'un signe de tête le pack de bière coincé sous son bras, et un billet de dix dollars entre les doigts.

Ils avaient bu ensemble. Oubliant toute forme d'inhibition, le jeune Steven s'était mis à caresser Blake délicatement et il n'avait pas vu venir le coup.

Il n'avait pas vu venir le poing qui s'était écrasé sur son nez et l'avait explosé.

Cris, douleurs. Des flashes de lumière dans le crâne, du sang dans la bouche. La sensation d'étouffer. La gorge, les narines, les poumons noyés dans son propre sang. L'oxygène qui ne passe plus. La perception d'un danger inexorable, d'une évidence : celle de la mort, de sa propre mort. Les yeux qui gonflent, qui enflent, tant la pression sur son cou est puissante. Des coups violents qui pleuvent sur sa tête. Le feu, puis une explosion et toutes les lueurs de la vie qui palpitent au fond de l'esprit et qui s'éteignent brusquement…

La fin. Cette fin. Brutale et pathétique.

Voilà comment Steven avait perçu ses derniers instants, avant de finir démembré au beau milieu d'un lit ensanglanté.

Blake enfin seul. Seul pour se délecter de ce corps sans vie, le posséder, en être l'unique propriétaire et assouvir ses fantasmes sexuels les plus infâmes.

Il allait enfin pouvoir jouir dans la matrice de son effrayant univers…

3

Cleveland, État de l'Ohio/États-Unis, **juin 1981**

Les deux corps, recouverts d'un drap blanc jusqu'aux épaules, semblaient suspendus juste avant l'« après-monde », cette phase durant laquelle l'âme quitte l'enveloppe de chair pour la laisser pourrir sur terre, s'altérer, s'abandonner au cycle perpétuel de l'existence.

Stenton prit soudain la parole. Lawrence sursauta.

— Ils ont été démembrés, puis introduits dans les barils. L'os est scié nettement : le gars possédait les outils adéquats…

Freddy Lawrence grimaça et, d'un air contrit, pointa du doigt les corps momifiés.

— Et pour le sexe ?

— Deux hommes. Plutôt jeunes, peut-être vingt ans, et encore…

Lawrence tourna mollement la tête et interrogea du regard sa coéquipière. Victoria Fletcher ne se fit pas prier et enchaîna :

— Combien de temps ont-ils séjourné dans les caissons, d'après vous ? Ont-ils subi des actes de torture, de violences sexuelles ? Vous avez retrouvé des traces, des indices ?

Le légiste la dévisagea d'un œil noir.

— Pour tout vous dire, il est difficile de savoir s'ils ont subi des violences sexuelles et, à part le fait qu'ils ont été démembrés *post mortem*, je n'ai pas relevé de traces suspectes sur ce qui reste des corps…

— Vous pouvez dater, approximativement ?

Le médecin jeta un regard de rapace à la petite connasse qui l'avait humilié quelques instants plus tôt.

— Je dirais cinq ans, peut-être six… C'est très flou, impossible d'être plus précis.

Lawrence s'approcha un peu plus près des corps.

Stenton les découvrit alors complètement, un sourire orgueilleux sur les lèvres comme s'il révélait une œuvre d'art sous les applaudissements de la foule.

Le flic eut un mouvement de recul. Sous ses yeux s'étalait un acte hideux qui l'avait poursuivi toute sa vie : l'image du vieux cerf qui fuyait, épuisé, dans la plaine de Fort Peck Lake, dans le Montana, l'image de son oncle victorieux qui en venait enfin à bout après plusieurs saisons de traque. Il se souvenait de cet homme acariâtre que le gel et le soleil avaient façonné comme un bloc de roche, cet homme qu'il avait vu suspendre l'animal, le saigner, le dépecer et le vider de ses tripes flasques et fumantes. Il se rappelait le trou béant qui fendait l'animal en deux comme des lèvres sanglantes et charnues.

— Qu'est-ce que c'est que ce merdier ? grogna Lawrence.

Victoria Fletcher s'approcha à son tour, curieuse, pour observer les corps parcheminés.

— Non, mais… cela a-t-il été pratiqué *ante* ou *post mortem* ?

Stenton cligna des yeux, flatté que sa science se révélât indispensable.

— *Post mortem*, à mon avis, grinça-t-il. Le meurtrier doit conserver une partie de sa victime après l'acte : une sorte de totem, un trophée en quelque sorte…

— Pourquoi le cœur ? bredouilla Fletcher, soudain pâle comme si on venait de lui retirer le sien.

— Le cœur représente la vie. C'est aussi le symbole de l'amour, du Christ, que sais-je encore, je ne suis pas psy…

— Donc, si je résume, reprit Victoria, le délire de ce détraqué, c'est de posséder sa victime à tout jamais… Est-il possible qu'il ait « aimé » ses victimes ? Je veux dire, qu'il ait entretenu une relation amoureuse avec elles ?

Le légiste haussa les épaules sans répondre.

— Quelle est la cause de la mort ? enchaîna Victoria.

— L'os hyoïde est brisé et…

— L'os quoi ?

— Hyoïde, répéta Stenton en détachant les syllabes. C'est un petit os qui se trouve au-dessus du larynx dans la partie antérieure du cou, au-dessous de la base de la langue…

Victoria Fletcher ne cacha pas sa surprise. Jouissant de cet intense moment, Stenton poursuivit, presque épaté de sa propre érudition :

— La fracture de l'os hyoïde n'est pas aisée et ne peut s'accomplir que d'une manière volontaire, grâce à une pression importante et prolongée sur la pomme d'Adam. En médecine légale, elle est la preuve d'une mort par strangulation. Ce n'est pas toujours facile à repérer, mais, là, en l'occurrence...

— Il étrangle donc ses victimes, leur arrache le cœur par fétichisme, les démembre et les enterre... Voilà de bonnes raisons de penser que ce sauvage ne s'est peut-être pas satisfait de deux victimes...

Freddy Lawrence se racla la gorge et s'avança près de la jeune femme.

— Qu'est-ce qui vous fait dire ça, Fletcher ?

— Je ne sais pas, une intuition... Si ces meurtres ont une connotation rituelle, comme je le pense, je ne crois pas que le meurtrier se soit contenté de deux victimes seulement. Il doit y avoir d'autres corps quelque part... et, dans ce cas-là, nous avons affaire à un putain de tueur en série...

— Sauf si ces deux-là avaient un lien familial ou amical avec le meurtrier, fit Lawrence en croisant les bras. Il s'agirait alors d'un crime passionnel. Ces deux hommes ont pu être les amants de sa femme et on les aura tués par jalousie. On leur aurait retiré le cœur symboliquement...

Victoria estima la déduction de Lawrence quelque peu étrange, mais ne répondit rien. Un lourd silence s'imposa alors, à peine perturbé par le vrombissement des frigos.

La jeune femme frissonna et remonta le col de sa veste.

— C'est fou, ça, le cœur..., murmura-t-elle en observant Stenton qui éteignait les puissants éclairages scialytiques de la table.

Lawrence griffonna quelques mots sur son calepin froissé. Un flash vint crever sa conscience. De nouveau, l'image du cerf éventré. Son regard glissa sur les thorax ouverts, creux et noirs, vides de toute substance.

Le médecin légiste recouvrait minutieusement les corps comme une mère attentionnée borde ses gosses le soir en les couchant. Il enleva sa blouse, la rangea dans un casier et, tout en recoiffant ses cheveux clairsemés devant le petit miroir au-dessus du lavabo, articula doucement :

— Pour l'identification, nous avons procédé aux examens dentaires et radiographié les mâchoires. Nous allons faire répertorier les interventions d'orthodontie de ces dix dernières années chez les praticiens du coin. Nous aurons, je l'espère, des réponses d'ici à la fin de la semaine… Le temps de lancer quelques recherches dans les dossiers médicaux de Cleveland, pour commencer. Nous élargirons s'il le faut…

Lawrence écoutait, les yeux plongés dans le vague. Il subissait une nouvelle fois les assauts douloureux de sa mémoire. Une même et unique question le brûlait au fer rouge depuis l'acte odieux qu'avait commis son oncle :

Avec toute son élégance, sa grâce et son courage de cervidé blessé, le vieux cerf avait-il souffert avant de goûter à la mort ?

*

Blake memoria

Avait-il gardé le souvenir de son corps gluant contre le vagin de sa mère, lors de sa naissance apocalyptique ? Avait-il gardé le souvenir, protégé dans l'utérus de sa mère, des coups que faisait pleuvoir son père ? Il avait perdu tous les repères au cours du temps, perdu la foi aussi, égaré les points d'ancrage qui auraient pu le rattacher à l'enfance. Il aurait tant aimé se souvenir de sa mère, de l'odeur de sa peau, de ses cheveux, du son de sa voix et de la couleur de ses yeux. Il ne se rappelait plus que son paternel. Son paternel et le bruit des os, les os des cadavres d'animaux qu'il jetait au fond du seau d'aluminium.

Il avait toujours ressenti une aversion particulière pour ce géniteur qu'il n'avait plus jamais revu après son exil au cœur de la vie sauvage. Qu'avait-il représenté à ses yeux, tout au long de ces années ? Un être qui lui avait donné la vie ? Une créature qui avait ensemencé sa mère pour y créer une entité hideuse, inhumaine, telle l'ignoble bête qu'il était devenu ? Oui, probablement, son père n'était qu'une paire de couilles venue arroser le jardin du mal, y faire fleurir une plante carnivore, une espèce cannibale qui avait, alors qu'elle n'était encore qu'un vulnérable embryon, dévoré le jumeau monozygote qui partageait l'œuf à ses côtés…

Bien plus tard, son goût prononcé pour les garçons devait lui rappeler ce frère qu'il avait dévoré, ce fratricide *in utero*…

*

Cleveland, État de l'Ohio/États-Unis, **juin 1981**

Les lueurs du jour peinaient à poindre sur l'horizon. Il faisait frais.

Inquiétant et noir, apparaissant comme le paysage lugubre d'un conte de Grimm, le chantier se détachait peu à peu du ciel qui blanchissait. Toitures arrachées aux maisons éventrées, structures métalliques qui pendaient comme un amas d'ossements entremêlés, immenses quartiers de béton qui jonchaient le sol, tout ce ramassis de merde urbaine semblait enlacer l'endroit comme l'écrin d'un joyau funèbre.

La mine fatiguée et le geste las, les ouvriers arrivaient par groupes sur le site de démolition de l'ancien lotissement social.

Samuel Ryan, le chef de chantier, débarqua peu après avec son pick-up Nissan. Il pénétra dans le préfabriqué et y déposa du matériel, sa cantine pour le déjeuner et son sac à dos. Il se changea en lisant les consignes du jour sur le tableau. Il entoura l'heure à laquelle devait se dérouler la réunion de chantier et sortit, scrutant au loin l'emplacement où se trouvait la demeure. L'équipe de nuit attendait d'être relayée.

C'est alors qu'il distingua les gyrophares de la patrouille de flics qui crevaient la nuit. Ils seraient là dans quelques instants. Il allait enfin savoir.

Samuel était arrivé sur son lieu de travail après avoir été tiré du sommeil par un coup de fil bien avant l'heure. Un contremaître essoufflé et paniqué, complètement terrorisé par ce qu'il avait vu, l'avait fait bondir hors de son lit en oubliant douche et café.

Ça ne peut pas exister, des choses pareilles, avait pensé Samuel. *De telles folies ne peuvent être que l'œuvre du diable, l'entreprise d'une bête monstrueuse.*

Malgré l'affolement, le contremaître avait réussi à recouvrer son souffle et à se maîtriser. Un peu plus tôt, à quelques mètres des lieux de la découverte et le téléphone collé à l'oreille, il avait expliqué à Samuel l'horrible trouvaille de l'équipe de nuit :

« Samuel ? Il faut rappliquer illico sur le chantier... C'est terrible ! Alonzo, le conducteur d'engin de l'équipe de nuit, il... c'est incroyable !

— Calme-toi, Gordon, vas-y cool... Il y a eu un accident ?

— Un accident ? Non, mec... c'est pas un accident, c'est un vrai cauchemar ici... Je n'ai jamais vu ça, putain !

— Bon... reprends ton souffle, vas-y, explique-moi...

— Au début de la nuit, l'équipe s'est attaquée à la partie sud du chantier, tu sais, là où se trouvait cette grosse baraque qui s'effondrait et qu'on avait commencé à détruire...

— Oui, je situe, et alors ?

— Alonzo a entrepris cette nuit de casser la dalle de béton et... (Gordon avait bruyamment dégluti) ...et il est tombé sur le vide sanitaire de la maison. Et, lorsqu'il a commencé à retourner la terre avec l'engin, il a fait remonter tout le merdier...

— Quoi, à la fin ?! C'est quoi, ce merdier ?

— Des macchabées, Sam, toute une armée de macchabées ! Il y a des morts partout dans le vide sanitaire... Oh putain, c'est dingue, ce truc !

— Essaie de retrouver ton calme... Il y a combien de corps, d'après toi ?

— J'en sais rien, une douzaine, peut-être plus...

— Ne touchez à rien avec les gars, je rapplique. Tu as appelé les flics ?

— Ils sont en route…

— Ne laisse personne s'approcher… Personne ! »

À l'instant où Samuel sortit du cabanon, les flics pénétrèrent dans la zone. Les gyrophares de la patrouille colorèrent la pâle lueur du jour.

Deux flics en civil descendirent d'une Chevrolet Caprice grise. Les deux autres véhicules se garèrent près du cabanon, éteignirent leurs gyrophares et coupèrent les feux.

Les policiers s'approchèrent de Samuel Ryan tout en enfilant leur blouson siglé d'un énorme « police » dans le dos.

Le grand châtain lui présenta sa plaque et la grande et belle brune lui offrit un sourire forcé – une sorte de rictus étrange.

Fletcher était matinale, mais elle n'était pas près de digérer le donut qu'elle avait avalé avant de partir…

4

— Vous êtes Samuel Ryan ? demanda Freddy Lawrence en serrant la main du chef de chantier.

L'autre acquiesça de la tête et donna une poignée de main à Victoria Fletcher.

— C'est moi, je supervise tout ce…

— Voici le sergent Fletcher, coupa sèchement Lawrence en lui présentant sa coéquipière. Je suis le lieutenant Freddy Lawrence, de la police de Cleveland. Avant que ne débarquent les médecins légistes, nous voudrions savoir ce qui s'est passé… Qui a découvert ce foutoir ?

Ryan n'eut pas le temps de répondre. Un bruit provenant de la zone où avait été trouvé le charnier fit se retourner les deux policiers.

— Hé ! ce sont vos hommes, là-bas ? hurla Fletcher en pointant du doigt un groupe d'ouvriers.

— Calmez-vous, sergent, la rassura Ryan, ils ne font qu'installer des groupes halogènes pour que vous puissiez examiner les lieux. Nous avons ce genre de matériel sur le chantier, autant en profiter : l'éclairage d'appoint sur zone est trop faible…

— J'espère qu'ils ne vont pas pourrir la scène de crime…, maugréa Lawrence.

Plus loin, autour de la ruine, quelques flics en uniforme se hâtaient de sécuriser le périmètre en déployant des mètres de bandelette jaune.

— Et pour répondre à votre question, lieutenant, reprit Ryan, c'est mon conducteur d'engin qui a brisé la dalle et mis au jour le vide sanitaire. Il s'agit de Miguel Alonzo : il est là-bas, avec les gars qui tentent de vous brancher l'éclairage. C'est le chef d'équipe, Gordon, qui m'a téléphoné pour que je rapplique en urgence…

— Je me fous de votre Portoricain… Je veux juste savoir si vous avez les noms des anciens proprios ou locataires de cette baraque à la con…

Il y eut un cri de jubilation lâché en chœur par les ouvriers. Une rumeur, des voix, et le silence retomba.

La carcasse de la maison démolie venait de s'illuminer, offrant ses vestiges de pierre et de tôle à la lumière crue qui enflammait le petit jour. Aux abords, près d'un tas de béton et de briques, la pelle mécanique se tenait immobile, le godet à demi enfoncé dans la terre noire. Miguel Alonzo coupa les feux de l'engin. Il paraissait coupable, honteux d'avoir ainsi défloré le tombeau de tant de malheureuses victimes. Dans l'incandescence des projecteurs halogènes, les rubans jaunes de la zone sécurisée se vrillaient sous le vent du matin.

Victoria Fletcher fit un pas vers Lawrence et eut un haut-le-cœur. Son supérieur dégageait une odeur corporelle très désagréable, une odeur rance très forte qui suintait de sa peau.

Victoria ne lui avait jamais fait la moindre remarque, craignant de le blesser. Il s'agissait peut-être d'un problème hormonal ou tout simplement de négligence, de laisser-aller, un manque d'hygiène en quelque sorte. Le fait n'était pas rare chez ses collègues masculins, mais ces remugles, masqués de surcroît par une eau de toilette de bazar, lui remuaient l'estomac et lui donnaient jour après jour une terrible nausée. Elle s'était juré de lui en parler ; elle était même prête à dénicher un bon endocrinologue.

En posant la main sur l'épaule du chef de chantier, l'inspectrice reformula la demande de son chef :

— Alors ? Vous savez à qui appartenait cette propriété ?

Le petit vent du matin leur apporta soudain ce à quoi, jusque-là, ils avaient échappé : des effluves discrets, fugaces mais pénétrants, un relent de pourriture, l'odeur du terreau humide, du compost humain tout juste brassé.

Ryan hocha affirmativement la tête.

Fletcher, attentive, nota quelques renseignements dans un petit carnet bleu tout en observant du coin de l'œil son coéquipier.

Pour une fois, j'aurais préféré renifler la sale odeur de Lawrence…, pensa-t-elle en se dirigeant vers la zone sécurisée.

*

Brecksville, État de l'Ohio/États-Unis, **juin 1981**

— Putain, mais vous êtes qui, vous ? Hein ? Encore un pasteur, un marchand d'assurances, un fils de pute qui cherche à me vendre mon futur cercueil ? lança le patient du fond de son lit.

Les stores électriques de la chambre avaient été baissés et la pièce baignait dans une semi-pénombre. Une légère odeur d'ammoniac flottait, cette pénétrante et désagréable émanation qui vous prend à la gorge, mêlée aux parfums de synthèse bon marché.

« Jo », comme tout le monde le surnommait dans le service, venait de retirer le masque de son respirateur. Depuis quelques jours, son état de santé s'était sensiblement stabilisé, mais quand le chef de service lui avait appris qu'un jeune peigne-cul du Wyoming rappliquait pour lui poser des questions sur son passé peu glorieux, il s'était senti de nouveau défaillir.

Le gars en question était romancier et projetait d'écrire la vie d'un ermite du Montana, un baroudeur en harmonie avec la nature. La rumeur prétendait que Jo avait combattu des bêtes sauvages à mains nues pour se nourrir. Pris au piège d'une tempête qui lui avait ôté tout espoir de survie et fait perdre quelques doigts, il avait survécu au grand froid dans les Rocheuses, dans le parc national du Glacier. On avait alors conseillé à l'écrivain de rencontrer Jo. Il pourrait s'inspirer de sa vie pour écrire sa fresque, celle de l'homme sauvage et viril, sculpté par la nature au fil des ans.

— Je m'appelle Patrick Mac Callaugh, monsieur, je suis écrivain. Il me semble qu'on vous a prévenu de ma visite…

Jo laissa paraître un rictus et émit un grognement de vieil ours. Il prit une goulée d'oxygène et jeta :

— Qu'est-ce que tu es ? Un baragouineur de gaélique ? Une sorte d'Irlandais encore puceau qui se prend pour Peter Bowen ou Craig Johnson ? Hein ? Oui, sûrement, vu ton nom, ça doit être ça… Quoi, qu'est-ce qu'il y a ? T'es surpris qu'un gars des régions escarpées de Fort Peck Lake connaisse la littérature du Wyoming et du Montana ?

Fringant, rasé de frais, Mac Callaugh eut un ricanement juvénile et haussa les épaules.

— Écoutez, monsieur, je ne doute pas de votre intelligence, je ne remets pas non plus en cause votre culture, je veux juste…

— Tu arrêtes avec ce « monsieur », OK, l'Irlandais ? Tu m'appelles Jo, comme tout le monde…

— Entendu, Jo…

— Tu as quel âge ?

Mac Callaugh s'apprêtait à répondre quand Jo fut secoué par une quinte de toux qui le força à plaquer le masque du respirateur sur son visage. Il se rasséréna lentement et adressa un signe de la tête au jeune écrivain, comme pour l'inviter à poursuivre.

— Je… j'ai publié *The End of Wolf*, vous avez dû en entendre parler…

Jo éructa, se racla la gorge et déclara d'une voix d'outre-tombe :

— Putain, oui ! Qu'est-ce que tu crois ? Je l'ai même lu, ton foutu bouquin. Un best-seller qui n'est pas passé inaperçu chez ceux qui militaient, à l'époque, contre l'augmentation du quota de loups à chasser dans le Montana…

— Vous l'avez lu ? C'est un honneur pour…

— Par contre, ton titre est à chier ! *Une fin de loup* ! Mais qu'est-ce qui t'est passé par la tête, l'Irlandais ? Hein ?

— Avec le recul, vous avez raison, c'était une idée à chier que de vouloir dédramatiser en ajoutant cette touche d'humour…

— Humour ? grinça Jo. Je ne suis pas sûr que tout le monde l'ait perçu comme ça…

Lors de cette première rencontre, Jo avait décidé de rester crédible aux yeux du jeune romancier. Bien qu'à l'article de la mort, le vieil ermite possédait encore assez de facultés mentales pour raisonner convenablement.

Quelques années plus tôt, lorsqu'il avait découvert le best-seller de Mac Callaugh et lu cette histoire qui ressemblait étrangement à la sienne, il avait eu l'intuition que l'écrivain en savait beaucoup trop sur sa vie, qu'il ne s'était pas contenté de se documenter sur la nature et les contrées sauvages du Montana.

Jo avait compris que Mac Callaugh avait enquêté non seulement en fouillant sa jeunesse, mais en menant des recherches suivies et approfondies sur chaque membre de sa famille.

Intrigué et désireux de savoir qui se cachait réellement derrière le masque de Patrick Mac Callaugh, Jo Patterson avait conclu, à son tour, qu'il lui fallait enquêter sur l'Irlandais. À l'issue de longs mois de correspondances diverses avec notamment d'anciennes connaissances au sein de la police locale, Jo avait découvert une vérité qui l'avait laissé stupéfait.

Ses recherches lui avaient permis de lever le voile sur l'énigmatique écrivain. Il avait ainsi pu connaître le nom de ses parents, son lieu de naissance, ses motivations et qui il était vraiment.

Jo savait désormais pourquoi ce jeune peigne-cul tentait de lui soutirer des informations. Il savait aussi parfaitement pourquoi il acceptait de le rencontrer : il allait conduire l'écrivain à renouer, contraint et forcé, avec son propre passé…

Il fit signe à Mac Callaugh d'approcher. Le jeune homme s'assit près du lit, tout près du respirateur artificiel.

— Plus concrètement, mon gars, qu'est-ce que tu attends de moi ?

— Je désirerais recueillir vos mémoires. J'écris une œuvre de fiction qui relate la vie d'un homme solitaire, un ermite né en plein cœur de la nature et qui y mourrait. Il aurait vécu loin de l'opulence, dans l'ascèse, réfractaire à la technologie et à nos modes de consommation actuels. Il s'agirait d'un homme de valeurs. J'évoquerais son amour pour la nature et sa passion pour la chasse. Je développerais le concept de l'adaptation de l'homme en milieu hostile ! Je…

Jo se retrouva de nouveau terrassé, la gorge et les poumons en feu, tordu par une sévère quinte de toux qui n'en finissait pas. Lorsque la crise s'atténua, il cracha un filet de glaire ensanglantée dans un bassinet en plastique.

— Écoute… Fais pas chier avec tes bondieuseries. Comme tu le vois, je n'ai plus beaucoup de temps. Ici, en soins palliatifs, on me donne l'illusion que tout est plus facile, mais je sais que je vais tirer ma révérence, je sais ce qui va me tomber sur le coin de la gueule, j'ai un putain de cancer qui m'a bouffé la moitié des poumons et je vais crever comme un chien. Alors, si tu veux écrire quelque chose de valable, je vais te raconter une histoire, mais ça ne sera pas la mienne. Avant de mourir, je veux me libérer d'un poids, comme à confesse devant le cureton. Ce que je vais te divulguer, tu vas l'écrire, et ce bouquin révélera la vérité au grand jour. Tu l'écriras, l'Irlandais, ou bien ton âme sera damnée…

— De quoi s'agit-il, Jo ? demanda Mac Callaugh, les yeux pétillants de curiosité.

— Tu as de quoi noter ?

Troublé par la tournure que venait de prendre l'entretien, Mac Callaugh extirpa de sa poche un dictaphone microcassette.

Jo continua d'une voix qui ne trahissait pas, à l'image du crépuscule de son existence :

— Ne t'inquiète pas… Je vais juste te dévoiler ce que mes yeux ont vu un certain soir de janvier 1955, sans savoir ce que ça pouvait être. Une force maléfique, peut-être, car ça n'avait rien d'humain. Le diable en personne, oui, le diable en personne…

5

Cleveland, État de l'Ohio/États-Unis, **juin 1981**

Les Rolling Stones balançaient les voix et les guitares sur un rythme effréné.

Sympathy for the Devil se catapultait par-delà les enceintes incrustées dans le cuir des portières, tournoyant dans l'univers ronronnant et feutré de la Chevrolet Caprice.

Le soleil était déjà haut et la fraîcheur du matin avait disparu avec les dernières lueurs de la nuit.

Lawrence roulait, impassible, laissant les chevaux mécaniques gronder et avaler l'asphalte de l'Innerbelt Freeway. Muet derrière le volant, il se mordait l'intérieur de la joue, comme chaque fois qu'un grain de sable venait gripper son mécanisme bien huilé.

Le long cordon de bitume les ramenait de l'effroyable cimetière que les ouvriers avaient mis au jour dans ce lotissement des années 1950, tout près de la casse automobile de Woodland Avenue. Il fallait faire place nette pour un hypermarché démesuré et personne n'aurait pensé découvrir un cimetière enfoui…

Lawrence tira deux dernières bouffées nerveuses sur sa cigarette et l'éjecta d'une pichenette par la fenêtre entrouverte.

Il repensait aux conclusions préliminaires du légiste tout en prêtant l'oreille à Jagger qui hurlait :

I've been around for a long long year
Stolen many man's soul and faith…

Stenton avait été formel, il s'agissait du même mode opératoire : *démembrement, absence de certains organes, décapitation*. Les corps avaient été enveloppés dans des bâches plastique assez fines, pour retenir les odeurs de décomposition. Toujours selon Stenton, les corps avaient été enfouis un an, voire dix-huit mois plus tôt.

À ses côtés, Victoria Fletcher se sentait sale. Une chorégraphie monstrueuse évoluait en elle, s'ancrait de plus en plus profondément sous son crâne. Un ballet de clichés macabres enregistrés, estampillés au creux de son thalamus, lui apparaissait aussi clairement que si elle se trouvait encore tout près du charnier. Des résidus mémoriels lui en faisaient encore percevoir l'odeur, les épouvantables relents qui émanaient du vide sanitaire de la maison.

Neuf cadavres. Neuf victimes au total.

Victoria eut un haut-le-cœur.

Le sinistre panorama des corps qui tournoyait dans sa tête la plongea dans un vertige effroyable, la forçant à faire stopper le véhicule pour soulager son estomac.

Les Stones continuaient sous l'impulsion vocale de Jagger :

Just as every cop is a criminal
And all the sinners, Saints...

Pendant ce temps-là, les services fiscaux de Cleveland avaient rendu leur verdict : un des anciens propriétaires de la maison avait été retrouvé et attendait les deux flics dans les locaux de la PHU[1] d'Ontario Street...

*

Blake memoriu

L'image, aussi claire et violente qu'un rêve malsain, vint brusquement traverser sa conscience.

Il pensa à ce frère qu'il n'avait jamais eu. Ce frère que son appétit insatiable avait réduit à néant, alors qu'il n'était encore qu'un fœtus calfeutré dans les entrailles de sa mère.

Il s'était nourri de lui, de ses fluides vitaux. Il avait monopolisé la substance maternelle, la nourriture essentielle dispensée par une mère beaucoup trop faible pour pouvoir combattre le terrifiant mécanisme qui s'articulait dans son ventre.

La source s'était tarie.

1. La Police Homicide Unit de Cleveland est une division de la police chargée d'enquêter sur les crimes violents.

Blake avait lutté pour la survie, *sa* survie, et s'était alimenté de son frère jumeau *in utero*. Quelque part, derrière le miroir de l'existence, son fantôme le poursuivait. La voix de son frère défunt *ante natum* le hantait nuit et jour, le forçait à prendre la vie encore et encore, à posséder l'amour et le corps de ses victimes en souvenir de leur fratrie détruite.

Blake envisageait désormais de tuer son propre père, par qui tout était arrivé. Il se devait d'ôter la vie à celui qui avait tourmenté sa mère malade et chétive, l'avait cognée, vidée, épuisée, poussée à quitter les siens dans la souffrance.

Elle en avait perdu un jumeau et la vie.

Son père qui s'était débarrassé de lui.

Le traumatisme s'était étendu, Blake était infecté pour de bon, les cellules monstrueuses qui couraient en lui depuis sa naissance s'étaient emparées de lui.

Oui, un monstre était né, qui allait écrire les chapitres de sa vie avec le sang de ses amants…

*

Brecksville, État de l'Ohio/États-Unis, **juin 1981**

Le jeune Irlandais enclencha l'enregistreur et la micro-cassette magnétique se mit à tourner lentement.

Jo le dévisagea longuement, rapprocha le masque du respirateur, se racla la gorge et cracha quelques postillons sanglants. Ses yeux bleus, ravagés par la maladie, étaient ternes et délavés comme s'ils avaient été immergés dans un bain de Javel jusqu'à ce qu'ils blanchissent et se flétrissent.

Sa respiration était courte, sifflante, et pourtant Jo n'avait pas peur de mourir. La mort, il la connaissait, il l'avait maintes fois rencontrée, il avait dansé, dormi et même parié sa vie avec elle. Il avait remporté toutes les batailles, mais aujourd'hui il allait perdre la guerre. La grande dame noire allait l'emmener.

Il commença d'une voix calme et ronronnante, comme un vieux chat recroquevillé près d'une source de chaleur :

— Tu ne mentionneras pas mon nom dans ton roman, hein ? Tu es assez éclairé et judicieux pour ne pas le faire…

Patrick Mac Callaugh répondit d'un sourire.

— J'ai chassé toute ma vie, ç'a été ma grande passion. J'ai cultivé la terre, elle m'a nourri. J'ai aimé la nature et elle me l'a rendu. Très tôt j'ai eu le béguin pour les grands espaces, le grand air, les animaux, la vie sauvage. Aujourd'hui, à soixante-dix-neuf ans et avec mon cancer en phase terminale, tout ça me semble bien loin, comme si j'avais fait un beau rêve… Tu vois, l'Irlandais ? Le jour de ma naissance, mes parents m'ont gardé parce que j'étais un mec et que je pouvais être utile à la ferme. À cette époque, c'était difficile. En 1912, il s'est passé des tas de conneries. Quand ce putain de navire a sombré au large de Terre-Neuve et piqué du nez au fond de l'Atlantique Nord, la vie de mon paternel a été brusquement brisée. Mais il ignorait qu'il ne connaîtrait pas la joie de me voir trimer dur à la ferme. Un de ses frères se trouvait sur le *RMS Titanic*, il était électricien assistant. À l'annonce de la catastrophe, mon père est parti pour New York afin d'assister à la célébration de la messe en hommage aux mille cinq cents victimes...

— Jo... où voulez-vous en venir avec cette histoire ? fit l'Irlandais en coupant l'enregistrement. Je croyais que vous aviez vu le diable...

— Remets ce putain d'enregistreur en route ! grogna le vieux en le pointant du doigt.

Mac Callaugh s'exécuta.

Jo s'apaisa, puis continua, le souffle syncopé, très court :

— En se rendant à New York, mon père ne se doutait pas qu'il y laisserait la peau. Son long voyage ne l'a pas mené bien loin : il a été assassiné pour une poignée de dollars dans un vieil hôtel sordide, quelque part dans le Michigan. Ce que je cherche à te faire comprendre, mon gars, c'est que parfois, alors que nous pensons que le ciel nous est tombé sur la tête, que le pire est déjà arrivé, l'impossible peut encore survenir, l'impensable. Je me suis exilé très jeune, je suis parti, j'ai quitté le cocon familial et le Wisconsin pour m'installer dans le Montana, après quelques années dans le Dakota du Nord. Nous étions trois gamins pleins de bonne volonté, trois frères : George, qui avait repris l'exploitation familiale ; Ralph, qui s'était tué sur le chantier de construction du Holland Tunnel, en 1927 – il avait vingt ans... Bref, une fois de plus, je me suis surpris à penser que le pire était arrivé et...

— Et un événement beaucoup plus sombre que le décès de votre propre frère est venu vous affliger...

Jo fronça les sourcils et lança un œil noir au jeune littéraire.

— « Affliger » ? C'est le mot que tu emploierais ?

— Affliger, oui ! répéta l'écrivain.

— Ce que j'ai vu ce soir-là, mon ami, ne m'a ni *affligé*, ni *attristé*, ni quoi que ce soit dans ce genre… Non, ce que j'ai vu m'a horrifié. J'étais pétrifié devant la violence de la scène…

— Qu'avez-vous vu, alors ? s'impatienta Mac Callaugh en s'essuyant le front du dos de la main.

— Le diable, cher ami, j'ai vu le diable !

— Mais encore ? souffla l'écrivain en souriant.

— Je suis en train de te dire que ce soir-là j'ai vu le diable : Lucifer, Belzébuth, appelle-le comme bon te semble… Moi, je n'ai jamais rien vu d'aussi terrible, d'aussi violent…

Dans le couloir, le bruit d'un chariot métallique qui se renversait fit sursauter Mac Callaugh, et la porte de la chambre s'ouvrit sur une femme blonde en blouse blanche, accompagnée d'un homme au teint gris et aux yeux couleur d'onyx.

Mac Callaugh sentit que l'entretien touchait à sa fin et qu'il ne reverrait pas Jo de sitôt. Il tenta maladroitement une ultime bravade, à la manière d'un flic déterminé qui essaie une dernière ruse pour arracher des aveux.

— Jo ! Dites-moi ce que vous avez vu ce soir-là… Je ne peux pas partir comme ça, vous…

— Laisse-moi, maintenant, Mac Callaugh. Le rapace à lunettes qui vient d'entrer est un notaire, il vient pour ma ferme et pour le chèque que je dois lui signer…

— Mais…

— Tu l'écriras, ton bouquin, fais-moi confiance… Reviens dans trois jours et je te dirai tout. Je te parlerai du diable…

6

Cleveland, État de l'Ohio/États-Unis, **juin 1981**

Assise sur une chaise métallique solidement ancrée au sol par une chaîne et un gros cadenas, une femme attendait dans une salle de la police de Cleveland, l'air aussi effrayée qu'intriguée. On lui avait demandé de se présenter avec l'acte de cession notarié de son ancienne propriété de Woodland Avenue. Elle allait bientôt savoir pourquoi.

Son visage était ridé, mais elle ne paraissait pas très âgée. Un foulard noir enveloppait son épaisse chevelure rousse grisonnante, retenue par une pince en corne. Derrière ses lunettes rondes, deux petits yeux bleus trépidaient, au rythme de l'effervescence qui avait gagné la section recherche de la PHU depuis le début de la matinée.

L'ascenseur s'ouvrit sur Fletcher et Lawrence. Un petit homme chauve à la mine grise leur chuchota avec force clins d'œil, comme si sa contribution avait une importance capitale :

— Salut, les gars. Elle est dans le bureau, je vous l'ai gardée au frais…

Lawrence l'ignora. Quant à Fletcher, elle le remercia d'un signe de tête et pénétra dans l'étroit bureau confiné.

La femme au foulard noir les observa un moment sans rien dire.

— Je suis désolé, lâcha enfin Lawrence. Dans la salle des gardes à vue, la chaise est *clouée* au sol : c'est impératif…

— Ça ira très bien, monsieur…, murmura timidement la femme.

— Vous êtes ici, car vous avez été propriétaire d'une résidence dans le lotissement « Black Flower », sur Woodland Avenue. Nous n'arrivons pas à contacter la personne à qui vous avez vendu votre maison…

Sur un regard de Lawrence, Fletcher s'approcha en souriant.

— Madame, nous voudrions savoir si vous savez quelque chose à propos de cette personne…

— Mais de quoi parlez-vous ? Que se passe-t-il avec cette maison ? interrogea la femme au foulard en haussant soudain la voix.

Fletcher sursauta. Elle dévisagea un instant son interlocutrice, puis empoigna la chaise qui se trouvait derrière le bureau, la positionna au côté de l'intéressée et souffla doucement :

— Je vais vous dire ce qui se passe avec cette foutue baraque… Des engins de démolition ont mis au jour un véritable charnier dans le vide sanitaire. Neuf cadavres étaient en train d'y pourrir bien tranquillement, enveloppés dans des sacs de vinyle…

La femme se raidit, les yeux hallucinés. Victoria Fletcher continua tandis que Lawrence, les bras croisés, observait le petit bout de femme qui menait la danse :

— Madame…

— Amy…

— Je vous demande pardon ?

— Appelez-moi Amy, Amy Mac Callaugh…, lâcha la femme en libérant ses cheveux de son foulard.

*

Blake memoria/**avril 1965**

Blake se souvenait.

Il se souvenait du deuxième meurtre, six mois pile avant l'examen qui avait changé sa vie.

Cela s'était déroulé en avril 1965, dans son minable appartement qui donnait sur Fullerton Avenue, à Slavic Village, un peu au sud de Cleveland. Le petit meublé se situait au-dessus d'une boutique de pompes funèbres ; il appartenait d'ailleurs au patron de l'entreprise.

Blake se rappelait la violence de son acte, son envie, son désir si fort de posséder le corps sans vie et ensanglanté du jeune homme qu'il avait ramené au 3760 East 65th Street.

Enivré par l'alcool et les psychotropes, Edward Johnson avait tout juste vingt ans. Blake avait fait sa rencontre dans l'ambiance feutrée d'un bar gay du nord de la ville.

Échanges de regards fiévreux, sourires, tout avait été si simple.

Blake lui avait offert un verre, puis deux. Finalement, il avait convaincu Edward de l'accompagner jusqu'à son appartement, où il prétendait vouloir le prendre en photo, sublimer sa beauté et sa plastique en le mettant en scène, dans des poses à la fois équivoques et artistiques.

Le jeune homme, confus, avait timidement balbutié quelques mots déformés par l'alcool, sans oublier de négocier quelques dollars de plus, en échange d'une nuit exquise.

En montant dans la Mercury Comet, il avait eu des frissons et s'était lové contre le cuir du siège passager. Sa tête était partie dans une valse nauséeuse, tout tournait autour de lui, et la voix de Blake, si chaude un instant plus tôt, s'était brusquement faite dure et froide.

« Tu vas voir… tu vas aimer tout ce que je vais te faire. Même lorsque tu ne ressentiras plus rien, tu en redemanderas encore… », avait jeté Blake en s'installant derrière le volant. Il avait tourné le bouton de l'autoradio et Bob Dylan s'était mis à claironner *You're no good*.

La drogue qu'il avait glissée dans le verre d'Edward avait eu les effets escomptés. Avant de sombrer dans une sorte de coma, le jeune homme devait n'avoir aperçu de son visage, diaphane et effrayant, qu'un masque soudain tordu et creusé d'ombres étranges, dévoré par des spirales noires. Blake n'avait pu retenir un rire démoniaque et, tout en conduisant, avait commencé à se masser le sexe à travers le tissu tendu de son pantalon de treillis.

Edward n'avait presque rien vu, rien senti. Une fois dans l'appartement, il l'avait déshabillé et allongé sur le lit. Il l'avait longuement caressé et embrassé, puis s'était adonné à quelques pratiques sexuelles.

Mais quand le jeune homme avait commencé à reprendre ses esprits, Blake s'était décidé à en finir rapidement. Il ne pouvait plus résister à l'appel de son plaisir.

Assis sur le torse du jeune gars, il lui avait peu à peu serré le cou. Il avait serré, serré si fort qu'il avait entendu un craquement, comme un bruit de brindille qu'on écrase par inadvertance.

De la bave dégoulinait de ses lèvres, des larmes de folie et de rage roulaient sur ses joues.

Le corps d'Edward Johnson s'était figé.

Ses yeux exorbités, pétrifiés, implorant l'indulgence de son bourreau, s'étaient fixés sur le plafond fissuré dans un dernier regard.

Dieu avait eu la mansuétude d'ôter promptement la vie de sa victime. Blake n'avait pas eu à attendre trop longtemps pour s'en délecter sexuellement.

Blake savourait ces réminiscences sacrées. La violence qui avait suivi ses actes de nécrophilie lui donnait encore le frisson. Il se revoyait démembrer le corps et le décapiter, pour pouvoir l'introduire en entier dans le grand baril de plastique bleu rempli d'acide qu'il avait installé dans sa salle de bains.

Il avait souri. Il avait repensé à la tête.

Il avait eu envie de faire bouillir le crâne. Une fois blanchi dans la marmite, il l'avait peint, recouvert de décorations tribales aux couleurs très vives.

Blake avait décidé d'expérimenter une nouvelle forme d'expression, en franchissant les limites de tous les concepts artistiques connus.

Il faisait désormais exister ses victimes après leur mort. Il s'alimentait de leurs chairs pour les garder en lui et il conservait leurs crânes pour continuer, dans un grand élan d'amour, à scruter leur mort au fond de leurs orbites…

7

Cleveland, État de l'Ohio/États-Unis, **juin 1981**

— Mac Callaugh ? insista Freddy Lawrence.

— Oui, Amy Mac Callaugh, c'est mon nom, pourquoi ? répondit la femme rousse en arrangeant une mèche de cheveux derrière son oreille.

— Vous êtes… irlandaise ?

— Oui… mes grands-parents faisaient partie de la fameuse vague d'étrangers du XXe siècle qui quittèrent leur pays pour rejoindre la terre promise : les États-Unis d'Amérique ! ironisa-t-elle.

Victoria Fletcher s'éclaircit la voix :

— Madame Mac Callaugh, nous ne voulons pas raviver de douloureux souvenirs et, quand bien même votre émotion nous touche, mon collègue et moi, ce n'est pas le sujet. Vous êtes ici parce que nous cherchons des renseignements sur le dernier propriétaire de votre ancienne maison…

Les bras toujours croisés sur le torse, Lawrence lui lança un regard circonspect. Il inspira profondément et prit le parti de coller son nez à la vitre et de se laisser absorber par le mouvement d'Ontario Street, quelques étages plus bas.

— Ces cadavres… enfin, les victimes… ces horreurs datent de quand ? demanda Amy Mac Callaugh.

Fletcher allait ouvrir la bouche pour répondre, mais Lawrence se retourna soudain et, d'un bond, se rapprocha de la femme, l'air sombre et grave :

— Deux ans, approximativement. Ce qui, en théorie, vous écarte de la liste des suspects, vous ou votre mari… Nous cherchons des renseignements sur la personne qui a racheté votre propriété. Nous suspectons cette personne d'être à l'origine du massacre de neuf individus, ou tout au moins de complicité avec l'auteur de cette atrocité…

— Mon mari est incontestablement éliminé de la liste des suspects, puisqu'il est décédé il y a cinq ans. Un cancer l'a emporté et j'ai décidé de vendre la maison de Woodland Avenue… Mon fils a eu beaucoup de mal à s'en remettre. L'acquéreur de la maison se nommait Peter Fitzgerald et il est mort lui aussi, voilà trois ans. Sa femme, Eileen, y est restée jusqu'aux récentes expropriations ordonnées par la ville. À croire que cette baraque porte la poisse…

Freddy Lawrence ravala un sourire, posa mollement son fessier sur le bureau et, en hochant la tête comme s'il venait de saisir un détail d'une importance capitale, il laissa son regard se perdre dans le vague.

Victoria Fletcher sentit son estomac se nouer. Le simple fait que Lawrence ait brassé l'air en se déplaçant avait fait ressurgir son épouvantable odeur dans la pièce.

La jeune enquêtrice se rendit à la fenêtre, l'ouvrit et fit pénétrer l'air frais et les bruits de la rue. Lawrence la dévisagea sans comprendre et revint à Amy Mac Callaugh :

— Parlez-nous de votre fils... Où vit-il ? Réside-t-il à Cleveland ?

La femme aux longs cheveux roux le toisa comme s'il venait de lui lancer la pire des insultes.

— Quoi ? Vous ne connaissez pas Patrick Mac Callaugh ? Vous ne connaissez pas le best-seller *Une fin de loup* ?

Lawrence ricana.

— Non, madame, désolé... Je ne connais pas ce roman, mais effectivement, maintenant que vous le dites, j'ai déjà vu ce nom, et l'effigie en carton qui va avec, dans les rayons des grandes librairies...

Victoria Fletcher sourit dans son coin. En dépit de son effroyable odeur, Lawrence possédait un charme indéfinissable, une subtilité dans les gestes et la voix. Depuis son admission au sein de la cellule criminelle, depuis le premier jour où elle s'était retrouvée en binôme avec Lawrence, elle s'était régulièrement surprise à ressentir une certaine attirance pour lui.

Elle observa son visage, sa peau délicatement hâlée, ses traits fins et les ridules qui s'accumulaient au coin de ses yeux. Des yeux d'un noir profond, énigmatiques et très beaux. Elle scruta sa chevelure encore fournie, aux reflets bruns. Le seul défaut de ce visage définissait son charme.

Son regard glissa aussitôt sur la bouche du flic, qui riait encore.

Alors que les lèvres de Lawrence s'étiraient davantage en un étrange sourire, Victoria Fletcher sentit que quelque chose lui échappait…

8

Brecksville, État de l'Ohio/États-Unis, **juin 1981**

Patrick Mac Callaugh s'était senti frustré, déçu de n'avoir pas pu arracher au vieux les renseignements qu'il désirait.

Jusqu'au bout, il avait été persuadé que Jo lui cracherait le morceau. Son pseudo-reportage, son histoire de roman n'étaient qu'un prétexte pour le faire parler.

Le fond de l'affaire était bien plus grave, bien plus sombre, bien plus vendeur et tordu qu'une putain de vie d'ermite, une existence passée au cœur du Montana.

Car la salope avait parlé. Mac Callaugh avait eu droit aux confidences sur l'oreiller. C'était elle qui l'avait mis sur la piste du vieux. La veuve de Woodland Avenue avait lâché quelques bribes entre deux va-et-vient sur son sexe, quelques mots à propos du vieillard et de sa famille de tarés juste avant d'avoir la bouche pleine et de ne plus pouvoir parler…

Mais Patrick se sentait mieux. Jo l'avait fait appeler deux jours plus tard et lui avait donné rendez-vous dans le parc de l'Institut médical. L'infirmière avait limité l'entrevue à vingt minutes – et encore, si aucune crise ne venait troubler leur conversation. Jo n'était pas au mieux de sa forme ces derniers temps ; il avait même demandé qu'on lui injecte une mixture curarisante pour le laisser partir doucement.

Le romancier se retrouvait donc au parc sous un soleil blanc et piquant.

Il lui semblait percevoir comme les fragments d'un rêve, la mise en scène d'un épisode dissimulé de la vie.

D'un œil circulaire, il nota les innombrables blouses blanches qui accompagnaient des individus arrivés au terme de l'existence, des êtres humains prêts à franchir le dernier obstacle. Oui, cet épisode de la vie restait dissimulé, comme si se préparer à la mort avait quelque chose de honteux, comme si les familles voulaient faire disparaître leurs proches avant même qu'ils ne soient morts.

Il aperçut Jo, engoncé dans le confort improbable d'une chaise roulante, un plaid écossais de couleur verte sur les genoux, sous un magnifique marronnier de l'Ohio, symbole de l'État du même nom. Mac Callaugh eut un frisson en découvrant les jambes blanches et grêles du vieil homme. Il n'osa imaginer l'épaisseur de ses cuisses camouflées sous le tissu de laine.

Arrivé à sa hauteur, il regretta soudain de venir questionner, perturber un vieil infirme. Jo était fatigué et rongé par la maladie, bien plus que Patrick ne se l'était figuré dans la chambre, ramassé sous les draps de son lit.

En pleine lumière, sous l'intensité crue du soleil, le visage de Jo semblait être passé sous un bain d'acide qui aurait boursouflé ses chairs. Ses yeux délavés d'un bleu-gris pâle se perdaient au fond de leurs orbites sombres. Sa mâchoire proéminente et décharnée frémissait comme sous l'effet du froid, ou comme s'il récitait une ultime prière pour le salut de son âme – comme si cette litanie pouvait le sauver de la folie du secret qu'il avait jalousement gardé toutes ces années.

Ce secret qu'un écrivaillon allait maintenant lui arracher. Ce secret qu'il n'emporterait pas dans la tombe…

— Bonjour, Jo, comment allez-vous aujourd'hui ? lança Mac Callaugh avec un sourire vicelard.

— À ton avis, j'ai l'air d'aller bien ? Putain d'merde ! Tu crois que je serais ici à reluquer l'cul des infirmières si j'allais bien, hein ?

L'écrivain hocha la tête et se posa dans l'herbe, au pied du fauteuil roulant.

Jo fit un signe à l'infirmière pour lui faire comprendre qu'il désirait être seul pour cet entretien.

— Tu es venu pour le diable, hein ? Tu brûles de savoir ce que j'ai vu ce maudit soir de janvier 1955, n'est-ce pas ?

— Je suis venu pour entendre enfin la vérité, Jo, pour que vous puissiez me livrer ce qui vous ronge depuis toujours…

— Et Dieu sait que ce n'est pas facile à porter…

— Alors libérez-vous, lâchez le monstre !

Jo laissa couler une expression de dégoût sur son visage et fronça les sourcils :

— Espèce de petit merdeux ! hurla-t-il en postillonnant. La seule chose qui t'intéresse, c'est ta putain de petite personne, ton ego d'écrivain convaincu que son talent sera reconnu à la publication de l'ouvrage, hein ? Mais moi, *ma* personne ne t'intéresse pas, je ne suis qu'un vieillard bouffé par le crabe qui va bientôt claquer…

Jo essuya alors une quinte de toux contenue, silencieuse, en regardant le jeune romancier de biais. Mac Callaugh le soupçonna d'en rajouter pour l'attendrir.

— Mais pas du tout, Jo ! rétorqua-t-il. Vous êtes un homme passionnant, Jo, vous êtes humain malgré la couche de merde qui vous recouvre…

Le vieillard tourna la tête et le fusilla d'un regard noir.

— De quel droit…

— Malgré votre personnalité de vieil homme des bois, de vieil ours, de montagnard viril et grincheux, vous êtes quelqu'un de bien. Vous avez gardé un terrible secret en pensant que ce que vous aviez vu ne pouvait être qu'un moment de pure folie, unique et effroyable, un acte irresponsable qui ne se reproduirait jamais plus…

Jo se fendit d'un tout petit sourire, laissant apparaître une rangée de dents tordues et jaunâtres. Il ferma lentement les yeux, respira profondément et commença avec un filet de voix :

— C'était en janvier 1955, un hiver très froid, il gelait à pierre fendre cette année-là. J'avais cinquante-trois ans et je pensais avoir tout vu et tout vécu, les meilleures comme les pires des choses qui rythment notre existence sur cette saloperie de planète. Ce soir-là, à la ferme, comme toujours après le dîner, j'ai enfilé ma veste pour sortir et faire ma tournée à l'étable, histoire de vérifier que les bêtes allaient bien et que tout était en ordre sur la propriété. Mon chien aboyait depuis un moment, mais cela ne m'avait pas paru curieux, pas plus que d'habitude.

Ça lui arrivait de débusquer des bêtes sauvages et de partir en chasse toute une nuit pour ne revenir qu'au matin. Ce soir-là, mon chien hurlait effectivement après une créature, mais cette bête n'avait rien d'animal. Voilà ce que mes yeux ont vu, et cette vision m'a poursuivi toute ma vie…

*

Victoria Fletcher se réveilla en sursaut.

La sensation d'une présence à l'intérieur de son domicile l'avait tirée de son sommeil agité.

Elle enfila un pantalon de survêtement qui traînait au pied du lit et fit quelques pas, complètement groggy, sonnée par une torpeur lourde et lancinante. Elle récupéra son holster et son arme de service suspendus à la poignée de la fenêtre, sortit de sa chambre et, après avoir extrait l'arme de son étui, entreprit d'inspecter chaque pièce de son appartement.

Le souffle court, la jeune inspectrice déambulait dans la pénombre, l'arme au poing, concentrée sur le moindre bruit. Des rafales d'images, résidus de son rêve encore frais, traversaient sa conscience.

L'appartement était vide. Devenait-elle folle ?

Non, ce n'était pas de la folie…

Dans son rêve, elle avait identifié celui qui l'intriguait depuis toujours. Cet homme qui provoquait en elle autant de répulsion que de fascination…

Après avoir vérifié que la porte d'entrée était bien fermée, Victoria jeta un œil au-dehors par la fenêtre de sa cuisine et but un verre d'eau. Sa frayeur avait sans doute été déclenchée par son rêve – oui, c'était probablement cela.

Elle retourna dans sa chambre. Elle se glissait sous les draps quand le visage de Freddy Lawrence lui apparut de nouveau. Elle se retrouva aussitôt plongée dans cette pièce emplie de brume épaisse, glaciale, cherchant à tâtons le flic censé la sortir d'un mauvais pas. La panique la saisit. Elle revivait la scène, perdue au milieu de nulle part, quand soudain une sensation unique lui revint : elle ressentait avec un réalisme déconcertant le désir que l'inspecteur Lawrence éprouvait pour elle. Son visage émergeait des volutes de brume et son étrange sourire l'invitait à le rejoindre…

Elle devenait folle, cinglée. L'idée l'effleura cette fois comme une évidence. Mais cette folie lui sembla douce et agréable…

Victoria se laissa envelopper par le sommeil en souriant. Depuis quand n'avait-elle pas ressenti de l'attirance pour un mâle ?

9

Blake memoria/**février 1966**

Voilà, c'était fait.

Plus rien désormais ne viendrait troubler ces moments de ravissement, pas même l'angoisse de se faire prendre, de ne plus pouvoir posséder ses victimes.

Blake venait de rejoindre la grande institution de la patrie et arborait fièrement son nouveau statut.

Il avait vingt-quatre ans. Ce soir de février 1966, rien ne pourrait l'arrêter, s'opposer à l'acte monstrueux qui allait faire de lui l'un des criminels les plus violents de l'histoire.

Blake avait décidé de faire la tournée des bars gays du centre de Cleveland. Une sorte de récompense pour se féliciter d'avoir passé les tests, bravé les questions pièges et réussi avec brio ce concours minable qui insultait son intelligence.

James Dextor, un jeune Afro-Américain mal dans sa peau qui avait découvert son homosexualité par hasard, fumait son pétard d'herbe sur le trottoir du club 777. L'adolescent aimait traîner devant l'établissement – il n'avait pas le droit d'entrer, mais la direction lui accordait celui d'accrocher quelques clients tardifs et d'empocher des passes.

La Mercury Comet était garée deux rues plus loin.

James Dextor avait à peine seize ans.

Arrivé à hauteur du 777, Blake l'avait dévisagé, un peu abruti par l'alcool qui le faisait tanguer doucement. L'effet avait été immédiat, Blake avait compris. Il ne mettrait pas les pieds dans le club : ce soir, il avait trouvé ce qu'il était venu chercher. La réponse vitale, fondamentale, à son excitation.

En remontant à bord de la Mercury avec le jeune Dextor, Blake avait ressenti une joie intense, cette ivresse érotique que lui procurait le désir sexuel. Il n'était cependant pas encore tout à fait sûr de commettre un meurtre, ce soir.

Pourtant, ce qui se produisit au 3760 East 65th Street est indescriptible.

*

Cleveland, État de l'Ohio/États-Unis, **juin 1981**

— Disparue ? Bordel ! On ne disparaît pas comme ça dans ce pays ! jeta Lawrence en froissant un dossier entre ses mains. Où est passée cette fichue propriétaire ? D'après les services fiscaux, Eileen Fitzgerald a cessé d'exister depuis l'année dernière.

Victoria lui lança un regard rond. Une esquisse de sourire sur les lèvres, elle repensa au rêve étrange qui l'avait hantée la nuit précédente.

— Et Stenton, il a donné des nouvelles des cadavres de Woodland Avenue ? demanda-t-elle en réentendant les mots d'amour que lui avait murmurés Lawrence.

— Oui, ce matin. D'ailleurs, voici son rapport…, répondit Lawrence en balançant le dossier sur le bureau. Vous devriez y jeter un œil, c'est édifiant !

Il se rapprocha de la baie vitrée et s'absorba dans la contemplation d'Ontario Street.

— Il a eu le temps d'étudier les neuf corps ? Vraiment ?

— Stenton est efficace…, dit le flic sans se retourner.

— Misogyne mais efficace, je le reconnais bien là…

Fletcher ouvrit le dossier et se mit à parcourir les détails morbides du légiste : « Les corps semblent avoir été passés à la chaux vive pour accélérer le processus de destruction des matières organiques… Trois corps présentent une décapitation nette… Certains organes ont été prélevés : le cœur et le foie… Notons que deux sujets ont été émasculés… Un tronc humain de sexe masculin a été retrouvé dans un baril de plastique bleu, enfoui près de l'entrée du vide sanitaire. Les membres n'ont pas été retrouvés. Le démembrement semble avoir été pratiqué à l'aide d'une scie aux dents fines, probablement une scie de boucher… Plusieurs crânes ont été fracassés, d'autres percés, sans aucun doute à l'aide d'un outil électrique… »

Elle eut un moment d'égarement. Elle laissa passer le train fou des images ; la représentation monstrueuse de ce qu'avait pu être le calvaire des victimes.

— Le baril de plastique bleu…, souffla-t-elle. C'est exactement le même schéma que le charnier du parc national de Cuyahoga Valley, non ?

— Exactement…

L'inspectrice se leva, fit quelques pas et lança fièrement :

— Si vous voulez mon avis, j'ai dans l'idée qu'Eileen Fitzgerald s'est fait trouer la peau. Quelqu'un avait intérêt à ce qu'elle ne parle pas et l'a fait disparaître…

Lawrence acquiesça d'un signe de tête.

— Et pour le fils d'Amy Mac Callaugh ? grogna-t-il. On fait quoi ? On le convoque ? Il pourrait apporter de l'eau à notre moulin, non ?

C'est alors que la porte du petit bureau s'entrebâilla et que le capitaine Yaakov Levy pénétra dans la pièce en agitant un document devant lui. La bar-mitsva de son petit-fils, qu'il préparait activement ces derniers jours, l'avait rendu plus abordable, moins acariâtre que d'habitude. Mais derrière son généreux sourire se cachait une inquiétude évidente…

10

Brecksville, État de l'Ohio/États-Unis, **juin 1981**

— Et quelle était donc cette bête sauvage qui n'avait rien d'animal ? interrogea Mac Callaugh en se rapprochant du vieillard.

Jo le dévisagea d'un œil profond et se lança, résolu :

— Les aboiements de mon chien provenaient de derrière l'étable, à l'endroit où j'avais l'habitude de déverser le purin. Décidé à foutre une correction à ce sale cabot, j'ai attrapé un manche de pioche qui traînait...

L'infirmière rebroussa chemin, un sourire forcé sur les lèvres, gênée d'interrompre la conversation des deux hommes.

— Je suis désolée, Johnny, dit-elle d'une voix douce, j'ai oublié de vous prévenir que le médecin-chef doit passer vous voir et...

— Vous n'êtes pas décidée à me laisser crever en paix, vous, hein ?

Suspendu aux lèvres du vieux et tenaillé par la curiosité, Mac Callaugh envoya un regard incendiaire à la jeune femme. Il trépignait d'impatience, tournant et retournant son enregistreur entre ses doigts.

L'infirmière s'éloigna. Mac Callaugh réenclencha son appareil et Jo continua :

— J'ai donc contourné le bâtiment et, là, je me suis retrouvé face à une scène d'horreur indescriptible. Je vous le dis, Mac Callaugh, je ne dois d'être resté sain mentalement qu'à une seule chose : le fait d'avoir été habitué dès mon plus jeune âge à voir, à toucher et à renifler le sang des proies que je chassais…

Un fauteuil roulant, poussé par une nurse sans âge, passa lentement devant les deux hommes. Un vieillard sous assistance respiratoire semblait regarder le ciel avec intérêt, comme si celui-ci allait l'emporter et mettre un terme à ses souffrances.

— Le gamin avait treize ou quatorze ans, je ne sais plus…

— Le gamin ?

— Il se tenait droit devant l'animal qu'il avait sorti de l'étable.

— L'animal ? Mais…

Jo tendit son bras devant lui, les doigts écartés pour intimer le silence au romancier.

— Il l'avait attaché à la moissonneuse-batteuse stationnée près de l'étable, il l'avait simplement enchaîné par le cou. Le plus terrifiant, c'était sa désinvolture. Son visage était constellé de sang et son pull-over en était imprégné, et il riait, il riait, d'un rire que seul le diable avait pu lui transmettre…

— Jo… Putain ! Qui c'était, ce gosse ? C'était quoi, cet animal ?

Jo se mit à expectorer comme s'il expulsait ses poumons gangrenés et cracha à plusieurs reprises des glaires sanglantes. L'infirmière se rua vers lui.

— C'est terminé ! Laissez-le ! lança-t-elle à Mac Callaugh comme s'il avait voulu tuer le vieil ermite.

— Non, attendez ! jeta l'Irlandais. Nous n'avons pas fini... Il...

— Ce sera tout pour aujourd'hui, monsieur Mac Callaugh. Jo est fatigué. Le médecin-chef doit s'entretenir avec lui, c'est impératif...

— Attendez..., pleurnicha l'écrivain. Je dois absolument finir de prendre ces notes...

— N'insistez pas ! Reprenez rendez-vous, vous reviendrez à ce moment-là..., dit-elle en plaçant le masque du respirateur sur le nez de Jo.

— C'est ça ! Vous m'appellerez quand il sera mort...

La jeune femme foudroya l'Irlandais d'un œil menaçant. Puis elle mit le chariot en branle et s'éloigna en trottinant un peu, comme si accélérer le pas pouvait reculer l'échéance, éviter que le couperet ne tombe sur le cou du vieil homme.

Mac Callaugh regarda s'éloigner le petit vieux, en tentant de se persuader que Jo viderait un jour ou l'autre la merde qu'il avait ingurgitée toutes ces années... Il le fallait.

*

Blake memoria

Par respect pour les victimes et leurs proches, l'appartement du 3760 East 65th Street, à Slavic Village, sera détruit sur ordre officiel du gouverneur. Pas question de laisser s'installer un mythe, ni cette sorte d'idolâtrie malsaine qu'entretiennent certaines personnes envers les tueurs en série les plus violents.

Parmi les décombres, des fétichistes emporteront malgré tout des morceaux de papier peint, des bouts de lino, de plâtre ou de béton. Personne ne remarquera en revanche les éclats de sang sur la tapisserie, à l'endroit où se trouvait le lit de Blake.

Après avoir consommé sa partie de sexe avec James, Blake s'allongea sur le dos près du jeune homme, repu, et observa sa montre.

Cinq minutes. Encore cinq minutes et le sédatif qu'il lui avait administré le précipiterait dans une nuit profonde. Il suffisait maintenant d'attendre.

Blake se leva, encore ivre de désir, et se dirigea vers la cuisine pour se saisir du matériel dont il avait besoin. Mais James était résistant. Contracté par des crampes d'estomac indescriptibles, il se leva en titubant.

— Putain, mais tu fais quoi, là ? cria Blake en revenant dans la chambre.

James s'avança vers lui en tentant de recouvrer son équilibre.

— Tu ne vas pas me quitter comme ça, on vient juste de faire connaissance !

— Il faut que je rentre chez moi… je ne me sens pas très bien.

Du plat de la main, Blake assena un coup violent contre le thorax de son amant. Le jeune homme se retrouva allongé sur le lit. Sa tête avait heurté le mur, il se mit à geindre doucement.

Blake n'avait plus aucune raison d'attendre. Il fondit sur lui et se mit à le frapper au visage, encore et encore, en ricanant comme si le diable s'était insinué en lui.

Sonné par l'anesthésique, James ne sentait plus les coups de poing qui s'écrasaient sur ses pommettes. Ses arcades et son arête nasale cédèrent, ses lèvres avaient éclaté.

Les coups pleuvaient comme une tornade.

Agrippant son cou, ahanant comme un cheval à la course, son tueur lui écrasa l'œsophage et la trachée.

Le garçon gémissait encore, cherchait à balbutier quelques mots.

Blake relâcha soudain le corps à demi mort. Il venait de prendre une décision.

Il avait longuement retourné la question et il avait enfin trouvé la réponse : ses victimes lui devaient allégeance, elles devaient lui obéir, lui être soumises et exécuter ses ordres. Il devait pouvoir les posséder et les soumettre sexuellement. Il venait de décider de tenter une petite expérience.

Pour contrôler quelqu'un, il fallait lui déconnecter le cerveau. Au sens propre, lui administrer un « lavage de cerveau ». La procédure était enfantine, déroutante de facilité. Il suffisait de percer le crâne au moyen d'une foreuse électrique et d'introduire de l'acide chlorhydrique à travers l'orifice ainsi créé.

Il commença par menotter James aux barreaux du lit, tandis que ce dernier s'étouffait dans son propre sang.

Blake procéda à quelques caresses sur ce corps offert et brancha la perceuse.

À cheval sur le dos de l'adolescent, il posa la mèche d'acier sur l'arrière de son crâne.

Il fora lentement, avec application, sans prêter attention aux hurlements effroyables de James ni à l'horrible grincement de l'acier contre l'os. Le travail accompli, il lui injecta l'acide, qui se mit à fumer au contact des chairs.

Il allait pouvoir enfin contrôler son zombie, son esclave sexuel et dévoué.

Il détacha Dextor pour mieux l'observer.

James resta immobile de longues minutes.

Soudain, mû par un irrésistible instinct de survie, il profita du fait que Blake était retourné dans la cuisine pour s'éclipser de l'appartement.

Il se retrouva dans la rue, nu, hagard, dégoulinant de sang, une paire de menottes suspendue à l'un de ses poignets, cherchant de l'aide auprès de passants terrifiés.

Blake était parti à sa recherche. Il le localisa bientôt, entouré de deux policiers. Il leur fit face, dévisagea James et lui vissa d'autorité une casquette sur le crâne afin de dissimuler la blessure. Sans se démonter, il répondit poliment aux questions des flics, expliqua que son amant et lui avaient eu une violente dispute et qu'en partant, aveuglé par la colère, ce dernier avait chuté dans les escaliers.

Le jeune malheureux, tétanisé, sous le choc des tranquillisants et le cerveau partiellement grillé, fut incapable de fournir la moindre explication.

Les deux flics se marraient. Voyez-vous ça, un « petit pédé bourré » se baladait à poil dans la rue. Il avait sûrement mérité la correction infligée par son compagnon.

Blake ramena James chez lui et l'étrangla aussitôt. Puis il démembra le corps et procéda comme la première fois, en introduisant les morceaux dans un baril d'acide.

Il conserva les testicules dans un bocal de formol, et congela le cœur et quelques belles pièces de viande taillées dans le haut de la cuisse. Piquées à l'ail avec un vin rouge français, c'était savoureux.

Enfin, il fit bouillir la tête. Une fois que le crâne fut blanchi, il l'orna d'une peinture psychédélique et tourmentée…

II

Cleveland, État de l'Ohio/États-Unis, **juin 1981**

— J'ai là un document qui devrait vous intéresser, vous deux…, lâcha le capitaine Yaakov Levy.

Fletcher et Lawrence se regardèrent en silence, surpris que le chef de la cellule criminelle de la PHU se déplace spécialement, surtout pour leur apporter un papier. Ils étaient plutôt habitués à être convoqués pour se faire brasser par ce chef constamment essoufflé, voire laminer lorsqu'il n'était pas d'humeur.

— Capitaine ? Vous paraissez très en forme, aujourd'hui…, ironisa Lawrence en joignant à la parole un geste théâtral.

L'autre posa le document sur le bureau et se laissa choir sur la chaise scellée au sol, le fameux siège réservé aux gardés à vue.

— À la maison, c'est un peu la fête depuis quelques jours… J'arrive pas à croire que mon petit Yaakov va faire sa première lecture de la Torah, j'en suis ému aux larmes…

Victoria Fletcher se racla la gorge et scruta Lawrence d'un œil amusé.

— Nous étions en train de faire le point sur l'affaire des bidons bleus, capitaine.

— Vous vous rendez compte ? Il va porter le *talit*, mon petit Yaakov…

— Capitaine…, insista Fletcher.

— Oui… ce document. Je sais que vous cherchez Eileen Fitzgerald, l'ancienne proprio de la baraque de Woodland Avenue. Les corps qui pourrissaient dans cet infâme charnier n'ont pas pu y être acheminés par une femme seule. Or, selon le légiste, les faits se seraient déroulés après le décès du mari, Peter Fitzgerald…

Lawrence s'assit sur le bureau, croisa les bras et considéra son supérieur comme s'il s'agissait d'un vulgaire suspect.

— Et vous pensez que madame Fitzgerald peut être coupable…, dit-il en se frottant la pointe du menton. Mais avec l'aide d'un complice qu'elle aurait couvert, c'est ça ?

— Ou de son amant ! ponctua Levy sur un ton triomphal. Je sais que vous cherchez la veuve pour l'interroger, pour savoir, par exemple, si elle n'aurait pas eu, à un moment donné, une relation avec un homme qui aurait logé à son domicile, ajouta-t-il avec un sourire jusqu'aux oreilles.

Fletcher se rapprocha de Lawrence en réprimant un haut-le-cœur – cette odeur de sueur rance…

— Et vous pensez à quoi ? susurra-t-elle à l'attention de son chef.

— Je pense que vous cherchez la bonne personne, mais pas comme il le faudrait…

— Allez, capitaine, lâchez-nous l'info ! Promis, nous participerons au cadeau de la bar-mitsva de votre petit-fils.

Levy eut un sourire étrange et haussa les épaules.

— Selon les services fiscaux, Eileen Fitzgerald a disparu l'année dernière. Mais je peux vous dire qu'elle est bel et bien vivante. Hier matin, par le plus grand des hasards, Henrique Laguardia a fait une découverte intéressante. Jusque-là, le pistage bancaire n'avait rien donné. Eileen Fitzgerald a fermé tous ses comptes, elle n'existe plus sur le circuit bancaire…

— Qui s'est occupé de ça, déjà ? relança Lawrence.

— Laguardia, de la brigade financière. Il se trouve qu'il travaille sur les dossiers d'attribution d'un gros chantier immobilier qui, selon un informateur anonyme, serait un montage financier véreux…

Lawrence fit mine de se lever, mais Levy lui intima d'un geste l'ordre de se rasseoir.

— …ce qui est très grave, d'autant que le maire serait impliqué… Mais ce n'est pas le sujet. Le plus intéressant en ce qui nous concerne, c'est que ce chantier jouxte la casse automobile de Woodland Avenue et qu'il s'agit du vieux lotissement Black Flower où se trouve cette putain de baraque-cimetière !

Lawrence sursauta. Fletcher noua ses cheveux à l'aide d'une pince et demanda :

— Et le rapport avec notre fameuse affaire ? Les bidons bleus et les cadavres de Woodland ?

Levy grogna en secouant la tête :

— En auditionnant le fondé de pouvoir de la société d'investissement, Laguardia a retrouvé Miss Fitzgerald. Les dossiers d'expropriation ont été établis aux noms des propriétaires. Eileen Fitzgerald avait porté le sien sur le document, bien sûr. Le virement de l'indemnisation a été effectué sur un compte bancaire ouvert à Wellington, dans le comté de Lorain, à une heure de route d'ici. Eileen Fitzgerald s'appelle désormais Eileen Sterling… Elle a repris son nom de jeune fille : c'est pour ça que vous ne la retrouviez pas !

Levy se pencha pour attraper le feuillet qu'il avait laissé traîner sur le bureau. Il termina presque à voix basse :

— Voici une copie de son contrat d'ouverture de compte, fit-il en secouant la feuille rose. Son adresse actuelle se trouve en haut, à gauche. Elle a changé de vie, à nous de découvrir pourquoi…

12

Cleveland, État de l'Ohio/États-Unis, **juin 1981**

Lawrence et Fletcher s'apprêtaient à prendre la route pour Wellington. Ils allaient rendre une visite à Eileen Fitzgerald pour tenter d'en savoir un peu plus sur cette affaire – et sur son passé.

Ils s'étaient retrouvés tôt à l'angle d'Ontario Street, à l'*Arabica Coffee House*.

Assise face à Lawrence, Victoria tapotait sa tasse de café fumant du bout de l'ongle, en cherchant désespérément les mots justes. Malgré sa fascination, l'odeur rance de son coéquipier la ramenait à la réalité et la dégoûtait plutôt.

Elle ne voulait pas le blesser. Elle voulait juste comprendre.

— Freddy… je… j'aimerais parler d'une chose avec vous. Ça me gêne vraiment, mais…

— Je vous écoute, Victoria. Qu'est-ce qui vous tracasse ? fit-il après avoir avalé une gorgée de café noir.

Fletcher sentit monter de nouveau en elle ce malaise, cette sensation de vertige qu'elle avait perçue le jour de leur première rencontre dans les locaux de la PHU d'Ontario Street.

— Eh bien… je me disais que vous devriez peut-être consulter un endocrinologue, ou utiliser un déodorant plus…

— Mais enfin, qu'est-ce qui vous prend ? Mon odeur vous dérange, Victoria ?

— Pour tout vous dire, c'est même parfois franchement insupportable…, avoua-t-elle en souriant timidement.

Lawrence laissa glisser un petit ricanement.

— Je sais… Certains ont pu s'y faire, d'autres non. Je n'y peux rien, mon système hormonal a semble-t-il conservé la mémoire de mon enfance, un dérèglement de mon système sudoripare dû à mon alimentation. C'est incurable…

— Mais…

— Mon endocrinologue est formel, c'est *tatoué* dans mes gènes…

Fletcher fronça les sourcils.

— Expliquez-moi, Freddy, comment votre alimentation a-t-elle pu provoquer cette anomalie hormonale ?

Freddy ferma un instant les yeux. Un décor élastique apparut derrière ses paupières. Ce décor semblait se distendre, s'étirer à l'infini sous le crâne du flic blessé. Les plaintes, les cris, les menaces, l'angoisse de cette assiette qu'il lui fallait chaque fois finir sous les yeux de cet homme autoritaire. Et, soudain, sur ces bourreaux fantômes se superposa la vision du cerf éventré. Un éclair, luminescence argentique, spasmodique, aussi vive et douloureuse qu'une brûlure profonde.

— Je crois que la viande forte du gibier qu'on m'a fait avaler de force quand j'étais gamin y est pour quelque chose… Matin, midi et soir, c'était toujours la même assiette abjecte devant moi…

Lawrence exprima une grimace de dégoût et porta sa tasse de café à ses lèvres.

Victoria singea l'écœurement, sourit et chercha à en savoir davantage.

— On vous a forcé à avaler de sales trucs quand vous étiez gosse ? C'est la croix de tous les gamins, ça…

Lawrence eut un sourire.

— Hum… forcé ? Le mot est faible… Savez-vous ce que c'est d'être contraint à avaler une nourriture qui vous répugne ? Une nourriture qui vous file la nausée et vous donne envie de vomir parce que vous avez vu l'animal qui se trouve dans votre assiette se faire abattre, éviscérer et dépecer… Savez-vous ce que l'on peut ressentir, quand on n'est qu'un gamin ?

La jeune enquêtrice hocha la tête en vidant sa tasse.

— Imaginez un instant… Imaginez-vous à table et, solennellement, on vous apporte votre repas. Dans votre assiette, le chat que vous avez toujours adoré et que vous caressiez sur vos genoux, eh bien ce chat, on vous demande de l'avaler au risque de vous prendre la plus grosse raclée de toute votre putain d'existence de mioche… Quelle serait votre réaction ?

Victoria Fletcher eut un mouvement de recul et s'enfonça dans son siège. Elle scruta Lawrence, les traits défaits par l'incompréhension.

— Allons, Victoria ! fit Lawrence en se levant. Aujourd'hui, ça va. J'ai eu droit à un suivi psychologique lorsque ma famille d'accueil m'a récupéré. Les seules traces inaltérables de ce traumatisme restent ma sueur, mon odeur, comme si mes chairs transpiraient encore les molécules de cette viande faisandée…

Il regarda sa montre, se frotta le visage pour écraser discrètement la larme qui avait pris naissance au coin de son œil, puis lança en souriant :

— Pour l'heure, il est temps de rendre une petite visite à Eileen Sterling Fitzgerald… Vous conduisez ?

— Vous rigolez ? Le jour où je conduirai une Chevrolet Caprice, les poules auront des dents !

— Eh bien, considérez qu'elles en ont… Vous conduirez jusqu'à Wellington. La vitre côté passager ne s'abaisse plus, comme vous savez… La place conducteur est beaucoup plus aérée !

Victoria Fletcher haussa les épaules en riant et arracha des doigts du flic la clé qu'il lui tendait.

La fascination la rattrapait. Elle ressentait la blessure profonde de son coéquipier, le traumatisme qui avait scarifié les années de son enfance. Ce charme occulte lui brassait les entrailles, la forçant à abdiquer, à se laisser emporter… à lâcher prise.

13

Brecksville, État de l'Ohio/États-Unis, **juin 1981**

Patrick Mac Callaugh avait insisté.

Le chef de service lui avait fait comprendre que Jo était à l'article de la mort et qu'il n'avait plus de temps à lui consacrer. Il lui avait aussi fait comprendre qu'il n'hésiterait pas à appeler la sécurité s'il le revoyait traîner dans le parc du Sunset House.

Mac Callaugh avait à son tour rappelé au médecin-chef qu'ils étaient aux États-Unis et que les dollars pouvaient tout acheter… même l'intégrité.

Rendez-vous avait donc été pris deux jours plus tard avec le vieux Jo.

Il avait été convenu que l'entretien se déroulerait dans la chapelle consacrée aux familles, un petit sanctuaire où les proches pouvaient se recueillir et prier pour une rémission ou une fin plus douce.

L'écrivain contourna le grand édifice qui abritait les pensionnaires, traversa le parc et poussa la porte de bois patiné de la chapelle. Une odeur de cire et d'encens froid l'assaillit.

Jo se tenait près de l'autel, immobile dans son fauteuil roulant, les jambes recouvertes d'un plaid écossais.

Le vieux semblait mort. Son faciès parcheminé et décharné reflétait la lueur des cierges qui brûlaient devant lui. La nappe de lumière qui paraissait animer les traits de son visage lui conférait comme une aura angélique, nimbait sa peau d'un rayon de soleil imaginaire qui le rendait presque beau. Une rémission virtuelle, portée par la lumière sur son corps déjà glacé, presque mort.

Lorsque Mac Callaugh se présenta devant lui, Jo se contenta d'ouvrir les yeux sans poser son regard sur le jeune Irlandais. Il toussota, puis jeta à voix basse :

— D'après toi, mon gars, quel est le pire péché que je puisse commettre aujourd'hui, hein ? Te parler du diable dans la maison du Christ, ou te livrer le terrible secret qui va, par ma faute, anéantir la vie d'un homme ?

— Parlez-moi du diable ! Je me fous de savoir ce qui est pire..., répondit Mac Callaugh en haussant les épaules.

— Tu as tort ! grinça Jo en tournant soudain la tête pour planter son regard délavé dans celui de l'auteur.

Un froissement de tissu, un cliquetis, un craquement. Les mains tremblantes, Mac Callaugh venait de mettre en fonction son enregistreur microcassette.

— La dernière fois, vous me parliez du gamin... et de l'animal. Vous me parliez du sang que vous aviez vu ce soir-là, tout ce sang qui recouvrait le gosse, et de son rire effroyable, démoniaque. Qu'est-ce que ça veut dire, Jo ?

La lueur dansante des bougies sembla s'accélérer, comme si un souffle était venu caresser la flamme des cierges pieux.

— Je ne suis pas dévot, je n'ai jamais cru en rien… Je n'ai ni foi ni loi, mais ce soir-là j'ai prié, j'ai prié pour moi, j'ai prié pour lui…

— Pour lui ? Qui, « lui », Jo ?

Mac Callaugh observa le plafond de la nef, inondé de lumière blonde.

La respiration de Jo s'accéléra.

— J'ai prié, car je venais de voir le diable ! Je me tenais à quelques mètres, tapi contre l'engin agricole derrière l'étable. Le gamin avait attaché ce pauvre mouton avec une chaîne et il le frappait à la gorge avec un long désosseur… Il frappait, il frappait si fort, avec tellement de plaisir !

— Qui était ce gamin, Jo, que faisait-il là ?

Le vieux éluda la question.

Le jeune romancier posa son enregistreur sur les genoux du vieillard, s'accroupit près de son fauteuil et approcha ses lèvres de son oreille :

— Dites-le, Jo, dites-le ! Qui était ce gosse ? Vous le savez… Ce secret vous bouffe depuis des années, je vous donne aujourd'hui l'occasion de vous soulager, de vous absoudre…

— … et de partir en paix ? C'est ça ? ricana le mourant.

— C'est un peu l'idée…

Vacillante, la flamme du grand cierge qui brûlait au centre de l'autel s'éteignit soudain.

Jo ferma les yeux.

— L'animal était inerte lorsque le gosse, inondé de sang et pris d'une curieuse transe, l'a égorgé. Je l'ai vu s'agenouiller sous sa gorge pour s'abreuver du sang chaud qui coulait de l'entaille. J'étais pétrifié. J'observais la scène, à l'abri de la moissonneuse, hagard, et mon chien au loin qui continuait de hurler à la mort…

— Qui était ce gosse, Jo ? Qui c'était ?

— J'étais si étourdi par ce que je voyais que j'étais incapable d'intervenir. Le plus étrange, c'est qu'à un moment j'ai vraiment eu la conviction que le Malin se trouvait devant moi, pratiquant un rituel, un sacrifice abominable avec une sorte d'effroyable dévotion. Et ce rire, ce rire qui ne le quittait plus… Ce ricanement qui sonnait, résonnait autour de lui…

La porte de la chapelle grinça et le jour, blanc, se déposa comme une nappe incendiaire sur le carrelage froid. La pénombre du sanctuaire ainsi déflorée retomba, glaciale, une fois que la petite dame voûtée qui avait poussé la porte se mit à progresser, aidée de sa canne blanche, le long de l'allée centrale.

— Jo… répondez-moi ! Qui était ce gamin ?

La vieille dame s'installa sur un siège et entama une prière sourde.

— Tu sais ce qui m'a le plus marqué, l'Irlandais ? Ce qui m'a terrorisé ? lâcha le vieil homme, les yeux soudain révulsés.

Mac Callaugh secoua la tête et plissa les yeux.

— C'est que le gosse n'avait que treize ans et que, sans cesser de ricaner, il m'observait du coin de l'œil tout en s'essuyant la bouche du revers de sa manche ensanglantée…

14

Blake memoria

Au printemps 1966, quelques mois après le meurtre du jeune James Dextor, la folie de Blake prit une amplitude dévastatrice exponentielle.

Déséquilibre mental, dédoublement de personnalité, bouffées délirantes. Autant de troubles venus définitivement forger son esprit torturé, sceller son destin sanglant.

Lorsque des corps étaient retrouvés, les articles de presse et les rapports de police et de médecine légale parlaient d'eux-mêmes.

Juin 1966. « La victime a été droguée, violée et étranglée. Les membres supérieurs ont été tronçonnés à l'aide d'une scie… »

Mars 1967. « Le corps se trouvait immergé dans un bidon d'acide. La matière organique dissoute formait un amalgame étrange… »

Mai 1968. « Un corps atrocement mutilé a été retrouvé ce matin à Cleveland, aux abords de la Willow Freeway qui longe les entrepôts de Woodland Avenue. Un homme, très jeune, de race noire, a été découvert par un agent municipal au fond d'un conteneur à ordures, pieds et poings liés, nu. La victime a été décapitée et les agents de police, à pied d'œuvre depuis le début de matinée, n'ont pu retrouver la tête du cadavre. Le corps portait des stigmates, des plaies très profondes… »

Juin 1968. « Le tronc porte des traces de lacérations, probablement infligées à l'aide d'une lame tranchante. Les membres inférieurs et supérieurs ont été sectionnés au niveau du fémur et de l'humérus. Les parties génitales ont subi une ablation nette. Le visage de la victime comporte d'importantes mutilations : yeux, nez, bouche… »

Septembre 1968. « La police de Cleveland a fait une macabre découverte avant-hier matin, très tôt, dans un bosquet du parc national de Cuyahoga Valley. Un randonneur a immédiatement donné l'alerte après avoir trouvé le corps effroyablement mutilé d'un homme de race noire. Celui s'était vidé de son sang après avoir été égorgé. L'autopsie a également révélé que le jeune homme avait été drogué et violé… »

Plus rien, à cette époque, n'aurait pu arrêter le désastre meurtrier que Blake répandait autour de lui.

Crânes perforés, lavés à l'acide, ornés de peintures tribales, actes de cannibalisme, pulsions sexuelles extrêmes, nécrophilie, tentatives de taxidermie sur un corps humain, lobotomie, dépeçage, visite de cimetières la nuit, masturbation fétichiste, photographie des tortures infligées à ses victimes : ce flot d'horreur représentait l'ignominie de l'être qu'il était devenu. Un train fou lancé sur les rails de la folie humaine…

*

Cleveland, État de l'Ohio/États-Unis, **juin 1981**

...For those who come to San Francisco
Be sure to wear some flowers in your hair
If you're going to San Francisco...

WMJI, la radio *oldies* spécialisée dans la diffusion de titres *sixties*, venait de balancer *San Francisco*, interprété par Scott McKenzie, plus connu sous son nom de scène Philip Blondheim.

Victoria avait souri d'abord, et tressailli aussitôt, se projetant à l'orée de son adolescence, à l'époque où son équilibre mental avait basculé...

Lawrence pointa de l'index une route perpendiculaire à une centaine de mètres devant eux, puis précisa qu'ils n'étaient plus très loin du domicile d'Eileen Sterling Fitzgerald. Fletcher quitta Outerbelt S Freeway pour bifurquer à droite et s'engager sur l'Ashland Oberlin Road, qui traversait d'immenses champs agricoles à perte de vue.

Des images confuses la propulsèrent loin d'où elle se trouvait physiquement, loin du présent, du réel. Son corps était encore dans la Chevrolet Caprice, mais son esprit n'était plus là.

De manière insidieuse, les images et le chagrin refluèrent violemment, et Victoria se retrouva convoquée en plein drame, à l'heure de son enfance. Elle tenta de chasser, d'éradiquer de sa mémoire cet aller sans retour au cœur de la folie, du mensonge, de l'horreur, du dégoût des autres et de soi. En vain…

Elle revit le compagnon de sa mère, Gary… ce fameux soir.

Ce jour-là, ce grand malade s'était approché d'elle et avait posé sa main sur son genou fluet, lui expliquant, tout en la scrutant au fond des yeux, que la vie n'était faite que de découvertes et d'expériences inattendues.

Elle avait fermé les yeux et serré la mâchoire, très fort, pour faire abstraction de cette main qui allait démolir toute la candeur de son existence de fillette…

15

Brecksville, État de l'Ohio/États-Unis, **juin 1981**

Il y eut quelques secondes terribles. Longues comme les minutes qui précèdent la mort.

Au centre de l'autel, un second cierge s'éteignit et la lumière colorée qui baignait l'intérieur de la chapelle s'atténua progressivement.

Sur son prie-Dieu, avant d'entamer un orémus probablement rabâché des centaines de fois, la vieille dame ajusta sa posture et le bois émit un craquement sinistre.

Interdit, Patrick Mac Callaugh dévisageait le vieillard qui paraissait s'être assoupi dans son siège. La tête légèrement inclinée sur le côté et le souffle saccadé, Jo regardait le Christ sur sa croix comme s'il attendait l'absolution de ses péchés. Une sorte de lueur hypnotique, déversée par les vitraux du sanctuaire, baignait l'icône à la peau d'albâtre d'une diaprure arc-en-ciel.

Indéniablement, le Créateur allait se montrer magnanime.

Mac Callaugh s'approcha alors du vieux, aussi confus qu'affolé :

— Hé ! Jo ! Hé, ne me lâchez pas ! Ce gosse… ce gamin qui a égorgé cette bête sous vos yeux, qui c'était ? Répondez-moi !

L'Irlandais n'avait plus rien d'affable, ni d'innocent.

Sa main, posée sur l'épaule fragile et osseuse du vieil ermite, serrait un peu trop fort ses chairs flasques.

— Jo ! Jo ! insista-t-il. Vous ne pouvez pas me laisser comme ça… Vous me devez cette putain de vérité !

Le vieillard grogna, la bouche ouverte et les yeux révulsés, comme s'il cherchait à canaliser les derniers flux d'oxygène de ce monde.

Un filet de bave à la commissure des lèvres, il balbutia doucement :

— Va… va chercher l'infirmière, l'Irlandais… Je crois… je crois que j'ai une putain de crise, là…

— Non ! Non, bordel ! Cette fois, vous allez cracher ce que vous savez. Vous allez avouer avant de crever comme un chien. Pour que le Créateur puisse vous absoudre, vous devez vous confesser…

Jo tourna péniblement la tête et observa Mac Callaugh d'un regard sans lumière. Les lèvres sèches, il déclara d'une voix chevrotante :

— Peigne-cul, va ! Je n'ai rien à confesser. Le Créateur, je ne l'ai jamais vu et il ne me connaît pas. Je ne crains que le diable, lui seul, car lui, je l'ai vu…

— Vous ne pouvez pas partir avec ce terrible secret, Jo…

— Si… si, je le peux…

— Mais vous ne le ferez pas !

Les yeux de Jo papillotaient presque au même rythme que sa respiration, sa poitrine se soulevait et s'abaissait de plus en plus vite.

— Va chercher l'infirmière, l'Irlandais, et tu sauras…

— Vous ne m'y prendrez plus, Jo…

Le vieux soupira et ferma les yeux, puis murmura :

— Pourquoi veux-tu que je te dise ce que tu sais déjà ? Hein ? Dis-moi…

— Parce que je veux des preuves… Je veux être sûr de pouvoir *le* faire tomber. Je veux aussi que vous puissiez vous soulager…

— On ne fait pas tomber le diable, Mac Callaugh. On l'évite ou on le subit, mais on ne le fait pas tomber. Il est bien trop perfide et intelligent pour être démasqué, livré à la justice, jugé et condamné… Sois prudent, l'Irlandais… On ne peut pas condamner le diable, c'est lui qui te condamne !

Au centre de la chapelle, la vieille dame fit encore craquer le bois de sa chaise. Les mains jointes et la tête légèrement baissée, elle continuait à psalmodier avec conviction pour qu'un miracle s'accomplisse.

Mac Callaugh resserra son emprise sur l'épaule du vieil homme.

— Prudent ? Mais pourquoi ? Pourquoi devrais-je être prudent, Jo ? Dites-moi…

L'ermite se mit à tousser et à cracher bruyamment. Après avoir réussi à reprendre son souffle, il farfouilla dans sa poche et en tira une petite clé.

— Tiens, prends la clé de chez moi… Tu sais où j'ai passé toute ma putain de vie, non ?

— C'est quoi, cette connerie ?

— Monte dans ma chambre à l'étage, fit Jo en l'interrompant d'un geste. Dans l'armoire près de la fenêtre, il y a une boîte de biscuits *Sugar Cookies*…

Sa voix faiblissait de seconde en seconde. Mac Callaugh colla son oreille tout contre ses lèvres.

— Dans la boîte, tu trouveras ce que tu cherches…

La vieille dame se leva soudain et rejoignit l'entrée, détournant un instant l'attention de Mac Callaugh. Elle allait ouvrir la porte du sanctuaire quand elle se retourna et observa à son tour l'Irlandais. Puis elle déclara d'une voix douce, presque en chuchotant :

— C'est beau. Je n'ai jamais rien vu d'aussi humain et altruiste. Accompagner cet être, l'escorter jusqu'au seuil de l'Éternel, devant la croix, je trouve cela d'une humanité rare… Mes condoléances, mon cher monsieur.

Ahuri, Mac Callaugh la vit disparaître dans la blanche lumière de l'extérieur. Ce n'est que lorsque la pénombre enveloppa de nouveau l'intérieur de la chapelle que l'écrivain revint à lui. Encore absorbé par les paroles de la vieille femme, il tourna lentement la tête et son regard se posa sur le visage apaisé de Jo.

Ce dernier avait rendu les armes. La tête renversée sur le côté, les yeux ouverts, il semblait avoir atteint les portes de la mort avec pour dernière vision le Christ sur sa croix, le Christ sur une croix renversée…

16

Wellington, État de l'Ohio/États-Unis, **juin 1981**

Ils débarquèrent à Wellington.

Victoria gara méthodiquement la Chevrolet devant le grand portail ouvert, éteignit la radio, puis, après avoir adressé un sourire complice à Lawrence, coupa le moteur et ouvrit sa portière.

Au même instant, une femme d'une cinquantaine d'années apparut sur la terrasse de la propriété, au bout du chemin boueux.

Belle, grande, ses longs cheveux blonds ramenés en un chignon hérissé, encore vêtue d'une robe de nuit aux allures de chiffon sale, Eileen Sterling Fitzgerald fumait une cigarette en buvant son café. Elle portait une paire de lunettes noires aux verres démesurés.

Lorsque les deux flics arrivèrent à sa hauteur, elle eut un mouvement de recul et fronça les sourcils.

— Bonjour, c'est pour quoi ? Vous cherchez quelqu'un ? demanda-t-elle.

— Vous êtes bien Eileen Sterling Fitzgerald ? répliqua Victoria Fletcher en grimpant les quelques marches qui menaient à la terrasse.

Eileen leva un sourcil étonné, jeta sa cigarette et posa sa tasse de café sur la table en teck.

— Mais… vous êtes qui ? Des inspecteurs du fisc ?

— Non, madame, rétorqua Lawrence, seulement des inspecteurs de police. Nous venons de Cleveland. Dans le cadre d'une enquête en cours, nous souhaiterions vous poser quelques questions…

— Ah ? Et quel genre de questions ?

— De celles auxquelles il faut répondre, madame, lança sèchement Fletcher à la femme au chignon. Vous êtes bien Eileen Sterling Fitzgerald ?

La grande blonde acquiesça d'un signe de tête en tirant une chaise pour s'asseoir. Puis elle alluma une autre cigarette et fit mine d'observer les champs agricoles, le regard perdu à l'horizon.

— Comment m'avez-vous retrouvée ? Je… Vous savez, je n'ai rien fait de mal, je voulais juste échapper au fisc et disparaître, c'est tout…

Fletcher enchaîna :

— Certaines traces bancaires nous ont menées jusqu'à vous, madame. Le fait d'utiliser votre nom de jeune fille vous a protégée de certains services administratifs, mais il a refait surface dans une enquête criminelle dont nous avons la charge, mon collègue et moi…

— Criminelle ? s'écria Eileen Fitzgerald en fronçant les sourcils. Mon Dieu, mais qu'est-ce que ça veut dire ?

— Contentez-vous de répondre à nos questions, continua Fletcher. Lorsque vous viviez à Cleveland, vous étiez bien propriétaire avec votre mari de la maison qui se situait sur le lotissement Black Flower, le long de Woodland Avenue, près de la casse automobile ?

— C'est exact…

— Votre défunt mari et vous-même avez racheté cette maison à la veuve Mac Callaugh en 1976, c'est toujours exact ?

— C'est toujours exact…, répondit la belle blonde en réajustant ses lunettes de soleil.

Freddy Lawrence l'observait. Son regard s'attardait sur ses jambes, à la naissance de ses cuisses douces et charnues que la robe de nuit un peu courte et transparente ne cachait qu'à demi.

Le flic paraissait pensif, presque anxieux. Il se tenait en retrait sur la terrasse, derrière Victoria.

— Si nous résumons, reprit Fletcher, vous avez acheté la propriété en 1976 à madame Amy Mac Callaugh. Votre mari est décédé deux ans plus tard, en 1978… C'est bien ça ?

La blonde hocha la tête.

Elle avait la peau si blanche que son visage semblait de porcelaine. On devinait sur son front et aux coins de ses yeux quelques ridules, mais le temps n'avait en rien altéré sa beauté.

Elle reniflait par à-coups, comme si elle cherchait à comprendre, à décoder une information que son cerveau venait de lui transmettre.

Intriguée, elle parut se rappeler quelque chose, mais ce souvenir était trop lointain, confus, perdu dans les arcanes de sa mémoire. Elle se leva alors et se rapprocha des deux flics. Un frêle sourire sur les lèvres, elle demanda presque à voix basse :

— Dites-moi, pourriez-vous m'expliquer ce que vous faites ici ? Quel est le rapport entre mon mari, la veuve Mac Callaugh et cette maudite baraque ?

Fletcher fit un pas en avant et respira un grand coup.

— Cette maudite baraque, comme vous dites, a été le théâtre de drames effroyables. Lors des récents travaux de destruction du lotissement, des ouvriers ont brisé la dalle de votre ancienne maison et mis au jour un charnier humain. Plusieurs cadavres ont été déterrés du vide sanitaire. D'après notre expert en médecine légale, les corps auraient été enfouis voilà deux ans, peut-être trois…

— Vous êtes en train de me dire que ma maison abritait des macchabées ? Mais c'est horrible…, bredouilla Eileen Fitzgerald en vacillant légèrement.

— C'est exactement ce que je suis en train de vous dire. D'après les autopsies pratiquées, et malgré l'importante dégradation des corps, le légiste est formel : il s'agit de victimes de sexe masculin présentant un processus de putréfaction d'au moins deux ans. Nous avons officiellement écarté Amy Mac Callaugh de notre liste de suspects, puisqu'elle vous a vendu la maison en 1976. Si ces meurtres ont été commis en 1979 pour la plupart, vous comprenez mieux la raison pour laquelle nous sommes ici aujourd'hui…

Eileen Fitzgerald ajusta sur son nez ses énormes lunettes et tritura son chignon. Puis elle s'éclaircit la voix et explosa soudain :

— Je suis donc suspecte dans une affaire de meurtre, c'est ça ?

Victoria Fletcher lui posa une main amicale sur l'épaule et articula doucement :

— Allons, Eileen, personne n'accuse personne ici... Nous voulons juste comprendre ce qui s'est passé, c'est tout. Nous comprenons que le décès de votre mari ait pu vous pousser à fuir Cleveland, à reprendre votre nom de jeune fille et à ne pas vous acquitter de vos dettes fiscales, mais nous ne comprenons pas pourquoi ces corps se trouvaient sous votre maison.

Sans prévenir, Freddy Lawrence rebroussa chemin en direction de la voiture.

— Continuez, Victoria, cria-t-il sans se retourner, je vais chercher le dossier d'instruction...

Fletcher acquiesça d'un signe de tête et poursuivit.

— Il va falloir nous parler, Eileen, nous dire si, ces dernières années, il s'est passé des choses inhabituelles au Black Flower, je ne sais pas, des voisins suspects, des personnes étrangères au lotissement qui auraient pu rôder autour des propriétés, des disputes... Il va falloir nous aider, vous comprenez ?

C'est alors que ses yeux se posèrent sur une chaise, au bord de la terrasse. Son regard se figea. Elle ne percuta pas tout de suite, mais sentit un malaise l'envahir.

Lentement, elle releva la tête et observa Lawrence, au loin, qui venait d'entrer dans le véhicule.

Sur la chaise, le dossier d'instruction était posé bien à plat, ouvert sur une série de photos, une galerie de portraits de jeunes hommes.

Fletcher s'empara des documents et s'éclaircit la voix.

— Eileen, nos services de recherches ainsi que les services médicaux et d'identification odontologique ont pu identifier les victimes. Toutes les familles n'ont pas encore été prévenues : c'est pourquoi, lorsque je vous aurai montré ces photos, je vous demanderai de rester discrète et de n'en parler à personne…

Eileen Fitzgerald pencha la tête sur le côté, semblant scruter Fletcher fixement derrière le verre fumé de ses lunettes.

— Les photos ? Mais je…

— Il n'y a rien de malsain… Ces portraits nous ont été fournis par les établissements scolaires que fréquentaient ces pauvres garçons…

— Mais, sergent Fletcher, je…

— Ils étaient tous très jeunes, quinze ans pour le plus jeune, et pour la plupart de race noire… Regardez ces photos, insista Victoria Fletcher en fourrant les clichés sous le nez d'Eileen. Ces visages vous rappelleront peut-être quelque chose. Vous avez peut-être vu traîner l'un d'eux dans votre quartier…

Eileen Fitzgerald attrapa alors le poignet du sergent Fletcher et enleva brusquement ses lunettes noires.

Le regard du flic se cristallisa. Un battement de cœur plus violent la fit déglutir et lui serra la gorge à mesure que ses yeux plongeaient dans ceux d'Eileen.

— Sergent, cela fait quelques années que je suis aveugle… Depuis la perte de mon bébé. Cette fausse couche a changé ma vie à tout jamais…

17

Blake memoria

Le 2 et le 27 octobre 1970, à Slavic Village, l'appartement du 3760 East 65th Street s'était une fois de plus imprégné du sang des victimes du monstre de Cleveland.

David Clarke, vingt-trois ans, de race noire, y avait vécu ses dernières heures. Après l'avoir rencontré et séduit au club 777, Blake l'avait attiré chez lui, lui avait offert un verre d'alcool dans lequel il avait dilué de puissants somnifères, et l'avait étranglé.

Puis il avait abusé sexuellement de la dépouille de Clarke pendant plusieurs heures avant de s'adonner à une interminable séance de photos avec le corps de sa victime.

Les clichés restaient le triste témoignage de la cruauté infernale de Blake, qui avait mis le corps en scène dans des positions dégradantes. L'importance des blessures et des plaies apparentes révélait d'abominables actes de torture.

Le monstre avait fini par démembrer sa victime. Il avait conservé ses testicules et son cœur, avait dévoré son foie et diverses pièces de chair.

Les restes avaient été introduits dans un baril rempli d'acide.

Le 27 octobre, Curtis Thomson, dix-neuf ans, de race noire également, trouva la mort dans les mêmes circonstances. À un détail près : Blake ressentit le besoin absolu de trancher la gorge du jeune Curtis, loin de son mode opératoire habituel.

Il se souvenait de son parcours. Depuis le tout début.

Pouvait-on seulement appeler cela un parcours ? Cette question revenait de façon récurrente s'intercaler entre les images des meurtres et ce qu'il était devenu.

Ces actes cruels lui permettaient de replonger dans son enfance, son enfance solitaire et troublée.

Enfant, il aimait disséquer de petits animaux, examiner l'intérieur des corps. Une fois adulte, il avait transposé cette passion, transféré ce désir chez l'être humain. De sexuelle, sa pulsion était devenue meurtrière.

Le plaisir de pénétrer un corps, non seulement avec le sexe, mais aussi avec la vue, pour jouir de la possession, ne lui avait pas suffi longtemps.

Lorsqu'il ramenait chez lui des marginaux, sans-abri ou homosexuels juvéniles, drogués et livrés au monde de la nuit et de la rue, c'était pour assouvir cet appétit sexuel, ce désir qui le dévorait.

Le véritable Blake ne se révélait qu'après la mort de sa victime. Commençait alors le processus de l'acte nécrophile.

Il aimait mutiler les corps et explorer différentes façons de les mettre en scène, comme des jouets qu'il manipulait pour mieux les photographier.

Après avoir suffisamment assouvi ses pulsions, il faisait disparaître les parties du corps dont il n'avait pas l'utilité. Au moyen d'un couteau de cuisine tranchant, il le démembrait lentement, avec application, dans sa propre baignoire.

Les troncs étaient systématiquement découpés et plongés dans un baril d'acide qui permettait, de façon très efficace, de décoller et de dissoudre les chairs. La plupart du temps, il jetait à la poubelle l'espèce de gelée consécutive à ce traitement. Parfois, il gardait certains os pour la décoration. Le plus souvent, il les concassait, les pulvérisait pour les faire disparaître dans la cuvette des toilettes.

« La première fois, je n'ai pas su quoi faire avec les restes du corps ; mais, après avoir commencé, c'est devenu sexuellement excitant pour moi… »

Voilà ce que Blake devait déclarer, bien plus tard, au début de son procès, alors que sa folie meurtrière n'avait plus d'autre limite que les confins de l'enfer…

*

Wellington, État de l'Ohio/États-Unis, **juin 1981**

La chaleur plombait la nuit de cette fin de juin.

Aucun souffle d'air ne fendait les alentours de Wellington ; pas un bruit dans la campagne environnante, à part ce téléphone qui sonnait quelque part, brisant le silence mortuaire qui enveloppait les lieux.

Derrière la fenêtre entrouverte d'une maison isolée, la sonnerie d'un poste téléphonique comme un long cri dans la nuit – une plainte, sinon un hurlement.

Eileen Fitzgerald sursauta. Le cœur battant la chamade, elle se redressa et s'assit dans son lit, le cerveau embrumé de sommeil et le crâne douloureux.

Elle se pencha légèrement sur le côté et décrocha le combiné, fébrile, secouée par la rudesse de son réveil.

— Eileen…

Une voix rêche, basse, sourde et lointaine. Peut-être camouflée, modifiée.

— Qui est à l'appareil ?

— Tu le sais bien, petite salope… Tu vois, il est 2 heures du matin et je pense à toi. Oui, je pense toujours à toi…

— Non, je ne sais pas… je ne sais pas qui vous êtes et, si vous êtes un pauvre malade, je vous conseille de vous faire soigner…

— Non, Eileen, tu sais que je ne suis pas malade. Je suis toujours là, je viendrai très bientôt pour en finir avec toi avant que tu ne retrouves la mémoire, bien avant que tout cela ne te dépasse et ne nous emporte tous les deux aux lisières de la folie…

— Qui êtes-vous, putain ? Que me voulez-vous ? Je vais appeler la police et signaler cet appel…

Il y eut un rire étouffé à l'autre bout de la ligne, un ricanement étrange, puis la voix revint, toujours aussi pondérée.

— Eileen, tu n'appelleras pas la police, tu ne feras rien, tu resteras torturée toute la nuit à chercher qui je suis et à replonger dans ta mémoire…

— Pour la dernière fois, qui êtes-vous ? Je vais raccrocher…

— « Qui êtes-vous ? » Et toi ? Qui es-tu, hein, petite traînée ? Je vais te le dire, ce que tu es… Tu es mon erreur de parcours et tu dois mourir !

Eileen Fitzgerald raccrocha d'une main tremblante. Son pouls s'était accéléré plus encore et elle ressentait une gêne dans la poitrine.

Le silence retomba sur Wellington et le téléphone resta muet.

Dans le crâne d'Eileen, un amalgame bruissant d'images et de sons se mit à cavaler, à s'extraire des casiers de sa mémoire, et la ramena lentement à une époque où le jour entrait encore dans son esprit…

18

Fort Peck Lake, État du Montana/États-Unis, **juillet 1981**

Le vieux ne lui avait pas laissé le choix.

Un vol pénible, ennuyeux et interminable, avait été la seule option pour rejoindre les contrées du Montana.

Dix-huit heures de voyage avec deux escales et l'obligation de passer la nuit à Denver, dans le Colorado, cela avait suffi à rendre Patrick Mac Callaugh irritable. Mais, en posant le pied sur le tarmac du Glasgow International Airport, l'Irlandais sentit que le vent avait tourné. Ce qu'il allait découvrir au domicile du vieux Jo scellerait définitivement sa carrière de romancier à succès.

Il devait se rendre à Nashua, dans le proche comté de Valley, un petit village de deux cent soixante-dix habitants. Jo y possédait son exploitation agricole, à quelques encablures du lac et des montagnes.

Le temps du voyage avait permis à Mac Callaugh de faire le point sur ce qu'il savait ; il avait pu rassembler les maigres pièces du puzzle que le vieux lui avait fournies. Il réentendait cette phrase ultime, effrayante, qu'il lui avait alors lancée en évoquant *la bête*, ce jeune garçon qui s'adonnait à un rituel satanique : « *Le gosse n'avait que treize ans et, sans cesser de ricaner, il m'observait du coin de l'œil tout en s'essuyant la bouche du revers de sa manche ensanglantée…* »

Mac Callaugh revit le visage cireux de Jo, sa tête penchée sur le côté et son corps mou, maigre, inanimé dans son fauteuil roulant alors qu'il venait de quitter la vie.

La pénombre glaciale de la petite chapelle avait happé le vieillard qui, dans une dernière révérence, un dernier acte de bravoure, avait maintenu closes les portes de sa mémoire. Après lui en avoir remis la clé.

Cette petite clé allait ramener au grand jour de terribles secrets, ramener à la surface des événements enfouis depuis plus de vingt-cinq ans…

Le pas alerte, Mac Callaugh s'engagea sur le chemin principal qui menait à la maison ; un chemin sec et caillouteux, truffé d'ornières et de touffes d'herbe sèche.

La propriété s'étalait sur une vaste étendue agricole, un chapelet de zones cultivables qui se fondaient dans les tons bruns, noirs et gris d'une terre grillée par le soleil d'été.

Sur sa droite, l'Irlandais aperçut le gigantesque bâtiment qui abritait jadis le bétail et l'engin agricole derrière lequel s'était déroulée l'inquiétante scène que Jo lui avait décrite. La moissonneuse rouillée semblait ne pas avoir bougé depuis 1955, figée par le temps, muette et immobile dans son carcan de végétation comme un titan endormi.

Un spasme secoua Mac Callaugh.

Il crut percevoir une voix, un rire d'enfant, des chuchotements peut-être…

Le terrible secret de ce qui s'était passé là s'était transformé en légende, en mythe, en histoire de croque-mitaine pour effrayer les gosses récalcitrants. Mais des années de recherche et d'enquête avaient confirmé son intuition.

Il ne s'agissait pas d'un être fantasmatique, d'une créature imaginaire. Non, il s'agissait bel et bien du mal… du mal incarné.

Il avait oublié quel détail l'avait mis sur la piste, l'élément déclencheur qui l'avait forcé à croire au pire et à l'invraisemblable. Mais il savait qu'il touchait au but. Il allait démasquer le monstre, le livrer à la police et écrire enfin cette effroyable histoire…

*

Cleveland, État de l'Ohio/États-Unis, **juillet 1981**

Victoria Fletcher se remémora la main de Gary, rapide, agile comme une araignée emmaillotant une proie facile prise au piège de sa toile fatale.

C'était comme si elle revivait cet instant. Aussi douloureusement. Elle en perçut toutes les répugnantes sensations ; le dégoût, la nausée, la fièvre et l'effroi d'avoir perdu quelque chose ce jour-là, une certaine innocence et peut-être plus.

Était-ce l'origine de son refus de toute relation amoureuse ? Était-ce la raison pour laquelle elle fuyait les hommes depuis toutes ces années ? Était-ce ce qui l'avait poussée à devenir ce qu'elle était devenue, un officier de police déterminé, prêt à combattre le mal, le crime ?

Gary, l'ex-compagnon de sa mère, ne lui avait laissé aucune alternative. Il lui avait fallu subir.

Les attouchements répétés d'un homme à la sexualité incongrue, pédophile et déséquilibré, avaient fini par avoir raison d'une gamine perdue.

Quelle avait été la personnalité profonde de Gary?

Victoria ne le savait pas, ne l'avait jamais su, n'avait jamais voulu le savoir. Elle s'était contentée de se recroqueviller, de se blinder, pour se protéger de ce primate vulgaire et malodorant qu'on appelait l'Homme.

Elle s'était toujours protégée des dérives du sexe et de tout ce qui y avait trait.

À un moment de son existence, l'introspection s'était révélée indispensable, mais elle avait préféré la thérapie que lui procurait son travail, la thérapie du flic de terrain, à celle des cabinets aseptisés de médecins roublards.

Mais Victoria avait besoin de chaleur humaine, et Freddy Lawrence en était peut-être la source providentielle…

19

Cleveland, État de l'Ohio/États-Unis, **juillet 1981**

— Cette chaleur, j'vous jure ! J'ai l'impression de fondre ! Et nous ne sommes pas au bout de nos peines : ils annoncent un mois d'août caniculaire…, lança Lawrence en ouvrant les fenêtres à guillotine du bureau.

Victoria Fletcher l'observait se démener comme un beau diable pour aérer la pièce. Lawrence se trouvait dans une situation inconfortable : il était embarrassé par son odeur corporelle. Il suait à grosses gouttes et s'essuyait le front du revers de la manche en lançant des sourires contrits à la jeune femme.

Les locaux d'Ontario Street étaient exigus et rester serein allait représenter un sacré défi pour son coéquipier si fier. Mais la Police Homicid Unit de Cleveland n'était pas près de quitter Ontario Street. Le capitaine Levy avait maintes fois fait remonter le dossier aux services municipaux ; en dépit des courbettes qu'il avait accordées au maire, rien n'y avait fait. La police de Cleveland devait se contenter de ce qu'elle avait et se montrer efficace ; voilà tout ce qu'on lui demandait.

— Je… je voulais vous faire passer ce numéro de téléphone, jeta Victoria en tendant un bout de papier à Lawrence.

— Qu'est-ce que c'est ?

— Eh bien… vous savez, je vous en ai parlé… C'est un endocrinologue, pour vos problèmes hormonaux…

Le flic remercia sa collègue d'un signe de tête et d'un clin d'œil.

— Je vous l'ai dit, je comprends, nous avons tous nos soucis, ajouta Fletcher. Certains flics sont des putains d'alcooliques qui font la joie des romanciers, certains sont cons, d'autres sont tout simplement incompétents…

— …et d'autres sont les pires criminels qui soient, ironisa Lawrence.

— J'ai aussi mes soucis, Lawrence. Moi-même, je suis quelqu'un de terriblement torturé, vous n'avez pas idée…, souffla Victoria avec un sourire en coin.

Freddy Lawrence écarquilla les yeux et passa une main dans sa barbe naissante.

— Vous, Fletcher ? Ça m'étonne : vous m'avez toujours parue heureuse, volontaire, souriante…

— Et pourtant… Mais ne nous écartons pas du sujet.

— Je dois reconnaître que je ne vous ai jamais vue avec un amoureux, mais vos attentes sont peut-être ailleurs… Quoi qu'il en soit, conclut Lawrence en riant, beaucoup d'hommes seraient prêts à mieux vous connaître, j'en suis persuadé…

Victoria laissa couler sur le flic un regard abattu, un long soupir en guise de réponse. Lawrence enfonça le clou :

— Il faudrait être aveugle pour ne pas voir la femme séduisante que vous êtes, ça saute aux yeux…

— Justement, en parlant d'aveugle, dois-je vous rappeler que nous sommes ici pour faire le point sur notre affaire ?

Lawrence acquiesça. Victoria embraya :

— Pour moi, Eileen Fitzgerald n'est pas nette. Elle ne nous dit pas tout et nous cache des points clés…

— Qu'est-ce qui vous fait dire ça ?

— Je ne sais pas… une intuition. J'ai l'impression que cette femme sait des choses à propos de ces meurtres. Lorsqu'elle a évoqué la perte de son bébé, elle s'est refermée et a voulu mettre un terme à l'entretien. Elle paraissait troublée, fuyante, comme si elle en savait beaucoup trop…

Lawrence se leva et colla son nez au carreau de la fenêtre, les yeux dans le vague. Il souleva un peu plus le cadre pour laisser passer l'air.

— Laissez tomber, Victoria, cette piste ne vaut rien. Cette bonne femme est aveugle, seule et déprimée. Elle est probablement traumatisée par la perte de son enfant et le décès de son mari, sans compter le fait que son ancienne baraque est un cimetière…

— Pardon ?

— Je vous dis que cette piste ne mènera nulle part… Il faut que nous approfondissions l'enquête de voisinage. La plupart des résidents du lotissement y ont vécu de nombreuses années. Ils ont certainement vu ou entendu quelque chose, eux.

Victoria n'en revenait pas. Freddy Lawrence venait de lui couper l'herbe sous le pied. Il était responsable de cette affaire et reprenait le contrôle.

— Freddy ! Vous vous trompez ! Cette bonne femme nous ment, j'en suis persuadée..., grinça l'enquêtrice.

Lawrence s'approcha du bureau, observa le morceau de papier qu'elle lui avait donné et sur lequel figurait un nom vaguement asiatique, haussa les épaules et dit calmement :

— Cette femme est perturbée, car la vie ne lui a pas laissé le choix, Victoria. Elle a fui Cleveland parce qu'elle voulait tout recommencer, repartir de zéro, c'est tout... Je crois que nous devons nous concentrer sur quelqu'un d'autre, un homme qu'il nous faut rencontrer...

— Ah bon ? Et qui donc ?

— Le fils d'Amy Mac Callaugh pourrait nous apprendre certaines choses...

— Patrick Mac Callaugh ? Quel est le rapport ?

Un bourdonnement se mêla soudain à la rumeur de la rue, pénétra par la fenêtre et disparut peu à peu. Lawrence leva les yeux vers la traînée laiteuse qu'avait laissée le Boeing 727 dans son sillage.

— Mac Callaugh a vécu dans la maison de Woodland Avenue. Si quelqu'un peut nous livrer l'historique de la maison, du quartier, et nous expliquer quels rapports ses parents entretenaient avec le voisinage... c'est lui !

20

Blake memoria/**juillet 1981**

Blake n'avait pas mis longtemps à maîtriser la situation. Eileen Fitzgerald avait à peine crié, juste balancé un juron inaudible au moment où il avait fondu sur elle.

Il lui avait enfoncé toute la longueur de la lame dans le bas-ventre ; un long couteau à désosser qui lui avait traversé le corps.

Une quantité impressionnante de sang s'était épanchée sur le lit, aussitôt absorbée par le matelas et les draps qui semblaient étreindre le corps comme dans une dernière fresque monochrome et macabre.

Blake n'aimait pas les femmes. Elles étaient depuis toujours responsables de ce qu'il était devenu, ici et maintenant. Sa mère restait une des grandes responsables de sa dégringolade. En l'ayant forcé à partager son ventre avec son jumeau, elle avait inconsciemment déclenché en lui la mécanique de l'instinct de survie.

Quelques neurones supplémentaires lui avaient procuré la conscience suffisante pour éliminer l'intrus, pour tuer l'ennemi dans l'œuf.

Mais il n'avait jamais tué de femmes. Avec elles, le geste était trop mécanique, banal ; tout paraissait insipide et dérisoire. Il était loin d'éprouver l'émotion qui le submergeait lorsqu'il mettait un terme à l'existence d'un homme, un jeune Noir ou un jeune Asiatique encore inexpérimenté.

Après avoir poignardé Eileen Fitzgerald, il n'avait ressenti aucune érection et ni aucun besoin de la pénétrer, de jouir en elle ou de la photographier. Il l'avait juste observée se vider de son sang comme une truie grasse à l'abattoir, comme une chienne qui venait de se faire tamponner par une voiture sur le bord de la route.

Cela faisait plusieurs jours qu'il était sur sa piste.

Eileen aurait fini par le reconnaître et par le balancer aux flics. Elle n'avait pas répondu à toutes les questions de Victoria Fletcher, mais elle en avait dit assez pour réveiller sa crainte d'être démasqué.

Avant de quitter la maison, Blake vérifia qu'il n'avait laissé aucune trace compromettante. Son regard se posa une dernière fois sur le corps ensanglanté de sa victime et s'arrêta sur son visage.

Il revit alors furtivement les quelques minutes qui avaient précédé son acte punitif :

« Chuuuuuuuttt ! N'aie pas peur, Eileen, je ne serai pas long, tu ne sentiras pas grand-chose… »

La main aux doigts noueux qu'il avait posée sur sa bouche n'avait laissé passer que quelques petits cris de panique étouffés.

« Quatre-vingts pour cent des meurtres sont commis par un membre de la famille ou un proche de la victime. Alors tu vois, aujourd'hui, chère Eileen, tu as l'honneur de confirmer la statistique… Tu me connais, tu sais qui je suis. Je sais aussi que tu finiras par leur parler du diable… »

Eileen avait eu un hoquet de surprise quand l'acier l'avait pénétrée. Donnant sur les ténèbres depuis des années, ses yeux grands ouverts ne lui avaient pas permis de voir le visage de son assassin ni même sa silhouette. Mais, pour la première fois depuis bien longtemps, une lueur éblouissante avait éclaté au fond de son crâne, à l'instant où la lame avait traversé son ventre, perforant le côlon et sectionnant une artère.

Ce qui se produisit ensuite, elle n'en ressentit aucune douleur ; la mort l'avait déjà emportée…

*

Fort Peck Lake, État du Montana/États-Unis, **juillet 1981**

La serrure craqua lorsqu'il tourna la clé.

Il pénétra lentement dans le couloir, avança prudemment dans la pénombre et buta sur un carton posé au sol. L'odeur de moisissure, mêlée à un léger retour de pisse de chat, raviva l'aversion qu'il portait à son propre passé.

Mac Callaugh avança jusqu'à une porte entrouverte sur la droite. Un peu plus loin, noyée dans l'obscurité, il aperçut une seconde porte fermée.

Son regard glissa ensuite sur la tapisserie qui ornait les murs du corridor ; un vieux papier jauni, illustré par une scène démentielle répétée à l'infini, un massacre ancestral et légal, un morceau choisi d'une journée de chasse à courre. Il était question de grande vénerie et d'une armada de chevaux, de chiens, de cors de chasse et d'un troupeau humain, massacreur de chevreuils, de cerfs, de loups et de sangliers. Cette tapisserie révélait à elle seule la stupidité de certains rites sacrés. Cette saloperie, ce goût du sang porté par la barbarie de l'être humain, se déroulait sur les murs, se noyait jusque dans les profondeurs de la maison.

L'Irlandais retourna précipitamment vers la porte d'entrée et marqua un temps d'arrêt sur le seuil. Il observa l'horizon et les champs alentour. Les terres agricoles, baignées par la lueur du jour qui déclinait, semblaient s'assombrir et ne former qu'un trou béant à mesure que la nuit descendait, comme si un accès direct aux enfers se trouvait là, comme si les parcelles allaient s'ouvrir et déverser une lave incandescente sur le village qui s'endormait.

Quelque chose d'étrange et de lunaire se dégageait des lieux, comme si le murmure, la rumeur du trafic et l'effervescence de l'existence avaient été emprisonnés dans une autre dimension.

Au loin, un ciel bas et noir rejoignait sur la ligne d'horizon les terres sombres de Nashua.

Mac Callaugh ferma la porte et replongea dans la pénombre du corridor. Il avança jusqu'à la première porte et pénétra dans un vaste salon qui ne présentait aucun intérêt. Un peu plus loin dans le couloir, la seconde porte donnait sur une cuisine et les vestiges d'une vaisselle en vrac dans un évier en inox. Une colonie de rampants grouillaient entre les casseroles et les assiettes – probablement des cafards.

Il avança encore un peu dans le vestibule et s'immobilisa devant l'escalier qui menait à l'étage. La structure en colimaçon déployait ses armatures de fer forgé, s'étirant dans l'obscurité comme un scorpion noir que le temps avait figé…

*

Cleveland, État de l'Ohio/États-Unis, **juillet 1981**

« Comment ça, plus dans le coin ? » avait-il crié en postillonnant sur le micro de son téléphone.

À l'autre bout de la ligne, la voix s'était éteinte, ne laissant percevoir qu'une respiration bruyante et saccadée.

Freddy Lawrence, les pieds sur son bureau, se massa le front en exhalant un soupir de désespoir, un râle de dépit qui en disait long sur sa patience toute relative et la fatigue accumulée ces derniers jours.

Il laissa son regard se perdre dans le vague, par-delà la fenêtre entrouverte, dans les lueurs de la nuit tombante qui enveloppait Ontario Street.

La voix féminine, sèche, relança la machine :

— Qu'est-ce que vous lui voulez, à mon fils ? Il est très occupé en ce moment et il…

Lawrence lui coupa la parole :

— Rien de grave, madame Mac Callaugh. Nous voudrions l'entendre dans le cadre de l'affaire des corps retrouvés dans votre ancienne maison, dans le lotissement Black Flower, sur Woodland Avenue…

— Vous m'avez déjà interrogée là-dessus et je vous ai déjà dit que nous avions revendu cette maison de cauchemar à Eileen…

— Madame Mac Callaugh, nous savons tout ça. Mais, lorsque vous viviez dans le quartier de Woodland Avenue, votre fils a peut-être vu ou entendu quelque chose d'important, des détails anodins à l'époque et qui pourraient se révéler cruciaux aujourd'hui…

La femme expira fort, pour marquer son exaspération, et enchaîna :

— Vous savez, Patrick ne traînait pas trop dehors, c'était un petit très solitaire. Il avait en fait très peu d'amis. Ce gamin était obsédé par la lecture, les études. Il passait son temps à lire des romans d'Edgar Allan Poe et les poésies noires de William Blake, confiné dans sa chambre…

— Mais peut-être connaissait-il des gamins du quartier qui auraient, eux, vu ou entendu quelque chose, un truc qui pourrait nous mettre sur la piste…

— Je vous dis que mon gosse, c'était un sauvage ! Il n'avait pas de copains… à part cette gamine qu'il voyait de temps à autre…

— Cette gamine ? Développez…

Amy Mac Callaugh sembla réfléchir à l'autre bout de la ligne et, après quelques secondes de silence, elle se décida :

— C'était une petite du quartier, une fillette très malheureuse. Je crois qu'elle avait été abusée sexuellement par le compagnon de sa mère, elle avait subi des attouchements, enfin je ne sais plus… Quoi qu'il en soit, nous avons appris la nouvelle le jour où la police est venue pour embarquer le gars. Patrick était très proche de cette gamine et il a eu le cœur brisé lorsqu'elle a quitté le lotissement…

— Vous vous souvenez de son nom ? Essayez de vous souvenir, madame Mac Callaugh…

De nouveau, un blanc sur la ligne.

— Non… j'ai beau essayer, non, fit-elle en ricanant. Je deviens trop vieille et ma mémoire me lâche…

Lawrence soupira. En face de lui, le siège était vide.

Il avait laissé Victoria quitter son service relativement tôt, en lui suggérant de se reposer. Il la trouvait trop investie dans cette affaire et lui avait proposé de lever le pied pour la soirée.

Il relança l'Irlandaise :

— Madame Mac Callaugh, où puis-je trouver votre fils ? Il va falloir que vous me communiquiez son adresse, son contact téléphonique…

— Ce n'est pas la peine, il n'est pas très loin. Il m'a rendu visite très récemment. Il est venu du Wyoming spécialement pour travailler sur son nouveau roman : une sorte de biographie romancée sur un vieil ermite qui aurait vécu en milieu sauvage…

— Et donc ? demanda Lawrence, impatient.

— Et donc il doit se trouver à Brecksville, à vingt minutes de Cleveland. Il est descendu au *Pilgrim Inn Hotel*…

— Pour son reportage ?

— Oui… pour interroger ce vieil homme, recueillir ses mémoires. Ce n'était pas facile, les premiers jours ; ça le rendait triste. Ce vieillard rongé par la maladie, l'ambiance étouffante et aseptisée du centre de soins palliatifs… Tout ce protocole…

Lawrence se leva d'un bond, manquant d'arracher le cordon du téléphone. D'où il se trouvait, il apercevait la rue qui s'habillait lentement des couleurs nocturnes et du reflet blafard des réverbères. Il tremblait. Il sentit soudain une vague de givre figer ses viscères et son cœur tambouriner dans sa poitrine. Il avait l'impression de perdre le contrôle.

Il interrompit Amy Mac Callaugh, qui s'était lancée dans un laïus pathétique sur l'accompagnement de fin de vie et la dignité humaine.

— Madame Mac Callaugh… vous me dites que votre fils rendait visite à un vieillard ? Dans un centre de soins palliatifs, à Brecksville ? C'est bien ça ?

La vieille femme répondit sans attendre, trop heureuse qu'on s'intéresse au talent et aux projets littéraires de son rejeton.

— Oui, monsieur, un gars avec un sacré passé, même. Malade, en phase terminale d'un cancer. Il est soigné au Sunset House de Brecksville, oui…

Freddy Lawrence avait raccroché avant que son interlocutrice ait fini sa phrase.

Arrivé essoufflé sur le trottoir, devant l'immeuble des locaux de la PHU, il grimpa dans la Chevrolet Caprice et démarra en trombe.

Il devait en avoir le cœur net. Il devait faire le ménage et mettre de l'ordre dans sa vie.

Il ne savait plus comment tout cela avait commencé.

La seule chose dont il était sûr, c'était que vingt minutes le séparaient de la vérité…

21

Il était environ 22 h 15 lorsque le malaise s'intensifia. Le cauchemar n'en finissait plus de la pénétrer et de la dévorer.

En sueur, fiévreuse, Victoria Fletcher était ramassée au fond de son lit. Du songe érotique qui avait accompagné sa première phase de sommeil, elle était passée à une série de séquences morcelées d'images terrifiantes. Freddy Lawrence, l'éphèbe de ses fantasmes secrets, s'était mué en un monstre hideux qui exhalait une insupportable odeur de putréfaction.

Pendant qu'il s'activait à lui donner du plaisir, arc-bouté derrière elle dans un lit démesuré qui occupait la moitié de la pièce, il lui avait avoué la perversion de ses orientations sexuelles. Ensuite, s'excusant de l'odeur qui flottait tout autour de lui, il lui avait conseillé de jeter un œil sous la couche de leurs ébats.

Horrifiée, Victoria s'était alors exécutée et était restée pétrifiée par la vision qui avait imprimé sa rétine. Aucun son n'était sorti de sa bouche, aucun cri d'effroi. La persistance rétinienne avait semblé ne plus vouloir disparaître, et la répugnante rémanence s'était même superposée au visage de Freddy Lawrence. Ce dernier, le souffle court, avait soudain rugi sans perdre le rythme de son mouvement coïtal : « Ce n'est pas moi ! Ce n'est pas moi ! »

Victoria s'était réveillée en sursaut et en se demandant si ces cris de détresse avaient un lien avec les cadavres qui pourrissaient sous le lit. Une multitude de macchabées étendus à perte de vue…

Quel épouvantable cauchemar… Freddy Lawrence en train de la baiser au-dessus d'un tas de macchabées !

Son enfance lui avait laissé de vilaines cicatrices, des marques qui ne s'effaceraient pas facilement. Rien ne lui avait permis de guérir sa mémoire souillée, de vaincre le traumatisme qui la perturbait.

Si l'horreur avait un visage, c'était celui d'un homme, incontestablement.

Si la terreur portait un nom, c'était « Gary », assurément…

Le téléphone sonna, la tirant de sa torpeur. Une voix, à l'autre bout du fil, lui annonça qu'un meurtre sanglant venait d'être commis dans le comté de Lorain, à Wellington. Et que le cadavre que les flics avaient enveloppé dans un sac de polyuréthane noir se nommait Eileen Starling Fitzgerald…

*

Fort Peck Lake, État du Montana/États-Unis, **juillet 1981**

Il régnait un silence pesant à l'intérieur de la maison, lourd comme une chape de plomb.

Lentement, Mac Callaugh grimpa le colimaçon qui menait à l'étage et donnait accès aux chambres à coucher. L'escalier craqua sous son poids. Ses pas soulevaient la strate de poussière qui recouvrait les marches.

Son cœur battait fort. Il se remémorait les dernières paroles de Jo et pressentait le pire : « Dans la boîte, tu trouveras ce que tu cherches... » La phrase retentissait dans son crâne comme une litanie obsédante.

Au sommet de l'escalier, malgré la pénombre de la fin du jour et les volets clos, Mac Callaugh distingua deux portes.

Il pénétra dans la première chambre, qui baignait dans un léger clair-obscur. Il la traversa, ouvrit la fenêtre et poussa les volets, qui s'écartèrent dans un grincement sinistre.

La lueur du crépuscule entra dans la chambre. Mac Callaugh se retourna, patienta le temps que ses yeux s'habituent à la pénombre et sursauta lorsque son regard croisa l'étagère au-dessus du lit.

Une ribambelle de petits animaux, plus particulièrement de rongeurs, s'y étalait dans un parfait état de conservation. Le taxidermiste avait réalisé un travail d'orfèvre. La vie semblait encore présente dans les petites billes noires des animaux morts, comme si, figés le temps d'un instant, ils allaient soudain s'animer. L'Irlandais observa en grimaçant deux écureuils, un rat, un blaireau et un lièvre qui se faisaient face, leur fourrure recouverte d'une épaisse couche de poussière. Dans le prolongement du mur, d'autres étagères, tel un mausolée, étaient garnies d'une multitude de petits crânes, d'os, de dents, incisives et canines.

Mac Callaugh frissonna. Des bois de cervidé pendaient du plafond.

Il en fut persuadé : il se tenait dans l'antichambre du mal. Là, *la bête* s'était amusée, avait joué avec ces animaux empaillés et ces crânes de lapins.

La tête lui tourna. Il perçut un parfum étrange, comme si les murs se mettaient à exsuder le passé, comme si le papier peint allait se décoller et laisser apparaître une brèche, une faille qui le conduirait chez le diable, droit aux enfers.

Il reprit conscience et sortit de la chambre. Celle de Jo était à côté, à quelques pas seulement.

La porte grinça et il entra dans la pièce. Il y faisait frais et des effluves d'urine de chat l'agressèrent. Le cadre en bois de la fenêtre avait joué avec le temps et s'était voilé, laissant passer l'eau, le froid et les insectes.

Il ouvrit les volets et la clarté lunaire inonda la pièce, rasant les lames du plancher, révélant les traces de ses pas dans la poussière.

Mac Callaugh se retourna et jeta un œil circulaire, s'attarda sur le lit, vague forme crasseuse recouverte de haillons et de couvertures usées. Au fond de la pièce se trouvait une grande armoire de chêne, immuable et massive comme une gardienne silencieuse de secrets.

La tête lui tourna de plus belle. Une sensation de dégoût le fit frémir. Il vacilla quelques secondes, ferma les yeux et inspira profondément. L'armoire s'était muée en une silhouette terrifiante. Il lui sembla qu'elle projetait depuis son miroir le reflet d'un homme sans visage, d'un homme revenu d'un lointain passé.

Patrick Mac Callaugh avança d'un pas hésitant. Il caressa la lourde porte de chêne, introduisit la clé dans la serrure et ouvrit le panneau de bois. Une odeur de naphtaline et de renfermé s'en échappa aussitôt, une odeur que le temps avait emprisonnée et transformée en une fragrance âcre.

Sur les rayonnages s'empilaient des dossiers cartonnés, des papiers, des factures. À droite, quelques chemises suspendues, des cravates. Les étagères étaient couvertes d'un tapis de mouches et d'araignées desséchées, de poussière et de boulettes antimites.

Mac Callaugh ouvrit alors le seul et unique tiroir fixé sous un rayon.

La boîte de biscuits était là ; une boîte ordinaire de *Sugar Cookies*…

*

Brecksville, État de l'Ohio/États-Unis, **juillet 1981**

22 h 15.

La trotteuse de l'horloge du hall semblait lancée dans un compte à rebours inexorable, le début d'une course contre la montre qu'il lui fallait remporter à tout prix.

Il traversa le vaste hall au sol moquetté, jeta un œil sur le salon et se précipita vers le grand comptoir, derrière lequel se tenait un homme à l'allure filiforme et au visage émacié. Surpris, ce dernier lui adressa un large sourire commercial :

— Monsieur, bonsoir, bienvenue au *Pilgrim Inn Hotel*, que puis-je pour vous ?

Freddy Lawrence renvoya un sourire crispé au réceptionniste et lui fourra sa plaque officielle sous le nez.

— Je suis le lieutenant Lawrence, de la police de Cleveland. Pour les besoins d'une enquête en cours, je vous prierais de me dire si un client répondant au nom de Patrick Mac Callaugh est descendu à votre hôtel ce soir…

Le grand maigre ricana comme si Lawrence venait de débiter une monstrueuse ineptie et se pencha en avant :

— Je pourrais revoir votre plaque, lieutenant ?

— Certainement pas ! Présentez-moi plutôt votre registre…

Le sourire du réceptionniste s'effrita pour laisser place à une moue dubitative.

Il tourna le moniteur de l'ordinateur face à Lawrence et posa son doigt sur le verre de l'écran.

— Voilà, c'est ce nom, Patrick Mac Callaugh… Il est arrivé fin juin. Vous avez lu ses bouquins ?

— Vous pensez que je n'ai que ça à foutre ? Où est-il ? Quelle chambre ?

L'autre parut surpris. Freddy Lawrence ne lui laissa pas le temps de répondre.

— Je suppose qu'il vous a réglé le montant de son séjour ?

— Oui, effectivement, mais il m'a prié de lui garder la chambre, car il revient dans deux jours…

— Comment ça ? Il s'est absenté ?

— Exact…

— Où ça ?

L'homme au visage émacié ricana de nouveau.

— Mais enfin, monsieur, lança-t-il avec un sourire de faux-cul, je ne m'intéresse pas à la vie privée des clients de l'hôtel…

Lawrence hocha la tête. Le réceptionniste embraya :

— Vous êtes de Cleveland ?

— Pourquoi ? demanda Lawrence en lui jetant un regard noir.

— Comme ça, votre nom me dit quelque chose… Vous n'avez pas de famille dans le coin ?

— Dites-moi, cher monsieur, vous ne vous intéressez pas à la vie privée de vos clients, mais à celle des flics du coin ? Étrange, non ?

— Vous vous méprenez, c'est juste que…

— C'est juste que *quoi* ? Ma famille, je l'ai oubliée… J'ai fait en sorte qu'elle disparaisse… Alors, vous m'lâchez avec ça !

L'homme sembla dépité.

— Je suis vraiment désolé, lieutenant… Concrètement, que puis-je faire pour vous ?

— Quel est le numéro de chambre de Mac Callaugh ?

— La 213, mais…

Lawrence tendit sa paume ouverte devant lui.

— Donnez-moi le passe. Ma mémoire vient de me rappeler que la famille, c'est important…

22

Wellington, État de l'Ohio/États-Unis, **juillet 1981**

Vingt-trois heures.

Le jeune flic en tenue tendit un café fumant à l'inspecteur Fletcher et lui accorda un sourire compatissant.

L'effervescence, la lumière crue des projecteurs installés tout autour de la scène de crime, les photos, les flashes qui crépitaient et se fracassaient sur les murs, le violent contraste des draps blancs souillés par ce sang encore frais, abondant, lui donnèrent le vertige. La vision du corps exsangue, les pupilles laiteuses du cadavre, ses yeux grands ouverts, figés sur l'ouverture de la fenêtre, finirent par lui retourner l'estomac et par la forcer à s'asseoir.

Victoria se frotta les paupières et frissonna, le crâne encore pollué par son cauchemar.

La pièce grouillait de flics en uniforme et en civil. Ils étaient si nombreux à chuchoter dans cette pièce qu'elle avait l'impression qu'un escadron de mouches tentait de s'introduire dans ses oreilles.

Un grand type s'avança. Visage hâlé, grêlé, le type mexicain accentué par une grosse moustache brune, une coupe de cheveux indéfinissable et un accent hispanique très fort.

— Ça va aller, sergent Fletcher ? C'est violent, je sais, mais, en même temps, ce n'est pas tous les jours que ce genre de connerie se passe à Wellington…

Elle le dévisagea. Lentement, elle décolla ses lèvres restées scellées depuis son réveil :

— Putain, qu'est-ce que vous croyez ? Que je griffonne de la paperasse à longueur de journée dans mon bureau d'Ontario Street ? J'ai déjà vu des tas de cadavres, bordel ! Par contre, votre côté macho-latino m'écœure bien plus que cette putain de scène de crime !

— Hé ! j'essayais juste d'être sympa, ne vous emballez pas. Vous êtes arrivée ici complètement hagarde, je voulais…

— Je dormais, si vous voulez tout savoir. Bon, si vous me disiez plutôt pourquoi je suis ici, on avancerait un peu…

— Vous connaissiez la victime ? demanda le Mexicain en désignant d'un geste, sans prendre la peine de se retourner, le corps ensanglanté sur le lit.

— Pas vraiment, non. Je suis passée récemment pour prendre quelques renseignements…

— Oui, cette histoire de baraque pleine de cadavres… On est au courant, sergent.

Fletcher haussa les épaules.

— Et ?

— Et vous vous doutez bien que c'est la police du comté de Lorain qui va se charger de cette affaire d'homicide.

— Putain, mais à quoi vous jouez, là, inspecteur ?

— Lieutenant Henrique Ramos, pardon, je ne me suis pas présenté…

Le légiste s'approcha et lui glissa quelques mots au creux de l'oreille avant de s'éclipser. Deux gars de l'équipe du coroner enveloppèrent le corps et le chargèrent sur la civière avec des gestes lents, quasi religieux.

— Bon, écoutez, Ramos, il va falloir que nous accordions nos violons. Je sais que vous prenez en charge cette enquête, OK, pas de problème. Je sais aussi que vous allez faire de votre mieux, que vous et votre équipe de culs-terreux allez vous défoncer, mais je suis à peu près certaine que le meurtre de cette pauvre femme est lié à notre affaire, qu'elle est même peut-être morte à cause de notre visite... Donc je ne lâcherai pas, je ne vous lâcherai pas, je veux être sur le coup...

— Les culs-terreux feront de leur mieux, sergent Fletcher.

— Dites-moi plutôt ce que j'ai envie d'entendre, Ramos... Vous savez très bien où je veux en venir. Vous me mettez sur le coup, je veux faire partie de l'équation, vous me faites part de tout ce que vous découvrirez au cours de cette enquête. En retour, je vous mets au parfum, je vous ouvre nos dossiers concernant Eileen Fitzgerald...

Ramos la scruta intensément.

— Vous voulez le fond de ma pensée, vraiment ?

— J'en ai rien à foutre, Ramos, du fond de votre pensée. Je vous dis que tout ça est lié... Comment a-t-elle été trucidée ? demanda Victoria en suivant des yeux le brancard que les gars tiraient au-dehors.

— Elle a encaissé plusieurs coups de couteau dans le ventre, les organes vitaux ont été touchés et elle s'est vidée...

— Ça ne correspond pas… Il y a un truc qui merde…

— Qu'est-ce qui ne correspond pas ?

Victoria observa Ramos comme s'il débarquait de la lune.

— Le mode opératoire ! Il ne correspond pas aux méthodes utilisées par notre tueur jusque-là…

Ramos soupira, s'assit près de Victoria sans la lâcher du regard et dit doucement, en posant une main sur son épaule :

— Je veux bien que nous collaborions, sergent, mais je dois vous faire une confidence. Si nous vous avons prévenue cette nuit, c'est surtout pour savoir pourquoi la police de Cleveland était venue interroger Eileen Sterling chez elle… Elle s'est confiée à un proche voisin…

— C'est ça que vous appelez une confidence ?

— Patience, sergent. Mes hommes ont fait un tour dans la baraque. Dans le bureau d'Eileen, ils ont trouvé une boîte avec des lettres et des photos…

— Je vous suis, et alors ? C'est quoi, cette putain d'info ?

— Certaines lettres datent de plusieurs années : des correspondances enflammées entre Eileen et son amant de l'époque.

Victoria Fletcher fronça les sourcils, posa son gobelet de café et souffla assez fort à l'oreille de Ramos :

— Vous allez me dire que vous avez son nom ? C'est ça ? Dites-moi que vous savez de qui il s'agit…

— Nous avons beaucoup mieux, sergent Fletcher : il apparaît sur toutes les photos qu'Eileen a conservées…

— QUI ? cria Fletcher, les dents serrées de rage et le regard sombre.

— Je suis désolé, mais… il s'agit de quelqu'un que vous connaissez…

*

Blake memoria/**juillet 1981**

Blake n'avait jamais envisagé de se faire prendre, ni qu'une erreur le mènerait à sa perte.

Le passé le rattrapait.

Il aurait voulu tout effacer, que rien n'ait jamais commencé, mais, comme un supplice chinois, les images et les sons forçaient sa mémoire. Il se revoyait enfant, à la ferme de son père. Il entendait les os des animaux morts tomber dans le grand seau de métal. Il sentait cette odeur infecte, forte, pénétrante, des clapiers souillés dans l'immense grange. Il voyait les dépouilles pestilentielles des lapins crevés, ces bêtes à fourrure aux faciès étranges, déformés par la décomposition. Les cadavres s'étendaient à perte de vue, décimés par l'épidémie, le long des clapiers de l'élevage paternel. Ceux-ci lui avaient inoculé une indicible sensation de naufrage, de perte d'identité. Le petit garçon qu'il avait été avait poussé comme une plante privée de lumière, et la mort, la désolation, la solitude avaient été le terreau acide dans lequel ses racines s'étaient égarées.

Blake n'en voulait pas à son père. Blake n'en voulait pas à son oncle.

Tous ces animaux morts qu'il avait éventrés pour les étudier et brasser leurs entrailles pourrissantes avaient catalysé et nourri à la fois sa folie, la décrépitude de son esprit.

Sa sexualité désordonnée, son déséquilibre sentimental, son goût prononcé pour les garçons, la frustration, le désastre du couple de ses parents, le décès de sa mère, toute cette folie, toute cette souffrance, tous ces fragments douloureux de sa vie l'avaient façonné.

Très tôt, ce désir infernal et animal, ce mal qui s'insinuait dans son bas-ventre quand il apercevait un jeune homme qui l'attirait, ce sexe qui se raidissait jusqu'à le faire souffrir, ce mécanisme diabolique avait fait de lui l'esclave du mal. Blake n'avait jamais su refréner ses désirs, ses pulsions sanglantes... il ne l'avait jamais pu.

Et voilà qu'aujourd'hui, de nouveau, il fallait qu'il tue.

Non par plaisir, mais pour sa survie...

23

Brecksville, État de l'Ohio/États-Unis, **juillet 1981**

213.

Le numéro en laiton brillait sur la porte en acajou. Freddy Lawrence introduisit le passe dans la serrure, tourna la poignée et ouvrit. La chambre s'illumina d'une douche de lumière fade, une lueur poussive diffusée par les appliques murales.

Un lit. Un téléviseur. Un bureau. Une chaise. C'était tout.

Près du petit bureau, un sac de voyage et une serviette de cuir flanqués sur le sol.

Lawrence se précipita et entreprit de déballer le sac. Des vêtements, des chaussures et des affaires de toilette s'étalèrent sur le lit.

Fébrile, le flic sortit de la serviette de cuir marron un dossier rouge cartonné dont il déboucla péniblement la sangle. Un tas de papiers et de photos s'en échappa.

Lawrence s'installa sur le lit, le dossier sur les genoux, et l'ouvrit sans attendre.

Il lut quelques lignes d'un document siglé du logo de la ville de Brecksville et son cœur loupa un battement. Il sentit alors son sang se figer, se cristalliser dans ses veines à mesure qu'il absorbait les informations. Une vieille photo accompagnait le document.

Il en resta bouche bée, les yeux exorbités. Le désastre qu'il pressentait depuis quelques heures venait de se confirmer.

*

Fort Peck Lake, État du Montana/États-Unis, **juillet 1981**

Il tenait la boîte de *Sugar Cookies* du bout des doigts, comme si le métal allait soudain se mettre à rougeoyer et à lui griller la peau.

Son cœur battait. Fort.

Il avait l'impression qu'une présence maléfique se promenait dans la maison, occupait tout l'espace, de la cave au grenier envahi par la poussière et les excréments de rats, partout, dans chaque pièce obscure, chaque recoin. C'était comme si les murs respiraient, produisaient un souffle imperceptible, un murmure étrange.

Patrick Mac Callaugh s'assit et ouvrit la boîte pour en analyser le contenu : des clés, deux coquillages, une patte de lapin porte-bonheur, une paire de lunettes, des papiers, des photos, une mèche de cheveux.

Il risqua une main hésitante à l'intérieur de la boîte de biscuits et caressa du bout du doigt la mèche blonde. Les cheveux étaient retenus par un fil de couleur, un fil de laine bleu.

Il déplia lentement un document et comprit qu'il avait trouvé ce qu'il cherchait. Son cœur se mit à bondir dans sa poitrine, un dard glacial le transperça de part en part.

La photo noir et blanc maintenue par un trombone lui porta le coup fatal ; un prodigieux vertige le fit vaciller.

Incapable de refréner le flot de ses émotions, il se laissa alors submerger, longuement, pour que puissent fuir dans le sel de ses larmes toute la rancœur, toute l'amertume et toute la douleur que lui avait infligées la trahison…

*

Wellington, État de l'Ohio/États-Unis, **juillet 1981**

Freddy Lawrence.

Le nom retentit à ses oreilles de manière distordue, s'étira comme un chewing-gum collé sous sa semelle.

L'enquêtrice sursauta. Le choc avait été violent, un peu comme lorsque, assoupi dans le train, la tête contre la vitre, une autre rame nous croise à toute vitesse et propage l'onde de choc contre la paroi de verre.

Elle eut un mouvement de recul et s'éloigna de Ramos pour chercher un peu d'air. Tout se rétractait autour d'elle, l'oxygène venait à manquer et sa respiration se faisait courte. L'angoissante atmosphère dans laquelle elle glissait depuis son arrivée semblait se resserrer comme un étau.

Elle déglutit péniblement.

— Vous… vous êtes certain de ce que vous avancez ? Vous êtes sûr que l'on parle de la même personne ?

— Absolument, Victoria, tout à fait certain…

Fletcher parut troublée par le besoin qu'avait eu Ramos de l'appeler par son prénom. Elle fronça les sourcils et s'apprêtait à reprendre la parole quand elle le vit porter ses mains en porte-voix :

— Clark ! Rappliquez avec les pièces à conviction !

Un jeune homme, la trentaine devant lui, apparut dans l'encadrement de la porte. Avec son air abruti et léthargique qu'ont les gamins en pleine crise existentielle, il semblait ne pas avoir quitté l'adolescence.

Une grande pochette plastique entre les mains, il lâcha un sourire et un signe de tête en guise de bonjour à Fletcher, et remit le sachet à Ramos.

Le Latino enfila une paire de gants en latex et demanda qu'on les laisse seuls, Fletcher et lui.

L'enquêtrice remonta des profondeurs où la surprise l'avait plongée et se mit à vociférer :

— Putain, Ramos ! Qu'est-ce que c'est que ce cirque ? Vous parlez à demi-mot, vous me donnez à becqueter comme ça vous chante... Vous jouez à quoi ? C'est quoi, le problème avec Freddy Lawrence ?

Ramos extirpa des photos et des lettres de la pochette plastique.

— Le problème ? Je ne sais pas si on peut parler de problème, mais je suis sûr d'une chose : votre collègue connaissait la victime et...

— Et quoi ?

—...et ils ont été amants un moment.

Victoria perçut comme un souffle froid s'insinuer sous ses vêtements et pénétrer, transpercer le moindre millimètre carré de sa peau. Elle se figea, la bouche amère.

Le temps venait de s'interrompre et, à mesure que Ramos disposait une à une les photos devant le lit ensanglanté, Victoria voyait défiler des baisers, des regards tendres, des sourires sur la surface glacée des clichés jaunis. Elle ne croyait plus aux fées et aux princes charmants depuis bien longtemps, mais, sur la photo, il n'y avait aucun doute possible : Freddy Lawrence, c'était bien lui, enlaçait Eileen Fitzgerald devant le château de la Belle au bois dormant, à Disneyland…

Deuxième partie

Et la lumière fut !

24

Brecksville, État de l'Ohio/États-Unis, **juillet 1981**

Une lumière crue lui avait traversé la cervelle, un arc électrique avait fendu son esprit vacillant comme pour en éclairer les profondeurs. C'était un peu comme si un bloc de titane s'était écroulé depuis les cieux pour s'écraser sur son crâne.

Freddy Lawrence aurait voulu croire le contraire de ce que sa conscience imprimait.

Le document qui lui brûlait les doigts était la preuve incontestable, indéniable, que ce qu'il y avait de plus noir et de plus effrayant pouvait sommeiller en silence pendant des décennies avant d'exploser sans prévenir…

Le flic s'allongea sur le lit, respira un grand coup et ferma les yeux.

Encore et encore, ces grands espaces défilaient derrière la peau fragile de ses paupières, les grands froids, le torrent bruyant qui se déployait à perte de vue et, au loin, les immenses et inaccessibles sommets enneigés de la chaîne montagneuse.

Il posa le précieux document sur sa poitrine et se laissa emporter par les remous de ses souvenirs, laissa palpiter les images du désastre de son enfance, l'échec de sa future existence.

Il plongea encore plus profondément dans sa mémoire, se laissa engloutir.

Le choc. Le vieux cerf éventré, fendu en deux comme un abricot mûr, oscillait sur l'esse d'acier monstrueuse.

Les entrailles fumantes dans un coin de la grange, le sang répandu sous la bête ouverte comme une bouche édentée, l'odeur cuivrée des fluides de l'animal, la fragrance sauvage, la forêt, la nuit qui enveloppait les grandes plaines…

Il revint soudain au présent.

Freddy Lawrence sursauta et ouvrit les yeux.

D'une main tremblante, il s'empara du papier et observa une dernière fois la signature au bas du document.

Il n'y avait plus aucun doute. C'était celle de son père et elle avait été apposée près de quarante ans plus tôt, en reconnaissance de la paternité d'un enfant.

Un enfant. Un nom.

Freddy Lawrence connaissait ce nom.

Freddy Lawrence connaissait l'homme qu'était devenu cet enfant et il devait impérativement le retrouver.

*

Fort Peck Lake, État du Montana/États-Unis, **juillet 1981**

Bordel de nom de Dieu ! pensa aussitôt Mac Callaugh.

Il tenait entre ses doigts une mèche de cheveux de son demi-frère. Ce demi-frère qu'il n'avait jamais connu.

Dans son autre main, une photo noir et blanc le représentait dans un landau double, aux côtés d'un enfant moins chétif que lui, langé et habillé d'une grenouillère blanche.

À mesure qu'il observait la photo, sa respiration se fit irrégulière, tout comme les battements de son cœur. L'émotion le consumait, il avait l'impression de se livrer un combat à lui-même, comme pour empêcher ce qu'il venait de découvrir de franchir les frontières de sa conscience.

Le vieux Jo lui avait parlé du diable. Mais ce n'était pas ce qui le faisait frissonner.

Ce qui l'effrayait, c'était cet enfant âgé d'à peine un an à ses côtés, qui souriait étrangement en fixant l'objectif; le mal n'avait pas encore gangrené son esprit, il était encore pur et innocent, vierge de tout crime et de toute malfaisance.

Avant même de faire le compte des victimes qui avaient croisé son chemin, le plus terrifiant était de savoir que ce monstre était son frère…

*

Cleveland, État de l'Ohio/États-Unis, **juillet 1981**

Victoria Fletcher déboula dans le hall de la PHU à 9 heures pétantes.

Au téléphone, un peu plus tôt, Yaakov Levy avait demandé à la voir. Ontario Street bouillonnait déjà, palpitait au rythme des heures, vibrait de hordes d'humains conditionnés pour un quotidien routinier, happés par le labeur nourricier.

Elle n'avait quasiment pas dormi depuis la veille. L'épouvantable cauchemar qui l'avait mise en scène avec Freddy Lawrence, nue, se faisant prendre sauvagement sur un tapis de morts, la hantait encore. Elle gardait en rémanence, fraîchement tatouées au creux de son esprit, la scène sanglante du corps livide d'Eileen Fitzgerald sur son lit, les révélations de Ramos et les photos qui avaient défilé devant ses yeux comme un train fou.

Elle évita l'ascenseur, envoya quelques sourires à ses collègues qui traînaient dans les couloirs comme des fantômes égarés, grimpa quatre à quatre les marches du grand escalier en granit sombre et se retrouva au premier étage. Elle longea le corridor, passa devant son bureau et s'arrêta deux portes plus loin.

Fletcher lorgna la plaque en laiton : « Capitaine Yaakov Levy ». Elle frappa brièvement deux coups.

Une voix. Un ordre.

Elle entra.

Sa surprise fut de taille.

Le café était servi et une délicieuse odeur de beignets flottait dans la pièce. Deux hommes se tenaient attablés, visiblement satisfaits de voir apparaître enfin celle qu'ils attendaient. Ils portaient un costume sombre, étaient âgés d'une soixantaine d'années et avaient le teint pâle, presque gris.

Levy lui présenta une chaise.

— Installez-vous, sergent Fletcher. Je vous ai convoquée ce matin, car j'avoue avoir été surpris par la teneur de vos propos d'hier soir. Ces messieurs…

— Capitaine, l'interrompit-elle, je ne sais pas ce que ça vaut… mais ce flic de Wellington m'a effectivement montré ces putains de photos…

Les deux hommes attablés plissèrent les yeux. Elle se tourna vers eux et leur donna une molle poignée de main.

— Je suis désolée, messieurs, veuillez excuser mon langage peu châtié, mais je suis secouée, là. Je suis le sergent Fletcher…

— Nous savons qui vous êtes, mademoiselle Fletcher. C'est vous que nous sommes venus voir…

— Moi ? fit-elle en écarquillant les yeux.

Levy s'approcha et souffla près de son oreille :

— Ces messieurs sont médecins. Enfin, le plus jeune est psychiatre, l'autre est généraliste…

— Putain, patron ! siffla Victoria entre ses dents. Je ne comprends rien… Vous êtes conscient de la gravité de la situation ? Freddy Lawrence connaissait la victime de Wellington, il était son amant ! Lawrence baisait Eileen Fitzgerald et il a juste omis de nous signaler ce détail, bordel !

Les deux médecins s'impatientaient. Yaakov Levy leur adressa un signe de la main comme s'il réglait un dernier détail.

— Fletcher, Lawrence n'a pas donné signe de vie depuis avant-hier soir. Si vous lui connaissez des problèmes, il faut me le faire savoir…

— Il nous a caché le fait qu'il connaissait le témoin principal de notre affaire et ça ne vous suffit pas ? Eileen était aveugle, elle ne pouvait pas le reconnaître lorsque nous l'avons interrogée… Lawrence se trouve mêlé à une sale affaire. Il a des problèmes, j'en suis convaincue.

Levy acquiesça en fermant les yeux.

— Victoria, nous verrons cela plus tard. Ces messieurs voudraient s'entretenir avec vous…

— Qui sont ces cols-blancs ? pesta-t-elle en jetant un regard de dédain aux deux hommes.

— Je vous l'ai dit, des médecins…

— Mais…

— Mademoiselle Fletcher, intervint le plus âgé des deux en se levant de son siège, je suis le docteur Oldmann. Vous ne vous souvenez probablement plus de moi, vous étiez gamine…

Victoria parut d'abord surprise, puis, haussant les épaules, éclata d'un rire franc.

— Mais enfin, à quoi ça rime, tout ça ? Hein ? fit-elle en se retournant vers son supérieur.

— Victoria… j'ai très bien connu Anna…, reprit le médecin.

— Ma mère ? Vous avez connu ma mère ?

— J'ai connu cette femme courageuse, oui, et…

Il laissa sa phrase en suspens à dessein ; l'homme à ses côtés se racla la gorge.

— J'ai très bien connu Gary aussi…

— Ne me parlez pas de cet enfoiré de merde ! s'indigna l'inspectrice. Il croupit en prison et il est très bien là où il est. Ne venez pas rouvrir de vieilles blessures, docteur…

On devrait couper les couilles de tous ces violeurs de gosses !

Victoria tira une chaise et s'installa face aux deux hommes. Elle posa ses coudes sur la table et son menton dans ses mains, comme pour soutenir sa tête soudain trop lourde.

— Je vous écoute, docteur Oldmann... Mais faites vite, j'ai du travail.

Le capitaine Levy récupéra un dossier sur le coin de son bureau et s'éclipsa.

— Je vous présente le docteur Barney, embraya Oldmann en désignant l'homme aux cheveux mi-longs et grisonnants qui avait gardé le silence. Vous ne vous souvenez pas de lui non plus, mais lui, il vous connaît, Victoria. C'est lui qui a établi le rapport médical, ce « fameux » jour...

— Ce « fameux » jour ? Vous n'avez pas un autre adjectif pour décrire ce putain de jour ? Vous croyez vraiment que ma mémoire me renvoie à un souvenir heureux ?

Le médecin en resta bouche bée.

— Désolé, Victoria, je ne voulais pas vous blesser. Le docteur Barney vous a donc auscultée après le drame et il a établi le rapport prouvant avec quelle barbarie vous avez été violée. Les enquêteurs de l'époque ont pu faire le lien avec Gary et ordonner une analyse sanguine. Les prélèvements de fluides, tel le liquide séminal que nous avons retrouvé en vous, appartenaient bien au compagnon de votre mère ; il s'agissait bien de son groupe sanguin...

— C’est une blague ? Vous êtes venus ici pour me détruire ? C’est quoi, le but de la manœuvre ?

— Sergent Fletcher, intervint le docteur Barney, vous nous voyez désolés de faire resurgir le passé, mais nous sommes contraints de briser le secret médical. Une commission d’enquête anonyme nous a mandatés afin de réunir tous les dossiers de victimes de pédophilie, de maltraitances et de viols que nous avons pu traiter au cours de notre carrière. Il se pourrait que certaines victimes puissent, de près ou de loin, être liées à l’une de vos affaires en cours. Ces macchabées retrouvés dans le parc national de Cuyahoga Valley et sous la propriété de Woodland Avenue…

— Et alors ?

— Tous ces adolescents avaient un point commun.

— Lequel ? Allez-y !

— Tous avaient une orientation sexuelle débridée… La plupart étaient homosexuels et appréciaient les rapports charnels violents ou ambigus.

— Je ne comprends toujours pas.

— La commission d’enquête pense que les meurtres ont pu être commis par une personne de leur génération, sous la pression d’un déséquilibre psychologique, d’un désordre affectif provoqué par un traumatisme d’ordre sexuel, termina le docteur Oldmann.

Victoria se figea. Elle fronça ses sourcils et, se penchant en avant, approcha son visage de celui du médecin.

Il lui sembla que le thérapeute n’osait plus bouger, comme s’il redoutait ce qui allait suivre et se préparait à absorber la foudre qui menaçait de s’abattre sur son crâne.

— Docteur, ne me dites pas que…

Le psychiatre baissa les yeux.

— Je vous ai suivie pendant des années, Victoria. Vous étiez psychologiquement instable, en proie à des troubles obsessionnels du comportement ; la peur d'être constamment souillée, sale, contaminée, vous a poursuivie longtemps. La rumination est un symptôme d'instabilité psychique, Victoria, et vous l'avez porté très longtemps sans jamais vraiment plonger en dépression. Les ruminations les plus courantes sont la peur d'être homosexuel ou de ne plus l'être, d'avoir des relations sexuelles étranges, de ne plus aimer quelqu'un, d'être pédophile, d'agresser physiquement un individu. Cet état psychique se caractérise également par des questionnements métaphysiques permanents sur la mort, la mémoire, la paternité ou la maternité…

— Docteur, vous me faites peur, là…

— Votre état psychique a muté, Victoria.

— Qu'est-ce qui se passe, docteur Oldmann ?

Les deux médecins se regardèrent en silence. Fletcher les observait sans bouger, comme suspendue au-dessus du vide.

— Nous pensons que votre état mental a basculé, Victoria, et que vous allez devoir suivre un traitement…

— Quoi ? Mais qu'est-ce que j'ai ? Expliquez-moi…

Le médecin nota que son visage avait blêmi et que ses mains tremblaient.

D'une voix douce, il souffla alors la réponse qui fit chavirer Victoria.

— Nous pensons que vous êtes atteinte d'une forme de schizophrénie très avancée.

Effrayée par la révélation du docteur Oldmann, Victoria se prit la tête entre les mains. Un bref instant, une lueur de folie dansa au fond de sa pupille.

Elle ne rêvait pas. La médecine venait de lui signifier qu'une commission d'enquête anonyme envisageait sa culpabilité dans l'affaire des meurtres de Cuyahoga Valley et de Woodland Avenue... Non seulement elle était malade, mais elle était également suspectée d'être à l'origine d'une série de meurtres violents...

25

Blake memorial **avril 1978**

En quête d'un lieu isolé où se débarrasser du corps débité du jeune Matthew, Blake avait roulé sans s'arrêter depuis le centre de Cleveland. La radio diffusait le tapageur *I cant'get no*, et Blake battait la mesure derrière son volant, en chantant à tue-tête :

When I'm drivin' in my car
And that man comes on the radio
I can't get no, oh no no no…

Le paysage du parc national de Cuyahoga Valley lui était revenu en mémoire, cette vaste étendue forestière qui lui avait déjà servi par le passé. Il y avait enseveli quelques barils remplis de ses jeunes proies.

Sièges rabattus, les gros sacs poubelle occupaient l'arrière de la Mercury Comet qui filait sur la Highway…

Cela s'était déroulé la veille, après une soirée agrémentée de drogues diverses et d'alcool.

Matthew avait refusé ses avances. Il avait simplement accepté de poser nu pour la séance photo, en échange d'une poignée de dollars que Blake lui avait fourrée sous le nez à la sortie du club.

Lorsqu'il avait déboulé sur Fullerton Avenue en faisant crisser les pneus de la Mercury Comet, Blake avait ressenti une joie immense, une excitation hors norme, un sentiment qu'il n'avait découvert que ce soir-là. Il avait senti son sexe enfler et durcir, et, dans sa poitrine, son cœur qui battait très fort chaque fois que le jeune Matthew parlait de sa voix éraillée par l'alcool, tout en ricanant naïvement.

Le sort du jeune gars s'était scellé lorsqu'ils étaient entrés dans Slavic Village.

Dans l'appartement du 3760, Blake avait allumé des bougies et fait brûler de l'encens. Il avait offert à sa proie un verre de rhum dans lequel il avait dilué une forte dose de Sécobarbital ; il avait patiemment attendu que le sédatif fasse effet, puis il avait déshabillé le jeune homme.

Après de lascives caresses et quelques photos prises à la hâte, Blake avait tenté une pénétration, mais Matthew, visiblement intolérant aux barbituriques, s'était retourné pour griffer le visage de celui qui l'avait étrangement fasciné quelques heures plus tôt.

Choc. Heurt sourd du crâne qui percute violemment le mur. Gémissement de douleur réprimé, à peine balbutié.

Blake avait cogné une seconde fois contre le mur la tête du pauvre malheureux. Une petite tache de sang était venue étoiler l'impact sur la tapisserie. Il avait ensuite passé ses mains autour de son cou et avait serré, fort, jusqu'à ce que le regard de Matthew se fige et que son corps d'éphèbe s'immobilise complètement.

Le bourreau s'était alors amusé à photographier Matthew dans toutes les postures, des poses dégradantes et insoutenables aux yeux du commun des mortels.

Blake, lui, avait ri. Beaucoup.

Et il s'était adonné à diverses pratiques sexuelles sur le corps.

Il avait ensuite débité les membres à l'aide d'une scie électrique, tranché la tête – qu'il s'était empressé de déposer dans son réfrigérateur avec un morceau de cuisse –, puis avait enveloppé le tronc et les restes dans des sacs poubelle.

Je goûterai un steak demain, juste avant de me débarrasser de toute cette merde..., avait-il pensé en rinçant la baignoire constellée de chair et de sang.

La Mercury Comet filait toujours comme un corbillard concédant à son occupant son dernier voyage sans retour. La déchetterie qui bordait Sweenay Avenue allait lui permettre de se débarrasser facilement du corps.

À plusieurs reprises, Blake avait songé à remiser son véhicule. Il avait trop tourné avec sa Comet, trop arpenté les zones fréquentées de Cleveland. Il courait le risque d'être interrogé par la police et d'avoir à justifier la présence de sa voiture sur plusieurs lieux de disparition.

Il avait roulé dans le petit matin qui se levait. Dans son dos, l'horizon se perdait sur la surface du lac Érié, aux confins du Canada. À l'ouest, la Pennsylvanie, berceau de peuplades amérindiennes. L'univers se réveillait et s'extirpait lentement de sa torpeur, se noyant dans la douce lumière ambrée de l'aube qui arrosait l'Ohio.

Il se remémorait les emplacements qui marquaient les tombes de ses victimes dans le parc de Cuyahoga Valley, quand une maison sur sa droite, sur Woodland Avenue, lui électrisa la conscience.

Blake eut un choc.

Il leva le pied de l'accélérateur et serra sur la droite. Le moteur arrêté, il scruta l'avenue dans le rétroviseur, laissa passer un énorme truck aux chromes rutilants et descendit de voiture.

Des émanations de bitume et de gaz d'échappement montaient du sol. Ces effluves de goudron et de carburant ouvrirent soudain une porte dans son esprit, laissant surgir une partie de son enfance, un pan de sa mémoire qu'il croyait écroulé depuis longtemps. Oui, ces odeurs lui rappelaient un fragment de sa vie, une séquence malheureuse alors qu'il n'était encore qu'un petit garçon.

À l'instant où les images s'imprimaient sous son crâne, alors qu'il se revoyait enfant, tenant la main de sa mère qui se dirigeait vers la grande maison blanche, un véhicule sérigraphié aux armes de la police de Cleveland se gara juste derrière lui, gyrophare allumé.

Les deux tons stridents de la sirène le ramenèrent à la réalité…

*

Denver, État du Colorado/États-Unis, **juillet 1981**

Freddy Lawrence devait en finir avec tout ça. Il devait aller jusqu'au bout pour exorciser la légion de démons qui le rongeait, ces traumatismes qui peu à peu le rapprochaient du gouffre de la folie.

En transit à Denver, il s'apprêtait à passer la nuit dans un hôtel proche de l'aéroport. Tôt, le lendemain matin, il décollerait pour Glasgow, dans le Montana.

Les documents du dossier découvert dans la serviette en cuir lui avaient appris beaucoup de choses sur l'individu qu'il se préparait à traquer. La chasse ne serait pas facile, loin s'en faut.

Il ne savait rien, en effet, du degré de dangerosité de l'homme. Il ne connaissait ni ses motivations ni le but de sa mission.

C'est aussi pour cette raison qu'il avait préféré disparaître et faire cavalier seul. La police de Cleveland jugerait probablement sa disparition inquiétante, et Fletcher, alarmée, devait remuer ciel et terre pour mettre en branle le lourd mécanisme de recherche des personnes disparues.

Cela lui laissait tout de même un peu de temps.

Il avait eu l'impression de nager en plein cauchemar et de perdre pied. La reconnaissance de paternité signée de la main de son paternel, qu'il avait trouvée dans les affaires de Mac Callaugh, était la preuve qu'un processus terrifiant s'était enclenché près de quarante ans plus tôt.

Patrick Mac Callaugh s'était rendu au centre de soins palliatifs de Brecksville, et ce à plusieurs reprises depuis quelques semaines.

Freddy Lawrence devait brûler le grand livre de son passé, éteindre le grand incendie qui embrasait son cœur.

*

Blake memoria/**avril 1978**

Le flic était descendu de son véhicule et s'était dirigé vers la Mercury Comet.

Blake avait aussitôt envisagé plusieurs possibilités. La première, qui le mènerait à sa perte, consistait à tuer ce flic venu patrouiller dans le secteur et qui avait croisé sa route par hasard. La deuxième, à garder son calme et à miser sur la chance. La troisième, à remonter dans son véhicule et à fuir, en prenant le risque de se retrouver poursuivi par une armada de policiers.

Le sourire aux lèvres, Blake avait opté pour l'option numéro deux.

L'agent était mignon et jeune, presque bandant. Mais l'uniforme avait toujours eu pour effet de calmer ses ardeurs.

Après un dernier coup d'œil sur la banquette arrière de sa voiture, Blake respira un grand coup. Les sacs poubelle ressemblaient à des enseignes lumineuses palpitantes, des flashes marquant d'un reflet coloré l'emplacement d'une scène de crime.

— Bonjour, monsieur. Mettez vos mains bien en évidence et présentez-moi les papiers du véhicule ainsi que votre permis de conduire…, articula lentement le flic en retirant ses lunettes de soleil.

Blake se fendit d'un sourire. Il venait de se rappeler la présence du couteau de chasse au manche en bois de cerf, dans la boîte à gants.

— Je les récupère, monsieur l'agent, laissez-moi un moment...

Un bourdonnement se faisait jour au creux de son crâne, un étrange malaise, la sensation que le pire émergeait lentement.

Un énorme poids lourd fendit soudain le tracé de la route et fracassa le silence, en laissant dans son sillage des relents de gasoil et de poussière. Le flic réajusta sa ceinture et scruta l'horizon, détaillant d'une main portée en visière le mastodonte de ferraille qui s'éloignait dans un grincement de fin du monde.

Blake en avait profité pour contourner son véhicule, passer côté passager et ouvrir la boîte à gants. Il avait effleuré du bout des doigts le manche du long couteau en serrant les dents et s'était emparé du portefeuille qui contenait les documents. Il avait ensuite refermé le petit rangement.

— Vous êtes chasseur ? lança le flic d'une voix claire.

Blake sursauta, surpris. Le flic s'était placé juste derrière lui pour épier ses gestes par-dessus son épaule.

— Oh ! de temps à autre, oui... Il m'arrive de chasser lorsque je retourne sur la terre de mes aïeux.

— Et c'est où, la terre de vos aïeux ?

Blake éluda d'un rire qui sonna faux.

— Je chasse la plume, mais aussi le poil, l'automne surtout.

— Du gros gibier ? demanda le policier en ouvrant le portefeuille.

— Oui, plutôt…

Le flic se pencha vers l'habitacle de la Mercury Comet et observa minutieusement l'intérieur.

— C'est quoi, ces gros sacs poubelle sur la banquette arrière ?

Le cœur de Blake battait si fort qu'il sentait l'afflux sanguin tambouriner à ses tempes.

— Ce sont des ordures, des détritus que je devais déposer aux poubelles. C'était sur mon chemin. Mais j'étais déjà sorti de mon quartier quand je me suis aperçu que j'avais oublié, alors je file à la déchetterie municipale.

La radio crépita soudain derrière eux, dans la voiture du flic. Il était question d'un braquage, d'une prise d'otages et d'un homme abattu par balle.

Le policier rendit ses papiers à Blake sans discuter davantage, rechaussa ses lunettes et salua en rejoignant précipitamment son véhicule. Il démarra en faisant crisser les pneus sur le gravier.

— Bonne chance pour la suite, bougonna-t-il en stoppant à la hauteur de Blake et en se penchant vers la fenêtre côté passager. Le gibier se fait rare, par ici…

— Je ferai de mon mieux, merci encore ! lança Blake, le souffle court.

La voiture du flic s'éloigna.

Ses paupières se mirent à papilloter. Prenant appui sur la portière de la Mercury Comet, il avala une ample goulée d'air et laissa les images l'envahir : la rémanence claire d'une grande étendue de glace, d'un cerf traqué aux lisières d'une forêt sombre et impénétrable, sous un ciel aussi noir qu'un gouffre abyssal…

26

Cleveland, État de l'Ohio/États-Unis, **août 1981**

Le choc. Elle n'en revenait pas.

Pour absorber la révélation de sa maladie par les vieux toubibs, Victoria Fletcher avait besoin d'un peu de recul.

Le capitaine Levy lui avait octroyé quelques jours de congé pour qu'elle se repose et, surtout, se prépare psychologiquement à sa probable éviction de la PHU.

Les troubles évoqués par le docteur Oldmann ne l'autorisaient plus à porter une arme ni à entrer en contact avec la population civile. Un poste administratif restait envisageable, une place de gratte-papier perdue dans les bureaux asphyxiants du central…

Allongée sur son canapé, Victoria laissait divaguer son regard à travers la baie vitrée, bien au-dessus des tours gigantesques qui s'élevaient dans la ville comme des phares de verre et d'acier, longilignes et imprenables.

Elle avait besoin de repos. Ces derniers jours avaient été éprouvants. La claque qu'elle avait reçue en apprenant que son coéquipier avait été l'amant d'Eileen Fitzgerald l'avait balancée dans les cordes, littéralement. Les hommes étaient définitivement des cannibales. L'attirance de la chair, le goût de la peau. Oui, décidément, ils n'étaient qu'un vulgaire concept phallique, la part malsaine du genre humain, presque une erreur de la nature. Tous portaient le visage de Gary. Cette crapule qui l'avait marquée au fer rouge, ce fumier qui avait défloré son innocence et précipité sa chute, qui avait fait d'elle ce qu'elle était et qui avait condamné son avenir.

Aux dernières nouvelles, cela faisait trois jours que Freddy Lawrence n'avait pas donné signe de vie.

Une note de service avait fait le tour des locaux d'Ontario Street et un avis de recherche avait été diffusé au sein de la police de Cleveland. Le capitaine Levy et le commandant de la division criminelle avaient jugé que la disparition du lieutenant était liée à l'affaire de Wellington. Les pièces à conviction retrouvées sur les lieux du crime ne laissaient aucun doute possible : le superflic de leur service, le meilleur élément de la PHU de Cleveland, avait eu une relation intime avec la victime. Il était donc, jusqu'à preuve du contraire, lié au meurtre d'Eileen Fitzgerald.

Sur ce point-là, au moins, ses supérieurs avaient donné raison à Victoria.

Il était 18 heures.

Ramos, le flic de Wellington, avait insisté pour venir la voir. Il partageait son analyse : Eileen Fitzgerald était un témoin clé que le meurtrier s'était empressé d'éliminer. La visite de la police de Cleveland à son domicile n'avait fait qu'accélérer le processus.

Ce qui sidérait Fletcher, c'était que Lawrence lui ait caché sa liaison avec Eileen Fitzgerald. Il savait qu'elle était atteinte de cécité et ne pourrait pas le reconnaître. En dépit des années, avait-elle reconnu le ton de sa voix ?

Pourquoi ces mystères ? Quel était le lien avec l'ancienne baraque de Woodland Avenue ?

Le regard dans le vague, perdue dans ses pensées, Victoria sursauta en entendant la sonnerie de l'interphone.

Elle se leva, enfila son jean et se dirigea vers la porte d'entrée en traînant les pieds. Elle décrocha le combiné et répondit d'une voix engourdie :

— Ouais ?

Une voix éraillée à l'autre bout, essoufflée.

Victoria appuya sur le bouton d'ouverture.

— Vingt-deuxième étage, troisième droite. La porte sera ouverte…

*

Blake memoria/**avril 1978**

Le gibier se fait rare, par ici…

Ce jeune glandeur en uniforme ne croyait pas si bien dire.

Blake se demanda comment il était possible d'avoir autant de chance. Ce peigne-cul avait préféré se précipiter au casse-pipe, sur le théâtre des opérations d'un braquage en cours, alors qu'il était à deux doigts de découvrir le pot aux roses.

Après avoir repris ses esprits, Blake observa les sacs sur la banquette arrière de la Mercury, immobiles, froids et souillés du sang séché de son amant éphémère. Un frisson le parcourut, un spasme de délectation. Certaines parties de son anatomie conservées au frais et les photos indécentes qu'il avait prises prolongeraient son plaisir morbide à l'infini.

En un instant, il se retrouva projeté au seuil de cette extrême jouissance. Les ballots de polyuréthane qui gisaient sur sa banquette arrière lui procuraient la même excitation que des présents enrubannés sous le sapin, à Noël, des pochettes surprises que l'on ouvrait avec le regard et le sourire des gamins fébriles.

Il s'était juré que ce cadeau-là serait le dernier. Il savait bien, pourtant, que seule sa propre mort mettrait un terme à sa chevauchée macabre.

Il ferma les yeux. Le film de la veille repassait en boucle dans sa tête : les cris étouffés, l'os du crâne qui cède, le sang sur les draps immaculés…

Haletant comme un vieux chien épuisé d'attendre, impatient de tenir dans sa gueule la chair tendre, il se passa une langue gourmande sur les lèvres.

Les dernières pièces du puzzle humain qui n'entraient pas dans les codes de son affect devaient maintenant se conformer à l'ordre des choses, au cycle logique et naturel de la matière biologique : la nécrose, la pourriture, l'altération, la destruction.

Blake rouvrit les yeux et se tourna vers la grande maison blanche.

Les volets étaient clos, la pelouse n'était pas entretenue. Cependant, l'habitation semblait occupée. Du linge séchait sur une corde, juste à côté de la vieille balançoire rouillée…

27

Fort Peck Lake, État du Montana/États-Unis, **août 1981**

Mac Callaugh avait fait le ménage, changé les draps du grand lit au premier étage et remisé quelques objets inutiles à la grange. Il avait aussi entrepris de dépoussiérer les meubles de la cuisine et d'aérer cette gigantesque bâtisse en ouvrant grand les fenêtres, comme pour faire disparaître les traces du temps passé dans le souffle du vent.

Il avait eu envie de se sentir chez lui. Après tout, une partie de sa famille avait vécu dans cette demeure ; c'était un peu comme s'il connaissait les lieux depuis toujours.

Mac Callaugh posa ses deux mains sur le rebord de la fenêtre et observa un long moment la structure de bois au toit d'acier rouillé. La maudite grange, théâtre d'une affreuse scène, le fit frissonner.

En faisant fonctionner son imagination, il crut même percevoir un long hurlement, un râle, un rire d'enfant diabolique, glacial, provenant du bâtiment agricole tout près de la moissonneuse oxydée. L'engin semblait soudé au sol, inamovible, telle la carcasse fossilisée d'un prédateur préhistorique.

L'écrivain savait que l'histoire allait se répéter. Le vieux Jo lui en avait donné toutes les clés en le conduisant sur le chemin de la lumière.

Leur rencontre n'était pas anodine. Le courrier anonyme qu'il avait reçu quelques semaines plus tôt mentionnait un vieillard malade détenant des informations capitales sur une série de meurtres violents jamais élucidés. Son interlocuteur lui avait conseillé de le rencontrer et de recueillir son témoignage.

En ouvrant la boîte de biscuits, Mac Callaugh avait compris qui lui avait adressé cette lettre. C'était Jo lui-même. Les courriers qu'il avait vaguement parcourus dans la boîte ne laissaient aucun doute : il s'agissait de la même écriture. Les motivations du vieux étaient claires : il ne voulait pas révéler la moindre information. Non, ce qu'il voulait, c'était que Mac Callaugh remette en place les fragments de sa famille brisée.

L'Irlandais avait encore du mal à y croire. Il était le demi-frère du diable, il portait en lui les gènes du mal, le sang d'un démon sanguinaire jamais puni de ses crimes effroyables…

*

Fort Peck Lake, État du Montana/États-Unis, **août 1981**

Ce 1er août, il faisait frais lorsqu'il débarqua dans la petite ville du Montana. Le bus du Glasgow International Airport l'avait déposé à la gare routière de Nashua, parmi une poignée de voyageurs semblables à des explorateurs perdus dans un hameau de deux cent soixante-dix habitants.

La moitié de la population était encore endormie. L'autre s'activait déjà sur les exploitations agricoles alentour. Quelques tracteurs ronronnaient sur les carrés de terre brune, voilés par un rideau de poussière soulevée par leurs herses gigantesques ou par l'aspersion d'engrais chimiques.

Freddy Lawrence inspira fort en fermant les yeux, les mains dans les poches, un peu étourdi par son voyage et par l'amplitude qu'avait prise l'affaire. Il avait encore du mal à croire qu'il avait fait le voyage.

Il alluma une cigarette, observa le ciel zébré de formations gazeuses et se dirigea vers l'agence de location Hertz au coin de la gare.

Ce qu'il s'apprêtait à accomplir n'était pas qu'un acte obligatoire, c'était une délivrance. Il devait s'assurer que plus personne ne viendrait jamais rouvrir ses vieilles cicatrices. Il fallait en finir.

Il avait envisagé le pire. Si Mac Callaugh était allé au bout de ses recherches, s'il était arrivé à la vieille ferme de Nashua, cela signifiait que le vieux Jo lui avait dévoilé des secrets profondément enfouis.

Freddy risquait sa vie et il le savait. Il n'était pas venu avec son costume de flic, mais avec ses ressentiments d'homme, déterminé à faire place nette dans son esprit.

Il allait reprendre contact avec le diable. Et le diable ne vous laissait jamais aucune chance…

*

Blake s'approcha un peu plus près.

Devant la maison, il observa la vieille balançoire rouillée, la considérant d'un œil noir, l'air absent, comme absorbé par de lointains souvenirs.

Trente ans en arrière. Cette balançoire, ce fameux jour, cette balançoire sur laquelle il s'était mollement balancé en attendant sa mère. Elle était passée le chercher à l'école, affolée, effondrée, les yeux inondés de larmes, et l'avait entraîné avec elle à Woodland Avenue.

Alors que ses semelles raclaient le gazon clairsemé, il avait entendu des cris, des hurlements et des sanglots. Il y avait eu des bruits de verre brisé aussi. Et, soudain, sa mère était ressortie. Elle s'était figée sur le perron, devant la porte d'entrée. Une légère entaille striait sa joue gauche ; elle saignait.

Son père était sorti à son tour, accompagné de la grande dame rousse à la peau blanche.

Le choc avait été violent. Même s'il n'avait sans doute pas bien saisi la situation, à ce moment-là.

Blake revint à lui et chassa les images de ce désastre familial.

Il n'en revenait pas d'avoir retrouvé la demeure de Woodland Avenue. Ce perron, cette maison où s'étaient tenus ses parents, trente ans plus tôt, dans l'ombre de la grande dame rousse…

Il sourit en haussant les épaules, comme si les images du passé n'étaient qu'une représentation déformée de son enfance, une caricature très éloignée de la vérité, et entreprit d'examiner la bâtisse, chaque fenêtre, chaque porte, le moindre détail.

Pourquoi le passé faisait-il aussi mal ? Sa mère l'avait aimé, il en avait l'intime conviction. Mais pas son père. Ce gaillard aux épaules de bûcheron, cet homme façonné comme un bloc de roche par les travaux agricoles, ne l'avait jamais aimé.

Était-ce cet amour masculin, paternel, si absent, qu'il recherchait aujourd'hui chez les hommes ? Ce vide affectif l'avait-il poussé à entreprendre une nouvelle façon d'aimer ?

Cette grande rousse à la peau blanche avait tout déclenché. Tout était sa faute. Oui, l'Irlandaise était le cancer vorace qui lui bouffait la vie. Amy Mac Callaugh, ce démon, avait pris possession de son corps et de son âme. Oui, le diable portait une crinière rousse et avait deux grands yeux clairs, aussi glacials que la mort.

Cette rouquine incendiaire avait mis au monde un démon qu'il se devait d'exterminer.

Il se retourna vers sa voiture. Le véhicule funèbre attendait, silencieux, chargé de ses sacs poubelle pleins de fragments humains.

Au bout de la route, un bruit de moteur se mit à enfler et Blake vit approcher une vieille Dodge blanche, qui s'engagea sur le petit chemin de cailloux. Une fois le moteur coupé, le conducteur l'observa un instant à travers le pare-brise, étonné de trouver quelqu'un devant la maison.

La conductrice, plutôt. Belle, blonde, magnifique. La lumière ambrée du matin s'accrochait à la soie de ses cheveux, éclairait son visage comme celui d'un ange venu donner l'absolution.

Blake sentit alors une légère douleur, indéfinissable, brasser le bas de son ventre. Sa verge durcissait lentement. Une chose extraordinaire était en train de se produire sans qu'il sache la définir.

Il ne pouvait détacher son regard des formes voluptueuses de la femme qui lui était apparue et dont la robe de mousseline blanche claquait au vent.

Eileen Fitzgerald sourit et fit un pas dans sa direction…

28

Cleveland, État de l'Ohio/États-Unis, **août 1981**

— J'espère que vous n'êtes pas de ceux qui débarquent à l'heure du dîner pour se faire inviter, Ramos, car je suis au regret de vous informer que ça ne prend pas avec moi…

Le flic de Wellington lui accorda un vague sourire et secoua la tête. Il ôta sa veste, posa un sac en papier sur la table basse et désigna du doigt le large canapé de cuir blanc.

— Allez-y, faites comme chez vous, lieutenant…, sourit Victoria à son tour. Je suppose que vous ne venez pas pour mes beaux yeux. Vous avez du nouveau, c'est ça ?

— On peut dire ça, répondit Ramos en prenant ses aises sur le divan. Disons que des éléments nouveaux pourraient éclairer certaines pistes concernant le meurtre d'Eileen Fitzgerald…

Victoria laissa dériver son regard à l'horizon. La ville se noyait dans le crépuscule naissant. Elle soupira, chantonna tout bas et ouvrit un grand meuble vitré où une collection de 33 et 45-tours, chefs-d'œuvre du rock et du jazz, n'attendait que d'être jouée.

— Dites toujours, Ramos…, souffla-t-elle d'un air détaché, enivrée par l'odeur du vinyle, en faisant courir son doigt sur les pochettes cartonnées. Quels sont ces éléments ?

Ramos ne put s'empêcher de lorgner son généreux fessier.

— Putain ! C'est bon, ça ! s'exclama-t-il en apercevant sa sélection. L'album révélation des Stones, *Goat head soup*, enregistré en 1973, j'adore ! C'est un peu comme si les Stones sortaient de leur chrysalide. La photo de David Bailey sur la pochette, où Mick Jagger a la tête enveloppée dans un sac plastique, elle fait froid dans le dos, vous ne trouvez pas ?

Victoria jeta un clin d'œil complice au flic exalté et lui intima le silence d'un geste. Elle plaça la galette sur la platine, posa le saphir sur le dernier sillon de la face un et ferma les yeux. Après quelques craquements et les accords d'une guitare claire, la voix de Jagger se déversa dans le salon comme un cantique surnaturel, une voix qui annonçait à « Angie » la fin d'un joli rêve d'amour.

Victoria referma sa vitrine à trésors, se dirigea vers le réfrigérateur, en extirpa deux bouteilles et revint s'asseoir près du flic en lui offrant une bière.

— Alors, Ramos, c'est quoi, ces éléments nouveaux sur l'affaire Fitzgerald ? demanda-t-elle après avoir fait sauter la capsule et avalé une longue gorgée.

L'autre but à son tour un peu de bière fraîche et s'essuya les lèvres avec sa manche.

— Eh bien… Je me suis d'abord penché sur le cas de votre collègue. Sa liaison avec Eileen Fitzgerald était peut-être un hasard…

— Venez-en aux faits, Ramos…

Le Mexicain lui lança un œil faussement noir avant de savourer quelques mesures des Stones. Un spasme terriblement délicieux fit vibrer son bas-ventre, une sensation d'érotisme absolu.

— Il y a quand même beaucoup de points qui se recoupent dans cette affaire. Votre collègue, le lieutenant Lawrence, qui a été l'amant d'Eileen Fitzgerald, laquelle a racheté la maison des Mac Callaugh, sur Woodland Avenue, dans le fameux lotissement Black Flower, maison sous laquelle on a retrouvé les restes de plusieurs jeunes hommes…

— Bon, où est-ce que vous voulez en venir ? jeta Fletcher, qui n'avait nul besoin qu'on lui refasse toute l'histoire.

Ramos vida sa bière d'une rasade, posa la bouteille sur la table basse et réprima un rot en gonflant les joues.

— Tout est lié, j'en suis persuadé. J'ai un peu farfouillé et je crois que la clé de tout ça, c'est cette foutue baraque… mais pas seulement. Il y a quelque chose de bien plus sombre là-dessous, une histoire de famille. Je suis convaincu que, si nous trouvons le meurtrier d'Eileen Fitzgerald, nous trouvons votre tueur en série… C'est la même personne, c'est certain.

— Avant de sauter aux conclusions, Ramos, qu'avez-vous découvert ?

« *Oh, Angie, ne pleure pas, tes baisers sont toujours aussi doux…* » Jagger ressassait sa rupture qui lui faisait mal, si mal.

— Rien n'a été laissé au hasard, Victoria. Car j'ai aussi entendu parler de votre… maladie.

Victoria eut un sursaut et fronça les sourcils.

— Ma maladie ? Mais, bordel de merde, qu'est-ce que vous avez tous avec ça, à la fin ? Qui vous a rencardé ?

— Vous oubliez que nous faisons le même métier, vous et moi…

« *Je hais cette tristesse dans tes yeux, mais Angie, Angie, n'est-ce pas l'heure de nous dire au revoir ?* »

Victoria se leva et fit quelques pas vers la baie vitrée. Elle laissa glisser son regard sur le crépuscule cuivré qui enveloppait Cleveland, prit une longue inspiration et se retourna, les traits durcis par un étrange rictus.

— Ce n'est pas une maladie, putain !

— C'est un traumatisme, Victoria, je le sais, mais c'est un traumatisme aux conséquences très lourdes…

— Bordel, je croyais qu'on devait parler de cette putain d'affaire, et vous venez me bassiner chez moi avec mes problèmes !

Ramos prit un air désolé et baissa les yeux sur ses chaussures.

— Vos problèmes sont peut-être aussi les miens, souffla-t-il à voix basse. Ou ceux de la police, tout au moins…

Jagger cessa. Craquements. Souffle. Silence.

S'emparant alors du sachet en papier qu'il avait déposé sur la table en arrivant, Ramos en tira un livre épais, un roman, qu'il tendit à Fletcher en souriant…

*

Fort Peck Lake, État du Montana/États-Unis, **août 1981**

Patrick Mac Callaugh avait entendu enfler le bruit du moteur au bout du chemin.

Il avait envisagé le pire – et le pire, c'était le poids des années, en plus des actes atroces qu'avait commis le diable, ce démon qu'il connaissait depuis toujours.

Mac Callaugh avait toujours su qu'il reviendrait aux sources, aux origines, là où tout avait commencé.

Le chemin qu'il avait balisé à son attention, cette route toute tracée qu'il lui avait désignée pour qu'il vienne jusqu'à lui avait porté ses fruits.

L'écrivain, loin d'être un chef étoilé, avait tout de même mitonné un surprenant déjeuner : un repas forestier, du gibier sur un lit de morilles.

Le gigot de cerf avait lentement rôti dans son jus, dans l'immense four de la cuisine au sol carrelé.

Il avait aussi dressé une table recouverte d'une nappe blanche, très conventionnelle, avec des verres en cristal et des couverts en argent, tout près de l'entrée de la grange, juste à côté de la moissonneuse-batteuse fossilisée par le temps.

Le dispositif était prêt. Le choc allait être rude.

La rencontre au sommet.

Un seul d'entre eux terminerait son repas.

Le véhicule pénétra dans la propriété et se gara sous le grand chêne.

Mac Callaugh esquissa un sourire diabolique. Le rythme de sa respiration s'accéléra légèrement. Il ajusta le col de sa chemise, se baissa comme pour relacer ses chaussures, en profita pour palper son tibia sur lequel était fixée une longue lame et se releva, l'air de rien.

Rassuré, il se dirigea vers le véhicule d'un air enjoué pour accueillir son illustre invité.

L'homme ouvrit sa portière, posa un pied au sol et se redressa, faisant face au romancier qui le dévisageait en silence…

29

Blake memorial/**avril 1978**

Les sacs poubelle étaient restés un long moment sur la banquette arrière de la Mercury Comet.

Blake avait pris le temps d'expliquer à Eileen Fitzgerald que sa propriété lui rappelait un douloureux souvenir. Il lui avait fait part de l'aversion qu'il avait ressentie pour son père lorsqu'il avait vu ses parents se déchirer une dernière fois, sur le seuil de cette maison. Du traumatisme qu'il avait vécu de voir son père chasser sa propre mère avec l'aide de sa maîtresse.

Cette femme avait fait basculer son existence de gosse et influé sur sa vie d'adulte. Cette grande et belle rousse à la peau blanche, cette Irlandaise flamboyante qui avait fait chavirer le cœur de son père et lui avait laissé un goût amer.

Amy Mac Callaugh. La salope à la crinière incendiaire qui avait brisé ses mirages. Qui avait emporté son innocence, dévasté son jardin d'enfant.

Eileen, quant à elle, avait raconté qu'avec son mari, Peter Fitzgerald, ils avaient racheté la maison de Woodland Avenue en 1976 à cette femme devenue veuve. Après plusieurs années de lutte contre un cancer incurable, Howard Mac Callaugh avait fini par rendre les armes.

À croire que la demeure était maudite. Peu de temps après son installation, les médecins avaient annoncé à Peter Fitzgerald, qui souffrait d'atroces céphalées, que le gliome niché dans son cerveau ne lui laissait aucune chance et le tuerait probablement d'ici à la fin de l'année.

Il en avait vécu une de plus.

La jeune veuve avait accepté qu'ils se revoient.

Ce qu'ils avaient fait, maintes et maintes fois.

Peu à peu, Blake prit goût à la présence d'Eileen, à sa douceur, à sa féminité, à sa sensualité, et ce malgré son aversion pour les femmes.

Il en avait oublié ses rancœurs, son instinct de prédation, les fondements mêmes de sa sexualité et ses traumatismes. Le chasseur qu'il était avait appris à apprécier le sexe sous un autre angle. Il avait laissé ses proies courir en paix. Il avait cessé de faire couler le sang et offert un sursis à ses futures victimes…

Blake restait pourtant froid et distant. Il n'avait jamais vraiment aimé cette femme. Mais leurs rapports charnels enflammés lui avaient permis, de façon très psychique, de faire le deuil de la trahison commise par son père envers sa mère, dans cette même maison, dans la même chambre, à l'emplacement exact où se trouvait le lit d'Amy Mac Callaugh.

Chaque fois qu'il avait chevauché Eileen Fitzgerald, à chaque coup de reins toujours un peu plus brutal, il avait compris qu'il tuait un peu plus son paternel. Et sur le visage de la jeune femme, dans les yeux de cette femme-là, il avait vu à plusieurs reprises les traits et le regard de sa mère.

Cette mère qui lui avait tant manqué, pendant tant d'années. Cette mère qui l'avait abandonné à la souffrance et l'avait plongé dans un gouffre de solitude incommensurable.

Lorsque Blake reprit la chasse, lorsque de nouveau il se mit à tuer, à dépecer et à dévorer de jeunes hommes, ce fut avec une violence inégalée.

La maison d'Eileen lui servait désormais de point de chute. Blake avait trouvé très commode de faire du vide sanitaire son funèbre sanctuaire.

Cela lui avait facilité la tâche.

Pendant deux ans, il y avait entassé les restes de ses victimes. Après un passage dans l'acide, il était tout à fait aisé d'ensevelir les ossements sous un peu de terre.

Les vastes étendues du parc national de Cuyahoga Valley avaient fini par le lasser. Il traversait Brecksville pour s'y rendre, et le seul fait de savoir que le vieux Jo se trouvait en ville lui filait la boule au ventre.

Le parc représentait, en plus, un risque permanent. Les services horticoles de la ville y travaillaient constamment, y retournaient la terre, y traitaient certaines variétés. Y aller était devenu un calvaire.

Les corps, si nombreux, pouvaient un jour émerger et l'obliger à répondre à la justice des hommes.

Blake avait donc continué à entasser consciencieusement, mois après mois, les restes que la mort lui laissait après chaque épisode de frénésie meurtrière… sous le plancher de la maison de sa maîtresse.

*

Cleveland, État de l'Ohio/États-Unis, **août 1981**

— C'est quoi, ce fichu bouquin, Ramos ?

Le lieutenant insista en lui tendant le volume.

Victoria Fletcher lui arracha l'ouvrage des mains et le détailla sous la lumière du plafonnier.

La photo de couverture dépeignait une meute de loups, au cœur des étendues enneigées du Montana. Au premier plan, une énorme empreinte de patte creusait la neige.

Le titre la fit plutôt sourire, mais en déchiffrant le nom de l'auteur, en lettres rouge sang, la jeune femme sursauta.

Une fin de loup : une apologie de la protection du loup et de son antirégulation. Le best-seller écrit avec force et conviction par Patrick Mac Callaugh.

Victoria Fletcher cligna des yeux et s'assit près du flic.

— De deux choses l'une, Ramos, souffla-t-elle en caressant la horde pelliculée : soit vous m'offrez ce bouquin pour une raison que j'ignore, soit Patrick Mac Callaugh a un rapport direct avec notre affaire. Dans les deux cas, vous êtes un grand malade !

Le Latino la bouffait des yeux. Le spasme d'érotisme qu'il avait ressenti quelques instants plus tôt le torturait de nouveau.

— J'ai lu ce bouquin. Je suis revenu sur quelques chapitres et j'ai décortiqué quelques scènes...

— Bordel, Ramos! Patrick Mac Callaugh est le fils de l'ancienne proprio de la baraque de Woodland. Qu'est-ce que vous savez à son sujet?

— Je suis en train de vous l'expliquer, Victoria: tout est dans ce bouquin, lâcha-t-il en cognant de ses phalanges la couverture du roman.

Victoria le dévisagea et, pour la première fois, lui accorda un sourire sincère et délicat.

— Je vous écoute, Ramos...

— Dans ce récit, Mac Callaugh nous entraîne dans la quête d'un homme qui vit au contact de la nature, un fervent militant contre la régulation et l'extermination du loup dans le Montana. La bataille contre les plans d'augmentation du quota de bêtes à chasser est le sujet principal du bouquin, mais il est aussi question de deux familles établies dans le Midwest. L'une vit un peu recluse dans les campagnes de l'Ohio, presque en autarcie. Le père est agriculteur, il cultive des céréales et possède un élevage de bétail. L'autre vit en ville, à Cleveland. Le paysan et la femme de Cleveland vont vivre une histoire d'amour...

Victoria Fletcher dévisageait Ramos comme s'il débarquait d'une planète étrangère. Elle aurait voulu lui poser des tas de questions, mais le flic, lancé dans son résumé, continua de plus belle:

—...et puis il y a une sombre histoire de viol, le viol d'une gamine qui vivait dans la banlieue de Cleveland, tout près de chez cette femme dont le paysan est amoureux fou. Le romancier insiste sur ce fait marquant ; cet épisode sordide semble l'avoir profondément touché…

— Quel est le rapport entre la protection du loup, cette romance et l'histoire de cette gamine ? demanda Fletcher, la gorge serrée.

Le flic haussa les épaules.

— Je pense, je suis certain même, que Patrick Mac Callaugh a voulu maquiller une histoire réelle, que la cause du loup n'est qu'un prétexte pour s'exprimer sur un autre sujet. Si son livre s'est vendu à des centaines de milliers d'exemplaires, c'est parce que des tas de gens se sont reconnus dans ce récit : l'amour, la vie avec ses moments fabuleux et ses peines, la nature, la ville, les mœurs humaines et la place de chacun dans la société, toute cette petite musique de l'existence couchée sur du papier… Joseph Calloway, notre militant dans le roman, c'est un peu un anti-héros, le paysan sauvage qui vit en ermite, mais qui découvre la passion amoureuse avec une citadine en parfaite antinomie avec sa vie…

— Qu'est-ce qui retient votre attention dans tout ça ? Je ne comprends pas…

— Écoutez, Victoria, j'ai transposé ce récit avec la vie réelle de notre romancier et son entourage proche, j'ai comparé leurs lieux de résidence, l'endroit où ils ont grandi… Jo Calloway, le personnage principal, celui qui milite pour la protection du loup, a vécu une partie de son enfance dans l'Ohio et s'est subitement retrouvé plongé dans la vie sauvage, chez un oncle à lui, je crois… C'est vraiment troublant. Et puis… la fillette dont il parle dans son roman, l'enfant qui a été victime d'un viol, je crois que…

— Qu'est-ce que vous croyez, Ramos ? Crachez le morceau…

Ramos baissa de nouveau les yeux et contempla ses chaussures. Confus, il marmonna tout bas :

— Je crois que cette fillette, c'est vous, Victoria… C'est vous dont l'auteur parle dans *Une fin de loup*, souffla-t-il en relevant légèrement la tête.

La jeune enquêtrice eut un frisson. Elle serra la mâchoire et eut du mal à déglutir.

— Qu'est-ce que c'est que cette connerie, Ramos ? Vous vous foutez de moi ? Qu'est-ce qui vous fait dire ça ? dit-elle en se levant d'un bond.

Après avoir foudroyé du regard le flic mexicain, elle se mit à farfouiller dans son impressionnante collection de vinyles.

Le flic éluda.

— Il y a autre chose…

— Quoi ? Qu'est-ce que vous allez me pondre encore ? fit Fletcher en posant sur la platine poussiéreuse le disque qu'elle venait de choisir.

Ramos se leva à son tour et rejoignit l'enquêtrice. Curieux, il jeta un œil sur la pochette du disque, où une blonde aux cheveux longs dans une robe à fleurs, l'épaule dénudée, regardait lascivement l'objectif en se mordant la lèvre inférieure.

— Pour son personnage principal, Mac Callaugh se serait inspiré d'un type en soins palliatifs, interné à Brecksville…

La voix de Kim Carnes se propagea dans le grand salon, tandis que le crépuscule enveloppait lentement Cleveland dans un drap de feu.

She'll turn the music on you
You won't have to think twice
She's pure as New York snow
She got Bette Davis eyes…

Les paroles de *Bette Davis Eyes* vibrionnèrent et Ramos, ensorcelé, plongea ses yeux dans ceux de Victoria Fletcher…

30

Fort Peck Lake, État du Montana/États-Unis, **août 1981**

— Qu'est-ce que tu branles, Mac Callaugh ? Qu'est-ce que tu fiches ici ?

L'autre se retourna et embrassa d'un large geste la table dressée qui se trouvait derrière eux.

— Je t'invite simplement à déjeuner, cher Freddy. Je t'ai mijoté un bon morceau de barbaque bien rouge, du cerf, tu sais, comme ton oncle savait si bien le cuisiner...

Freddy Lawrence serra les dents en fusillant l'Irlandais d'un œil furibond. Il claqua la portière de son véhicule, s'approcha de son hôte et colla son front contre le sien.

— Écoute-moi bien, petite merde, je sais qui tu es, d'où tu viens et ce que tu cherches. Et crois-moi, si tu continues sur ce chemin, tu risques de ne plus dormir la nuit...

Une corneille se posa sans bruit sur une branche basse du chêne et, après avoir observé les alentours, s'employa à nettoyer son bec ensanglanté sur l'écorce craquelée.

— Moi aussi, je sais qui tu es... et même d'où tu viens, rétorqua l'écrivain.

Lawrence esquissa un sourire et plaça sa main sur la poitrine de Mac Callaugh, à l'emplacement du cœur.

Ce dernier eut un mouvement de recul et considéra Lawrence des pieds à la tête.

Le flic regarda longuement par-dessus l'épaule du romancier, loin derrière la table, à l'endroit même où reposait la carcasse massive et oxydée de la vieille moissonneuse.

— Alors comme ça, toi et moi, nous sommes liés par les liens du sang, pas vrai ?

— Sans conteste, les gènes de ton père sont inscrits dans mes chairs, Freddy. J'ai mis des années à te retrouver, je t'ai pisté, j'ai fouillé ta putain de vie et tout m'est apparu très clairement. Je sais de quoi tu nourris ton existence…

— Je n'ai jamais voulu que tout cela arrive… C'est du passé, je ne me retourne pas dessus.

— Je n'en suis pas si sûr, mon cher. Moi, en tout cas, ça m'interpelle. Le plus dur à avaler, ce n'est pas de savoir que ton géniteur soit aussi le mien, oh non… C'est que des liens nous unissent, c'est le fait de partager le même sang que le tien…

La corneille reprit son envol en croassant. Son cri et le bruissement d'ailes se répercutèrent en écho dans le calme environnant, bien au-delà de la barrière de résineux qui cerclait la propriété.

Mac Callaugh et Lawrence se scrutèrent en silence, la mâchoire serrée, comme si une douleur soudaine venait de se manifester au creux de leurs viscères…

*

Il faisait très froid cette nuit-là.

Eileen s'était endormie relativement tôt, en laissant une clé dans la vasque aux cactus, près de la balançoire. Blake lui avait confié qu'il lui rendrait une visite nocturne, comme à son habitude, et viendrait délicatement se glisser auprès d'elle dans son lit.

Elle ne percevait déjà presque plus les sources lumineuses. Sa cécité grandissante avait été amplifiée par sa fausse couche au début de l'année précédente. Le choc psychologique avait aggravé son handicap et l'avait plongée dans un état dépressif. Les comprimés qui l'aidaient à dormir l'assommaient et la plongeaient dans un sommeil lourd, opaque.

À 3 heures du matin, Eileen fut pourtant réveillée par un bruit étrange, sourd, lointain et proche à la fois.

Blake s'était octroyé une virée nocturne ce soir-là. Il avait décidé de rôder dans les pubs du centre de Cleveland, au sein de la communauté gay, à la recherche d'une proie, d'un gibier… Sa dernière proie.

À plusieurs reprises, il avait ressenti des sensations inexplicables au contact d'Eileen. Avait-il fini par trouver ce qu'il avait tant cherché depuis l'enfance ? Avait-il enfin découvert que le véritable fond de l'être humain pouvait être bon ? Avait-il fini par trouver l'amour ?

Ses actes criminels l'avaient peut-être rendu plus humain, qui sait…

Ce soir-là, malgré tout, il désirait la présence d'un jeune homme. Il avait envie d'un corps, de chair.

Quelques mois plus tôt, il s'était autorisé une folie. Il s'était offert une Ford Mustang I de 1965, à la carrosserie noire, brillante comme une perle d'onyx. Dans un quartier ouest de Cleveland, un proxénète repenti avait un besoin urgent de liquidités et lui avait lâché ce bijou pour une bouchée de pain. Un monstre de 350 chevaux fabriqué à cinq cent mille exemplaires.

La Mercury Comet avait arpenté les rues de Cleveland beaucoup trop souvent, et Blake avait dû s'en séparer. Du moins, la remiser dans un parking en centre-ville. Inutile de précipiter sa perte en s'obstinant à conduire le même véhicule.

C'est donc au volant de sa Ford Mustang qu'il se mit en chasse cette nuit-là.

Après avoir hanté les rues de Cleveland, il se gara dans une ruelle à une cinquantaine de mètres de Detroit Avenue, son terrain de chasse où un chapelet de bars et de boîtes gays s'étirait à perte de vue.

Il resta prostré un long moment derrière son volant, les yeux mi-clos, la respiration courte, à l'affût comme un prédateur aux abords d'une zone giboyeuse.

Puis il partit en chasse. Mais, après avoir écumé plusieurs établissements, la rage commençait à monter.

Il avait essuyé refus sur refus : aucun des gars qu'il avait approchés n'avait accepté de poser nu devant son objectif contre quelques dollars. Avait-il perdu la main ? À moins que l'odeur de la femelle ne lui collât à la peau. L'odeur d'Eileen, incrustée dans ses pores…

Cette nuit-là, Blake faillit rentrer la queue basse à Woodland Avenue. Mais un jeune homme s'était enfin avancé.

Blake lui offrit un verre et un sourire.

Anthony Church avait vingt-trois ans.

À aucun moment il ne se douta qu'il avait rencontré le diable et que ce dernier ne lui laisserait pas la moindre chance. Au contraire, Blake avait tout du Samaritain. Il lui offrait à boire et, en échange de quelques photos à caractère érotique, lui promettait un repas chaud et une vingtaine de dollars.

Blake avait opté pour la prudence. Il décida d'emmener Anthony à son appartement de Fullerton Avenue, dans Slavic Village, au sud de Cleveland.

Ensuite, la maison d'Eileen ferait parfaitement l'affaire.

Quinze minutes de trajet depuis Detroit Avenue. Les quinze dernières minutes libres d'Anthony Church, sur le siège passager de la Mustang ronflante, le regard dans le vide, un sourire béat collé aux lèvres, à babiller quelques mots qu'il avait peine à articuler, sous l'effet des sédatifs que Blake lui avait administrés.

Blake avait perçu un léger changement d'attitude chez sa proie lorsqu'ils étaient sortis du club. Sous la lueur des réverbères, sa grande gabardine noire faisait de l'effet. Son charme attirait le gibier comme une lumière noire, une lumière noire qui rendait aux pires défauts une texture parfaite et une blancheur immaculée.

Malgré cet indéniable charisme, le gamin avait eu peur de lui. Il avait même tenté de s'enfuir, de descendre de la Mustang juste avant que Blake ne démarre, mais la force lui avait manqué. Anthony avait alors préféré se marrer et faire taire son inquiétude.

La tête lui tournait, il avait la nausée. La voix de Blake résonnait dans l'habitacle du bolide. Son rire gras aussi, et son visage qui se déformait, comme s'il voulait se changer en la pire des créatures…

Blake connaissait par cœur les effets des drogues qu'il administrait à ses proies. Au moment où Anthony s'effondra sur le siège de cuir, il enclencha la première et poussa au maximum le son de la radio qui diffusait les Rolling Stones : *Midnight Rambler*.

Il n'était vraiment heureux que dans ces moments-là. Il se sentait vivant, il n'était pas seul.

Blake fuyait la solitude, mais chaque fois elle le rattrapait, l'écrasait, l'étouffait. La seule façon de lutter, c'était de garder à tout jamais avec lui, en lui, les chairs de ses victimes…

31

Brecksville, État de l'Ohio/États-Unis, **août 1981**

— D'après le capitaine Levy, une Chevrolet Caprice grise a été signalée au sud de Cleveland par une patrouille de reconnaissance. Ils sont en train de vérifier s'il s'agit de celle de Freddy Lawrence…, lança Victoria Fletcher en sortant de la cabine téléphonique.

Henrique Ramos alluma une cigarette et pointa du doigt l'angle de la rue.

— Je vous invite à déjeuner ? De toute façon, le Sunset House ne peut pas nous recevoir avant 13 heures. Je ne vois pas bien pourquoi, mais faut pas chercher à comprendre avec ces cliniques privées…

— Ils nous recevront quand ils auront fini de torcher ces pauvres malades, Ramos, voilà ce que ça veut dire. Je vous avoue que ça me coupe l'appétit d'avance. Les soins palliatifs, ce n'est vraiment pas ma tasse de thé…

— Je serai là pour vous soutenir, ma chère…, souffla le flic avec un sourire vicelard.

L'enquêtrice s'approcha du Latino, rejeta ses longs cheveux noirs en arrière et plongea ses yeux dans les siens.

— N'allez pas croire des choses, Ramos, n'imaginez pas que vous et moi…

— C'était pourtant bel et bien réel, hier soir, sur *Bette Davis Eyes*, non… ?

Elle ricana en hochant la tête.

— Ramos, putain ! Ce qui s'est passé hier dans mon appartement, c'était du sexe, vous pigez ? De l'hygiène, point final. N'oubliez pas pourquoi nous nous sommes associés et pourquoi nous sommes ici, OK ?

Le flic de Wellington grimaça comme s'il venait de se prendre un coup de poing dans le ventre.

— Je… je n'oublie rien, Victoria, rassurez-vous, bafouilla-t-il en prenant un air dégagé.

Victoria Fletcher le toisa du regard.

— Nous sommes ici, à Brecksville, poursuivit Ramos, pour interroger un témoin, ce vieil homme qui aurait inspiré Mac Callaugh. Vous vous souvenez, c'est moi qui vous en ai parlé hier soir…

— Exact, répliqua Fletcher avec un sourire satisfait. Bon, et d'après vous ?

— Quoi ? Pour Lawrence ? Vous voulez mon avis sur Freddy Lawrence ? Vous êtes sûre d'avoir envie de l'entendre ?

— Au point où j'en suis, Ramos, je crois que vous pouvez y aller…

— Victoria… écoutez, je… Pour être franc avec vous, je sens que quelque chose de malsain se planque derrière cette affaire.

— Et vous avez trouvé ça tout seul ? ironisa Victoria. Vous n'êtes pas du genre confidences sur l'oreiller, mais plutôt déballage au grand jour, c'est ça ?

La mine déconfite, Ramos lui lança un regard de chien battu.

— Si je suis passé vous voir hier soir, Victoria, ce n'était pas anodin. On m'a missionné, on m'a demandé de vous filer…

Fletcher eut un mouvement de recul et une expression de dégoût, comme si Henrique Ramos dégageait soudain une odeur nauséabonde.

— On vous a demandé de me filer le train ? Qui, « on » ? Qu'est-ce que c'est que ce délire ?

— Je ne le sais pas moi-même. Une note de service…

— Allez-y, continuez !

Le flic acquiesça en silence.

— Voilà : je crois qu'on vous soupçonne. Votre maladie, votre passé, tout ça ne joue pas en votre faveur. Les enquêteurs qui travaillent sur l'affaire des macchabées de la maison de Woodland pensent à une sorte de vendetta, une sombre histoire de vengeance. Votre viol, lorsque vous étiez gamine, n'y serait pas étranger… Vous êtes soupçonnée de meurtres en série, Victoria !

— Je n'ai tué personne, putain de merde ! C'est quoi, ces conneries ?

— On vous soupçonne d'avoir perdu la raison et cherché à vous venger. Les différents collèges de psychiatres qui ont pris connaissance de votre dossier estiment que vous en êtes au stade d'une schizophrénie fort avancée… N'avez-vous jamais eu d'hallucinations auditives ou olfactives ? Ne vous est-il jamais arrivé de sentir sans raison des odeurs désagréables autour de vous, par exemple ?

Victoria Fletcher haussa les épaules avec mépris. Ramos reprit.

— On vous soupçonne d'avoir tué non seulement tous ces jeunes gens, mais aussi Eileen Fitzgerald après avoir appris qu'elle avait eu une aventure avec Lawrence. Vous l'auriez tuée par dépit ou par jalousie. Si vous n'avez pas encore été interpellée, c'est uniquement parce qu'on m'a demandé de vous évaluer et d'essayer d'en savoir un peu plus sur vous, sur votre vie, sur votre passé…

— M'évaluer ? Mais qu'est-ce que c'est que ce cirque ? Qui a ordonné ça ? Et puis… si vous me soupçonnez, vous aussi, qu'est-ce qu'on fiche ici ? À quoi bon cette mascarade ?

— Ce n'est pas une mascarade, Victoria, et je n'ai jamais dit que je croyais en votre culpabilité… En revanche, ce qui est certain, c'est que votre maladie vous empêche de vivre normalement. Pour le moment, nous allons interroger ce vieil homme. Il éclairera peut-être deux ou trois zones sombres de notre affaire, et nous en apprendra un peu plus sur votre passé et sur certaines personnes qui y sont impliquées…

À son tour, Victoria Fletcher sentit comme un violent coup de poing au creux de son estomac. Elle chercha son souffle, posa son fessier sur le capot de la voiture et regarda fixement Ramos qui venait de traverser la rue en direction du *Creekside Restaurant*.

*

Fort Peck Lake, État du Montana/États-Unis, **août 1981**

Le bras de Freddy Lawrence se détendit brusquement. Sa main massive, puissante, agrippa le cou de l'Irlandais pour lui broyer la gorge. Ses yeux jetaient des éclairs. Ses traits crispés lui composaient un masque effroyable. Les mâchoires serrées, les lèvres retroussées, il ressemblait à un chien enragé sur le point de dépecer sa proie.

Tétanisé par la peur, Mac Callaugh n'arrivait plus à respirer. Un gargouillis, une série de borborygmes, une plainte, ses yeux injectés de sang et la bave qui dégoulinait sur son menton, tout semblait indiquer qu'il allait rendre l'âme dans d'atroces souffrances.

Les deux hommes tombèrent à terre. Lawrence appuya un genou sur la poitrine du romancier, raffermit sa prise et grogna d'une voix méconnaissable :

— Espèce de crevure, toi et moi ne sommes pas plus frères que la reine d'Angleterre et Elton John sont cousins… C'est des conneries, tout ça ! Ces documents sont faux ! Je ne sais pas ce que tu cherches, mais moi j'ai trouvé ce que je voulais…

Il desserra son emprise et extirpa son .44 Magnum de son holster.

— Écoute-moi bien…, souffla-t-il en plaquant le canon de son arme sur le front de Mac Callaugh. Tu vois cette arme ? Elle a déjà plombé du gros gibier, du cerf ou des bestiaux plus gros que toi. Tu vois où je veux en venir ? Ce calibre, c'était celui de mon oncle ; c'est la seule chose que cet enfoiré a daigné me léguer… Alors, si tu appartiens à ma famille, si comme tu le prétends tu es mon demi-frère, il va falloir que je t'élimine de l'équation, que je te fasse disparaître. Mon vrai frère à moi, mon jumeau, est mort dans le bide de ma pauvre mère. Toi, je sais qui tu es réellement, Patrick, je sais qui tu es et je ne peux pas te laisser vivre…

Quelques corneilles survolèrent la propriété en craillant. Le vent siffla dans les branches du grand chêne et la poussière s'éleva en tournoyant dans la cour de la ferme. Le regard de Lawrence se posa sur la structure métallique de la moissonneuse-batteuse rouillée et, brisant le silence, un coup de feu claqua comme un coup de tonnerre dans le ciel de Fort Peck Lake…

32

Blake memoria/**février 1979**

Le flash crépitait, inondant d'une lumière intense les murs souillés de sang séché.

Blake avait installé le corps de façon grotesque sur la table du séjour. Nu, à genoux, la face contre la toile cirée enduite d'une gigantesque flaque de sang coagulé, le postérieur du cadavre bien en évidence…

De cette pose dégradante, Blake tirait une satisfaction démesurée. Les photos qu'il était en train de prendre assouviraient longtemps ses pulsions sexuelles, lui permettraient de retrouver sa victime bien après qu'elle aurait disparu.

Il avait proposé à Anthony Church de prendre un verre. Le jeune homme avait accepté et ingurgité une dose de gin agrémentée de Sécobarbital. Puis une autre.

De plus en plus étourdi, il avait empoché le billet de vingt que lui tendait Blake et s'était déshabillé en chantant à tue-tête. Il balançait ses fringues dans la pièce sur un air à la mode : *Twilight*, de U2, un groupe irlandais qui commençait à faire parler de lui.

Twilight,
Twilight, lost my way…
Twilight, can't find my way…

Au lit, Blake avait glissé dans une sorte de folie progressive, et peu à peu révélé les profondeurs de son âme, le désastre de son cœur et ses sombres pensées.

Il avait commencé par étouffer le gamin, assis à califourchon sur sa poitrine. Anthony s'était débattu comme un beau diable, gesticulant, cabrant les reins, secouant les jambes pour désarçonner son assassin.

Mais Blake avait eu le dessus.

Il avait pris l'habitude de contrôler l'instant précis où sa victime passait de vie à trépas. Quand sa proie avait perdu connaissance, à la limite du coma, il se mettait à la caresser, à la pénétrer… à assouvir ses fantasmes les plus noirs, inavouables.

Il se demandait parfois s'il était encore humain.

Penché sur Anthony, Blake avait surveillé ses pulsations cardiaques pour déterminer quand, précisément, lui porter le coup de grâce.

Puis il s'était employé à lui trancher le sexe, les mains et les pieds. Très calmement, il lui avait ouvert les flancs au scalpel, et compté une à une les côtes de cette proie encore *fraîche*. Observer son « intérieur » : un plaisir inégalé selon Blake, presque un orgasme…

Enfin, il avait positionné le corps sur la table comme un mannequin en vitrine, un objet, un jouet souillé dont il avait fini par se lasser.

Avait suivi une séance photo digne d'un photographe de mode.

Dans quelques heures, il rapporterait le tronc chez Eileen. Il le planquerait dans le vide sanitaire.

Les jambes et les bras finiraient par se dissoudre dans le grand baril bleu rempli d'acide, dans sa salle de bains.

Quant à la tête, il la ferait bouillir pour décoller les chairs et blanchir le crâne. Il avait envie d'enrichir sa collection de peintures tribales...

*

Fort Peck Lake, État du Montana/États-Unis, **août 1981**

Lawrence se releva et se dirigea vers la moissonneuse-batteuse.

Il s'approcha de la table dressée par Mac Callaugh et caressa du bout des doigts les assiettes de porcelaine et les couverts. Il souleva lentement le couvercle de la marmite en fonte qui trônait au milieu, en examina le contenu... et eut un mouvement de recul, abasourdi.

Derrière lui, Mac Callaugh se tenait la tête en gémissant.

Freddy regarda de nouveau le fond de la marmite, puis Mac Callaugh et encore le ragoût dans le récipient en fonte.

Maintenant, il savait. Il savait pourquoi il était venu jusqu'ici.

*

Brecksville, État de l'Ohio/États-Unis, **août 1981**

Le *Creekside Restaurant* était bondé. Un fond musical jazzy venait se dissoudre dans le barouf ambiant.

Ramos détestait déjeuner dans le tumulte, le brouhaha et la faune des ouvriers qui sentaient la sueur et le gasoil. De retour des toilettes, il finissait de remonter sa braguette en sifflotant un vieil air d'Eddy Cochran. Il en avait profité pour téléphoner au centre de soins palliatifs.

Avec un grand sourire, il tira la chaise et s'assit face à la jeune enquêtrice. Puis il alluma une cigarette et présenta son paquet à Victoria Fletcher, qui grimaça.

— Je ne fume pas, Ramos. Bon, alors ? Qu'est-ce qu'ils vous ont raconté dans ce mouroir à vioques ?

Le sourire du flic s'estompa. Il cracha une longue bouffée de fumée en direction du plafond et se pencha en avant, le revers de sa veste trempant presque dans le jus de son entrecôte-frites :

— On est marrons ! Baisés ! jeta-t-il en frappant la table du plat de la main et en élevant la voix.

— Ça va, calmez-vous..., murmura Fletcher, gênée.

Des ouvriers qui déjeunaient aux tables voisines s'étaient retournés, intrigués. Victoria Fletcher leur répondit par un délicieux sourire et un regard à tomber raide.

— Quoi ? Pourquoi on est marrons ? Que se passe-t-il ?

— Le vieux est décédé ! Il a passé l'arme à gauche la semaine dernière, d'après ce qu'ils m'ont dit...

— Mais enfin, hier encore ils nous ont affirmé qu'on pourrait le voir... Je ne comprends pas.

— Ils l'ont changé de service voilà deux mois, et le gars qu'on a eu au téléphone hier n'est en poste que depuis quelques semaines. Il s'est contenté de consulter le registre sans savoir que le vieux avait été transféré...

Victoria recula sur son siège et, jetant la nuque en arrière, expira longuement avant de pointer Ramos du doigt.

— Et le vieux s'était fait faire la courte échelle pour aller tutoyer les anges...

— Quoi ? Vous pensez que quelqu'un l'a descendu ? demanda le flic en écrasant son mégot.

— J'en ai bien l'impression... Terminez votre barbaque, Ramos, et allons nous renseigner pour savoir si des membres de la famille sont venus aux obsèques, histoire de les interroger. S'il le faut, nous demanderons au juge un permis d'exhumer pour faire pratiquer une autopsie...

— Une autopsie ? Mais pour quoi faire ?

— Je veux en avoir le cœur net. Le vieux a pu être empoisonné, ou je ne sais quoi...

— Par qui ?

— Par l'homme qui a créé son double dans ce fameux roman sur les loups...

— Patrick Mac Callaugh ? Quel est le rapport, Victoria ? Je nage, là, j'avoue être largué...

— Le vieux Jo savait quelque chose, peut-être un secret que Mac Callaugh avait intérêt à protéger...

— Comme quoi ? fit le flic, un peu excédé par le mystère que sa collaboratrice distillait au compte-gouttes.

— Comme, par exemple, l'identité de l'individu qui tue, démembre et enterre ses victimes depuis des années...

Victoria se laissa pénétrer par la vision des barils de plastique découverts dans le parc national de Cuyahoga Valley, au début de l'été.

Elle ferma les yeux un instant, envahie par une sensation de vertige. À ces images se superposait le violent cauchemar qui l'avait mise en scène avec Freddy Lawrence...

Elle se revit, nue, au milieu d'un lit gigantesque sur lequel elle partageait un coït bestial avec son coéquipier. Sur le sol s'étendait à perte de vue un océan de crânes humains, un monceau d'ossements qui semblait se trouver là depuis des siècles.

L'enquêtrice reprit ses esprits. La main de Ramos venait de se poser sur la sienne.

Elle lui sourit et ils quittèrent le restaurant sans dire un mot.

Quelque chose venait d'arriver. Victoria ignorait encore quoi, mais elle était persuadée de toucher au but...

33

Fort Peck Lake, État du Montana/États-Unis, **août 1981**

Le crâne reposait sur un lit de champignons à la sauce forestière.

D'étranges graphismes ornaient le pourtour de la calotte crânienne, un peu comme si l'on avait tatoué l'os pour y inscrire un message, y laisser une empreinte indélébile.

Déstabilisé, Freddy Lawrence replaça doucement le couvercle sur le marmiton. Abasourdi, il se retourna péniblement et vit Patrick Mac Callaugh se relever, la tête entre les mains, encore sonné par la détonation du .44 Magnum.

Les yeux rougis par les larmes, la bouche déformée par la haine, l'Irlandais se dirigea droit sur Lawrence, d'un pas décidé.

— Reste où tu es, Mac Callaugh, cria le flic de Cleveland en pointant son arme sur lui. J'ai toujours eu des doutes, mais maintenant je sais… J'ai les réponses aux questions qui m'ont torturé. Je sais qui tu es…

— Permets-moi d'en douter, cher Freddy… Tu viens de comprendre la situation, mais je ne suis pas sûr que tu saches vraiment qui je suis.

— Oh que si ! siffla Lawrence avec un rire nerveux. Tu es un bâtard, issu d'une goutte de semence de mon père au fond du vagin de ta mère, mais tu n'es pas mon frère !

Mac Callaugh s'approchait toujours, lentement.

— Il me semble que tu ne te poses pas les bonnes questions, Freddy… Pendant toutes ces années, tu t'es forcé à croire ce que tu voulais croire, tu as cru être celui que tu n'es pas. Tu es passé à côté, tu n'as pas suffisamment réfléchi…

— Ah oui ? Aujourd'hui que tombent les masques, je sais qui tu es ! Je sais ce que tu as fait, tout ce que tu as commis.

Lawrence releva le chien de son arme et le barillet effectua une rotation. L'index sur la détente, le regard haineux, le flic se tenait prêt.

— Avant de m'abattre, il va falloir te poser encore une question, la dernière sans doute. À moins que tu ne comprennes enfin qui tu es vraiment, une fois que tu auras ouvert le feu sur moi et que je ne serai plus en mesure de parler… Cette question te torturera toute ta vie, si ce n'est pour l'éternité… *Qui* repose au fond de la marmite, Freddy ? T'es-tu demandé à qui appartenait ce crâne ?

*

Cleveland, État de l'Ohio/États-Unis, **août 1981**

La PHU d'Ontario Street était en effervescence.

La brigade avait pris place dans la grande salle de réunion du rez-de-chaussée, celle où généralement l'on célébrait les départs en retraite et où l'on venait déposer les couronnes destinées à fleurir la tombe du camarade perdu, de l'équipier tombé dans l'exercice de ses fonctions.

Le capitaine Yaakov Levy entra dans la pièce en bougonnant, un feuillet à la main. Le bourdonnement des voix se dissipa dès qu'il eut chaussé ses lunettes, un peu comme dans une classe d'école lorsque l'instituteur demande le silence en prenant l'air sévère.

— Bon, les gars, vous savez pourquoi je vous convoque à ce briefing inhabituel…

Un murmure confus laissa supposer que la horde de flics avait compris.

— Nous recherchons activement l'un des nôtres, le lieutenant Lawrence, qui a disparu de manière assez troublante. Nous sommes à peu près certains qu'il lui est arrivé quelque chose. Il grattait sur l'affaire des macchabées de Woodland et, connaissant le bonhomme, il a dû se foutre dans la merde. Ce n'est pas le genre de Lawrence de ne pas donner de nouvelles en immersion ; il l'a prouvé par le passé et j'en veux pour preuve l'affaire du poseur de bombes, l'année dernière. Lawrence sait s'entourer, communiquer avec son équipe et ses collaborateurs. Or, là, silence radio. Une patrouille du commissariat de l'est de la ville a retrouvé son véhicule sur le parking d'un supermarché, les clés de contact dans la boîte à gants…

Une main se leva dans l'assistance. Levy désigna l'homme du bout de l'index et lui donna la parole.

Un flic d'allure chétive, fraîchement débarqué de l'école de police, se leva et observa l'assistance en souriant timidement. Il avait une abondante chevelure en broussaille et deux sourcils épais qui lui barraient le haut du visage.

— Excusez-moi, capitaine, mais… et si Freddy Lawrence avait changé ses habitudes de travail ?

L'accent slave du bleu amusa l'ensemble de l'assistance.

— C'est-à-dire ? Continuez ! ordonna Levy.

— Admettons qu'il ait découvert quelque chose d'important sur l'affaire de Woodland Avenue. Il a peut-être fait appel à des collaborateurs externes au central. Le lieutenant Lawrence se trouverait toujours en immersion, respectant le silence radio pour ne pas attirer l'attention… Il se serait infiltré pour pouvoir mieux enquêter…

— Ça ne colle pas. Le lieutenant Lawrence n'aurait jamais abandonné sa voiture de fonction comme ça, les clés dans la boîte à gants. Avouez que c'est troublant, non ?

— Je suis d'accord, capitaine, mais c'est aussi ce qui prouve qu'il n'y a pas eu d'enlèvement. Le lieutenant a eu le temps de ranger ses clés : il savait qu'il ne récupérerait pas la voiture et qu'on le ferait pour lui…

— Ses ravisseurs ont très bien pu faire ça eux-mêmes…

— Et pour quelles raisons, capitaine ?

Il y eut un murmure dans la salle. Visiblement gênés par l'insubordination dont faisait preuve ce jeune Tchèque dépenaillé, ses collègues s'étaient mis à toussoter.

— Expliquez-nous plutôt votre théorie, siffla Yaakof Levy. Où voulez-vous en venir exactement, sergent… rappelez-moi votre nom, déjà ?

— Sergent Yuri Novak, mon capitaine. Comme je vous le disais, je pense que l'officier Lawrence a découvert quelque chose et qu'il préfère enquêter en solo… À mon avis, le choix de garer son véhicule sur ce parking de supermarché n'est pas anodin. L'aéroport de Burke Lakefront est juste à côté.

Il y eut un rire dans le fond de la salle et un gars au faciès simiesque se leva.

— Capitaine, on pourrait commencer à parler boulot ? lança-t-il avec humeur. Si on veut tout mettre en place et avoir une chance de retrouver Lawrence, on n'a pas de temps à perdre avec…

Levy lui fit signe de se rasseoir et, du menton, invita Novak à poursuivre.

— Je vous disais donc que, Burke Lakefront Airport étant tout près du supermarché, Lawrence a pu laisser son véhicule et…

— Qu'est-ce que vous supposez ? Que Lawrence s'est tiré ? Il aurait pris l'avion ?

— Il n'y a qu'à le vérifier, capitaine. Si ma théorie tient la route, il va falloir éplucher la liste des passagers au départ de Cleveland.

Levy dévisagea curieusement Novak, un peu comme s'il cherchait à entrer dans la tête du jeune flic.

— Je voulais aussi vous rappeler une chose, enchaîna-t-il. Nous n'avons pas un, mais deux officiers de police portés disparus. Le sergent Victoria Fletcher, également sur l'enquête de Woodland Avenue. Nous lui avions suggéré de prendre quelques jours de repos, mais il semble qu'elle ne l'ait pas fait, et elle est introuvable. Il faut la retrouver très vite, elle aussi.

L'homme à la gueule de singe se leva de nouveau :

— Que se passe-t-il, capitaine ? On a tous l'impression que quelque chose de malsain se trame au sein de l'équipe…

— Je ne suis sûr de rien, mais Victoria Fletcher est peut-être en danger. Allez, au boulot, les gars ! La journée ne fait que commencer, et elle ne va pas être simple…

*

Fort Peck Lake, État du Montana/États-Unis, **août 1981**

— Ce putain de crâne, c'est celui de mon frère. Tu commences à saisir, Freddy ? C'était mon frère, bordel de merde !

Lawrence eut un sourire diabolique, un rictus qui étira son visage en un masque de souffrance, comme s'il pouvait ressentir la douleur émotionnelle de Mac Callaugh.

— C'est bien ce que je pensais, tu es vraiment cinglé, mon pauvre… Il te manque une case, mon bonhomme. Mais vas-y, raconte-moi l'histoire de ton frère et surtout, surtout, dis-moi ce qu'il vient foutre dans cette marmite !

— Tu le sais très bien, Freddy… tu sais où je veux en venir. Les dessins tribaux qui ornent ce crâne sont d'origine indienne. Ils évoquent le cannibalisme que pratiquaient les clans d'Iroquois jusqu'au milieu du XIXe siècle…

Patrick Mac Callaugh avança d'un pas en direction du flic, qui pointait toujours son arme sur lui.

— Reste où tu es et mets bien tes mains en évidence devant toi ! Je t'assure que, si tu fais un pas de plus, je n'hésiterai pas à te faire sauter la tête…

— … L'acte d'anthropophagie permettait aux Indiens d'avaler l'âme de leurs ennemis, de les faire disparaître et de les posséder à jamais.

— Je sais tout cela, ordure ! Tu me prends pour un inculte ? hurla Lawrence en redressant son avant-bras qui commençait à fatiguer.

L'autre s'immobilisa et leva les mains. Lawrence continua :

— Tu cherches quoi ? À m'humilier ? Tu crois que je ne sais pas qui tu es ? Tu es tout, sauf mon frère… Tu es un assassin, un manipulateur, Mac Callaugh…

L'Irlandais s'esclaffa. Il se tordait de rire, même, comme si le flic venait de lui raconter la meilleure blague qu'il ait entendue depuis longtemps.

Freddy Lawrence s'approcha alors lentement en agitant son calibre, et lui ordonna de se mettre à genoux devant lui.

Toujours hilare, l'écrivain obtempéra. C'est alors qu'il perçut l'odeur caractéristique que dégageait Freddy Lawrence, cette odeur intolérable.

— Tu es un putain de tueur dégénéré…, grogna Freddy en lui posant le canon de son arme sur le crâne. Tu as assassiné ton frère tout comme j'ai tué mon jumeau, mais je n'avais pas le choix : je devais survivre. Moi aussi j'ai commis un fratricide, *in utero*, alors que j'étais encore dans le bide de ma mère. J'ai bouffé mon jumeau, comme un vrai prédateur. Il ne tenait pas le choc, il encaissait mal les coups de notre salopard de père, il était faible, en mauvaise santé. Alors, comme il ne se nourrissait presque plus, je me suis nourri deux fois plus, je lui ai pompé toute sa matière vitale. Mon jumeau a fini par crever. La loi de la jungle, que veux-tu… Mais je n'ai pas tué de manière préméditée, c'était un acte biologique, par nature. Toi, par contre, quand tu as découvert que ton frangin était homosexuel, tu ne l'as pas supporté, n'est-ce pas, Patrick…

Mac Callaugh, à genoux, sanglotait. De lourdes larmes glissaient sur ses joues et un tic nerveux s'était emparé de sa mâchoire inférieure, qui se contractait sans discontinuer.

En rasant le sol, une corneille traversa la cour de la ferme et se posa sur la grange en craillant bruyamment.

À cet instant, Mac Callaugh empoigna l'arme du flic et, de toutes ses forces, tenta d'en retourner le canon sur son ventre.

Les deux hommes tombèrent à terre et s'empoignèrent jusqu'à renverser la table. Le crâne de Brady Mac Callaugh fut éjecté de la marmite, roula lentement au pied de la grande moissonneuse-batteuse rouillée et s'immobilisa, les orbites visant le drame qui se déroulait dans la cour de la ferme oubliée…

34

Brecksville, État de l'Ohio/États-Unis, **août 1981**

Ramos écrasa sa cigarette de la pointe de sa bottine avant de pénétrer dans le hall de l'établissement.

Ça sentait la lavande et le détergent. À droite, il visa le comptoir d'accueil, derrière lequel une grosse dame noire était absorbée par le clavier de sa machine à écrire.

Victoria se dirigea vers le comptoir. Il aimait tout, chez elle : ses yeux d'un brun très clair, sa peau fine et blanche, sa longue chevelure noire, son sourire, ses coups de gueule, tout. Il ne savait absolument pas pourquoi ce truc-là lui tombait sur la tête. En revanche, ce qu'il savait, c'est que la jeune femme avait besoin d'aide, et il était prêt à lui apporter son soutien.

La grosse dame jeta un regard suffisant à Fletcher par-dessus les verres de ses lunettes. La famille d'un patient, encore et toujours. Un de plus, parmi tant d'autres, qui avait déjà un pied dans la tombe.

— Bonjour, donnez-moi le nom de votre parent, s'il vous plaît, ou son numéro de chambre…, demanda-t-elle en replongeant dans la rédaction de son courrier.

Victoria Fletcher adressa une mimique amusée à Ramos et fit claquer sa plaque sur le comptoir.

L'agent d'accueil sursauta. Elle observa les deux flics, ajusta sa paire de lunettes sur son nez et s'empressa de répondre en détaillant l'insigne officiel :

— Oh ! désolée... Quelle est la personne que vous recherchez ?

— Il s'agit d'un ancien pensionnaire, dit Ramos en écartant Victoria d'un geste tendre. Enfin, d'après vos services, il se pourrait que ce pensionnaire soit décédé. Nous aurions aimé en savoir un peu plus sur cet homme, et s'il a reçu des visites peu avant son décès...

— Quel est le nom de ce monsieur, inspecteur ? s'enquit la grosse dame devenue soudain mielleuse.

— Il devrait s'agir d'un certain Jo... Johnny Patterson.

La responsable des admissions murmura quelques mots inaudibles, comme si ce nom lui évoquait une personne bien connue. Après avoir réfléchi quelques secondes en fermant les yeux et en secouant les mains, elle se leva, fit signe aux enquêteurs de la suivre, et ils traversèrent tous les trois la grande salle d'accueil.

Partout sur les murs, des tableaux. De gigantesques fresques appelant à la sérénité. Des peintures exhibant l'immensité du ciel et la caresse des nuages, l'océan, de grands prés fleuris à perte de vue, avec rivières et montagnes à l'arrière-plan, ou bien des portraits de personnes âgées, tout sourire. En somme, tout le bonheur de la terre concentré sur quelques mètres carrés de toile, comme si l'idée de la mort ne devait plus être noire, comme si observer ces images, alors que vous vous apprêtiez à quitter ce monde, pouvait vous faire oublier la douleur de laisser les vôtres derrière vous.

Un vieillard aux yeux délavés et au teint cireux déambulait en fauteuil roulant dans le hall. Son regard vide et fixe semblait accroché sur une ligne d'horizon dont personne ne voulait approcher.

Jenny Johnson frappa à la porte du bureau du directeur de l'établissement. Une voix répondit et l'agent d'accueil invita les deux flics à entrer, avant de retourner derrière son comptoir et s'asseoir sur son imposant fessier.

*

Blake memorial/**août 1981**

Blake respira un grand coup en scrutant les alentours.

Il ramassa le crâne de Brady Mac Callaugh qui avait roulé sous la moissonneuse-batteuse, caressa du bout des doigts le long galon tribal tatoué sur l'os et le cala sous son bras.

Le cri de la corneille avait tout déclenché, tout précipité.

Blake examina son rival qui gisait au sol, inanimé.

La blessure avait l'air sérieuse. La balle avait pénétré son flanc droit au niveau de l'abdomen et une importante quantité de sang s'était épanchée.

Le crâne toujours sous le bras, Blake agrippa le blessé par le col de sa chemise et entreprit de tirer jusqu'au véhicule garé à l'entrée de la ferme ce péquenot qui avait réussi à le retrouver…

Il eut un haut-le-cœur en se rappelant que cet enfoiré était son demi-frère, qu'ils partageaient le même sang, la même tambouille ignoble que leur père avait déversée dans leurs veines.

Dans un dernier effort, il hissa le corps sur la banquette arrière, recouvrit le blessé d'un plaid rouge écossais et s'installa au volant.

Les années avaient passé, beaucoup de choses avaient changé.

Blake revoyait son ancien appartement de Slavic Village, sur Fullerton Avenue, cet appartement qui s'était gorgé du sang de ses victimes, empli de leurs cris étouffés par un bâillon trop serré.

Il repensa à Eileen Fitzgerald, la belle Eileen Sterling Fitzgerald. Il revoyait son corps, il ressentait la douceur de sa peau sous ses mains, l'humidité et la profondeur de son intimité, il réentendait ses gémissements de plaisir.

Pourquoi avait-il, à cette époque-là, éprouvé ce besoin de chair féminine ? Que s'était-il passé ?

Il revoyait la maison, cette fichue maison qui avait remué des strates de souvenirs enfouis, les actes peu glorieux qu'y avaient commis ceux qu'il avait aimés.

Il revoyait le vide sanitaire. Les cadavres. Tous les cadavres qu'il avait recouverts de chaux vive avant de les enfouir à la hâte.

Blake se concentra sur la route et prit la direction des grandes étendues.

Il jeta un œil dans le rétroviseur et aperçut le visage de son demi-frère qui émergeait de sous le plaid.

Cet enfoiré ne devait pas mourir. Il devait tenir le coup assez longtemps pour qu'il puisse le souiller. Depuis toujours, c'était lui qui décidait quand mettre un terme aux souffrances de ses proies. Avant, il lui administrerait un puissant sédatif, il se servirait de son corps comme d'un objet d'art, d'un ustensile de plaisir, et il le photographierait.

Blake désirait plus que tout revenir aux sources, retrouver l'origine de sa sexualité, de sa réelle homosexualité. Et, pour ça, il devait retourner là où tout avait commencé…

*

Cleveland, État de l'Ohio/États-Unis, **août 1981**

Les flics avaient chamboulé la bonne marche de Burke Lakefront Airport. Une partie du personnel avait été sommée de vérifier les embarquements et de retrouver un certain Freddy Lawrence. Sans indication de destination, le travail était compliqué.

Yuri Novak exultait : le capitaine Levy s'en était remis à ses lumières. Même s'ils n'avaient encore rien pour étayer l'hypothèse selon laquelle Lawrence aurait fui.

Alors qu'ils perdaient tout espoir, une jeune femme d'une vingtaine d'années, longue chevelure blonde et soyeuse, yeux bleus, semblable à ce genre de petite poupée qui fait craquer les fillettes et coûte une fortune, poussa un cri en sautillant sur place comme si elle venait de décrocher le jackpot à la loterie nationale.

Novak se retourna et salua d'un signe de tête la figurine de mode qui jubilait derrière son écran. Il s'approcha de son comptoir et lui accorda son plus beau sourire.

— Mademoiselle ? Vous avez ce que l'on cherche ?

Manifestement impatiente de collaborer avec la police locale, la jeune femme lui renvoya un sourire niais, trahi par ses lèvres pincées.

— J'ai… j'ai trouvé un Freddy Lawrence, là…, fit-elle en pointant du doigt une ligne sur l'écran verdâtre de son terminal. Regardez, il a embarqué porte numéro 7, vous voyez ? Sur un vol à destination de Glasgow, avec une escale dans le Colorado, à Denver précisément…

— Et… est-ce vous qui… enfin, peut-on savoir qui s'est occupé de cet embarquement ? Est-ce qu'il était seul ?

— Heu… attendez, j'ai le numéro d'enregistrement, la date : oui, je peux savoir qui a fait embarquer monsieur Lawrence… Je vous demande un instant, dit-elle en souriant de toutes ses dents.

D'un air canaille, elle laissa papilloter ses paupières, comme éblouie par la beauté brute du jeune Slovaque, définitivement charmée.

« Barbie » décrocha son téléphone, composa un numéro et attendit quelques secondes en tapotant du bout de ses ongles vernis sur le comptoir en bois laqué. Elle fit signe à Novak de bien vouloir patienter, comme s'il s'apprêtait à l'interrompre, puis prit une voix d'adolescente émerveillée :

— Oui, poulette, c'est moi, Rachel. Je t'appelle au sujet d'un embarquement à destination de Glasgow que tu aurais enregistré… Tu peux rappliquer porte 9 ? La police de Cleveland aurait besoin de connaître certains détails. Ils veulent te montrer la photo d'un gars, savoir s'il était seul ou accompagné lorsqu'il s'est présenté à l'enregistrement. Je t'attends, à tout de suite…

Elle raccrocha.

— Voilà, monsieur l'inspecteur, ma collègue arrive…

Yuri répondit par un sourire gêné.

Il retourna la photo de Freddy Lawrence qu'il triturait entre ses doigts et détailla le visage du flic.

Un détail l'intriguait. Il n'aurait su dire quoi.

Comme une petite musique, ce détail obstiné semblait vouloir s'insinuer dans son esprit…

35

Brecksville, État de l'Ohio/États-Unis, **août 1981**

— Johnny Patterson est décédé voilà quelques jours. C'est peut-être un détail, mais il est parti sans souffrance, paisiblement…, expliqua le directeur du centre de soins palliatifs.

— Ça, c'est à nous d'en décider, déclara Victoria Fletcher en chassant d'un coup de talon le chat siamois qui venait ronronner entre ses jambes.

À ses côtés, Henrique Ramos acquiesça d'un signe de tête et se leva pour observer les toiles exposées sur les murs du bureau.

— Quoi ? lança soudain le docteur Boston en serrant les poings. Vous allez faire une demande d'exhumation ? Ce pauvre vieux n'a donc pas droit…

— Monsieur Boston, l'interrompit Victoria, nous travaillons sur une enquête criminelle et Johnny Patterson a pu être en contact direct avec l'individu que nous recherchons. Votre patient recevait-il des visites régulières, famille, amis, surtout dans la dernière période de sa vie ?

— Une enquête criminelle ? De quoi s'agit-il exactement ?

Victoria Fletcher eut un petit hoquet, un rire nerveux.

— Allons, docteur, vous savez bien que nous ne pouvons pas divulguer les détails de nos investigations… Pour faire court, nous enquêtons sur une affaire de meurtres en série. Dites-moi plutôt si Jo avait des visites ces derniers mois…

Le directeur hocha la tête, inspira profondément, croisa les mains et déclara :

— Oui, évidemment… Nous avons eu l'honneur et le plaisir de recevoir entre nos murs monsieur Mac Callaugh en personne, l'auteur d'*Une fin de loup*.

Ramos et Fletcher échangèrent un coup d'œil chargé de gravité.

— Mac Callaugh ne l'a jamais avoué à Patterson, enchaîna Boston, mais le personnage central du roman, cet anti-héros, c'est Johnny Patterson. Mac Callaugh se serait inspiré de sa vie, c'est évident.

— Et que venait-il faire ici ces derniers temps ? Savez-vous pourquoi il rendait visite au vieux Jo ? lança Fletcher en martyrisant de nouveau de sa botte le siamois aux yeux bleus.

— Je n'en sais rien, à vrai dire… Mais ils étaient assez bons amis, apparemment. Peut-être Patterson voulait-il écrire ses mémoires ?

La jeune enquêtrice quitta son siège en jetant un regard noir au chat. Victoria détestait les félins. Elle les trouvait cupides, opportunistes, fourbes et porteurs de malédictions. Elle les aimait empaillés, immobiles et silencieux sur des socles de bois vernis, comme chez sa tante Adélaïde.

Elle fit le tour de la pièce et s'absorba dans la contemplation des toiles qui représentaient, comme dans le hall d'accueil de l'établissement, des havres de paix, des lieux empreints de sérénité. Elle examina plus longuement une œuvre sur laquelle figuraient un lac de montagne et une vaste prairie à l'herbe ultra-verte. Au premier plan se trouvaient une maison, un immense corps de ferme en bois et son enclos plein de bétail.

Elle eut soudain un mouvement de recul en découvrant la signature dans l'angle de la toile. Elle la relut à trois reprises et se retourna vivement vers le docteur Boston.

— Dites-moi… c'est… il s'agit de notre Patterson ?

— Oui… c'est Johnny Patterson qui a peint ce tableau. La plupart des œuvres exposées dans le hall d'accueil sont les créations d'anciens pensionnaires du Sunset House. Jo peignait il y a encore quelques mois, puis la fatigue l'a forcé à poser les pinceaux. Il m'a offert cette toile lors de son admission dans le service ; il disait que cet endroit représentait pour lui de drôles de choses, autant de bonheur que de déceptions. Il s'agit de sa ferme, je crois, dans le Montana…

Fletcher se rapprocha du bureau.

— Patterson s'est-il confié à vous ? Vous a-t-il parlé d'un individu en particulier, de certaines choses qu'il avait sur le cœur ?

Le docteur Boston soupira.

— Jo se confiait un peu, mais jamais en détail. Il ne s'étalait pas sur son passé ou sur sa vie privée. Il m'a toutefois parlé d'un neveu dont il avait eu la charge pendant quelques années. Il a souvent évoqué cette période, disons… désastreuse, très difficile pour lui. C'était quelqu'un de plutôt sauvage et solitaire…

— Et qui était ce gosse ?

— Je viens de vous le dire : son neveu.

— Son nom ?

— Il ne me l'a jamais dit.

On frappa brièvement trois coups à la porte, qui s'entrebâilla doucement, laissant apparaître le visage de la réceptionniste.

— Docteur Boston, chuchota-t-elle, la commission de sécurité vient d'arriver. Je les fais patienter ou bien je…

Le directeur répondit aussitôt en secouant la main devant lui, comme paniqué à l'idée de faire attendre ses hôtes.

— Non, non, surtout pas ! Ces messieurs viennent pour l'ouverture de la grande salle du réfectoire, ils veulent vérifier que tout est aux normes, et je ne voudrais pas les froisser… J'arrive immédiatement, dit-il en se levant. Je suis désolé, mais il faut que j'y aille…, ajouta-t-il à l'attention des policiers. C'est un rendez-vous très important.

Fletcher le dévisagea en silence, frustrée de se faire rembarrer aussi sèchement.

Mais Ramos n'avait pas dit son dernier mot. Collant presque son front à celui du médecin, il obligea ce dernier à reculer imperceptiblement.

— Écoutez, docteur, souffla-t-il dans un relent de tabac froid, nous vous remercions pour votre collaboration, mais, si la mémoire vous revient, enfin… si des choses dont vous ne vous souvenez pas aujourd'hui vous revenaient, n'hésitez pas à nous appeler. Je suis persuadé que vous possédez une très bonne mémoire…, termina Ramos, ironique, un large sourire sur les lèvres, en lui posant la main sur l'épaule.

— Je n'y manquerai pas, je vous appellerai personnellement, répondit le docteur Boston. Vous avez une carte, monsieur… ?

— Je suis le lieutenant Ramos. Vous pouvez me joindre au central de Wellington.

— Et moi, je suis le sergent Fletcher, de la PHU de Cleveland, intervint Victoria. Nous avons besoin de la coopération de tout le monde, docteur. Il nous faut mettre la main sur un salopard qui découpe ses victimes et les dépouille de leurs organes…

L'autre parut horrifié.

— Qu'est-ce que c'est que cette connerie ?

— Rien que la pure vérité, doc. Un oiseau de mauvais augure vole de branche en branche en toute impunité depuis trop longtemps, et le chat commence à être agacé…, fit-elle en imitant un félin toutes griffes dehors.

*

Blake memoria/**août 1981**

Après l'avoir traîné sur plusieurs mètres, Blake jeta le corps de son demi-frère sur le sol poussiéreux de la cabane.

La déco, plutôt spartiate et surannée, laissait supposer que personne n'était revenu sur les lieux depuis une bonne dizaine d'années.

Comme seuls vestiges, figés par le temps et la poussière, une table chétive au milieu de la petite pièce, un canapé en cuir recouvert d'une peau de bête dans un coin, une gazinière sans âge et une scène de chasse brodée main – le genre de canevas qui donne le tournis. La baraque n'avait rien d'un coquet refuge pour amoureux, rien d'un havre de paix pour notables fortunés.

Le demi-frère de Blake se vidait de son sang. Il avait perdu une dent alors que Blake le tirait à l'intérieur. Face contre terre, ses incisives avaient percuté les trois marches de l'escalier bétonné, à l'entrée du cabanon.

Encore groggy comme un boxeur au tapis, allongé sur le sol crasseux, le demi-frère maudit ouvrit son œil gauche à moitié et scruta son environnement immédiat : quelques cadres au mur, des scènes de chasse au cerf, des trophées aux poils blanchis par la poussière qui vous fixaient de leurs yeux brillants, des étagères chargées de petits rongeurs des forêts environnantes, figés dans leur plus belle position, le tout rehaussé par une tapisserie jaunie par le soleil, déchirée et moisie sous l'effet des fréquentes infiltrations d'eau en provenance de la toiture.

Putain de bordel de merde ! Je connais cet endroit… Il n'a pas le droit de m'amener ici…, songea-t-il en gémissant de douleur.

Blake s'installa dans le fauteuil de cuir qui se trouvait près de la fenêtre en lâchant un long soupir d'aise, puis, calmement, extirpa de sous sa ceinture l'énorme .44 Magnum qui lui blessait la peau du ventre.

Une voix rauque et pénétrante, semblant curieusement sortir de la tête du sanglier, s'éleva dans la pièce étriquée :

— Alors ? Qui est-ce qui avait raison ?

Le demi-frère de Blake tenta d'articuler une réponse, mais ses lèvres tuméfiées et sa bouche pleine de sang l'en empêchèrent.

— Tu comprends que je vais devoir te tuer, frérot, hein ? Tu le sais ? Je vais déroger à mon petit rituel, mais ce n'est pas grave. Ni toi ni moi n'avons envie de baiser ensemble, alors je vais le faire à la loyale. C'est un peu fade, je te le concède, mais je n'ai pas le choix… « Mister Red Lover », tu te rappelles ce sobriquet dont nous t'avions affublé, les copains du quartier et moi ? Hein, Red Lover ? Tu te souviens, dis ?

Le Red Lover en question esquissa un semblant de sourire qui découvrit sa denture ensanglantée.

Red Lover ! Putain, si j'm'en souviens ! Je l'aimais tant, cette fille…, pensa-t-il en laissant un flot de souvenirs le submerger.

Les images traversèrent sa conscience.

Il se rappelait tout.

Le drame vécu par cette fillette avait marqué les esprits, à l'époque.

La petite avait survécu, mais, heurtés par la violence des faits qui s'étaient déroulés près de chez eux, de nombreux habitants du quartier avaient dû suivre une thérapie pour exorciser ce drame.

Blake continua d'une voix plus douce :

— Tu te souviens de tout, maintenant ? Tu te souviens de sa mère, Anna ? Et de cet enculé de Gary ? Oui, bien sûr… Tu voulais le buter, hein, mais tu pensais à ton avenir, et tu as eu raison, frérot…

Red Lover remua sur le sol ensanglanté et réussit enfin à articuler quelques mots :

— Pourquoi… tu me parles… de tout ça ?

— Tu le sais bien, frérot, puisque c'est toi qui m'as attiré pour finir ce qui a commencé voilà plus de vingt-cinq ans. Tu savais que Gary était dérangé, qu'il était aussi pédophile qu'homosexuel… Tu m'as laissé le faire à ta place, hein ? Tu n'as jamais eu les couilles d'assouvir ta vengeance. Et aujourd'hui tu voudrais achever cette histoire, me faire disparaître pour enterrer ce putain de souvenir qui te hante tous les jours que Dieu fait…

— Ce… ce n'est pas tout à fait ça…

— C'est tout comme. Tu as mis cette raclure sur ma route, tu as fait en sorte qu'il tombe dans mes filets, qu'il se retrouve entre mes serres afin que son châtiment soit égal à celui qu'il avait infligé à la petite… Comment se nommait-elle, déjà ? Hein, Red Lover ?

L'autre sanglotait doucement, submergé par la douleur et les émotions. Les mots s'agglutinaient au bord de ses lèvres, incapables d'aller plus loin.

— Je… Elle se… C'était…

Blake vint s'accroupir près de son demi-frère. Il se pencha et souffla dans son oreille :

— Victoria… Elle se prénommait Victoria, frérot. Voilà la raison de tes troubles et de nos retrouvailles…

36

Cleveland, État de l'Ohio/États-Unis, **août 1981**

Porte 9.

Grande, brune et les yeux verts, elle apparut comme une star sur un écran de cinéma.

Novak lui fit signe d'approcher et lui présenta sa plaque.

— Bonjour, mademoiselle, je suis le sergent Yuri Novak. Dans le cadre d'une investigation concernant une recherche de personne disparue, j'aurais aimé savoir si vous pouviez identifier cet homme…

La jeune hôtesse examina la photo de Freddy Lawrence. Après avoir arrangé une mèche de cheveux derrière son oreille, elle leva les yeux vers le jeune Tchèque sans souffler un mot.

— Il aurait embarqué pour Glasgow, avec une escale à Denver, porte 7, et vous étiez chargée d'enregistrer son embarquement…

L'hôtesse hocha la tête en souriant.

— Exact, sergent, je me souviens de cet homme. Il paraissait mal à l'aise et très pressé.

— Il était seul ? Vous vous rappelez certains détails ?

— Oui, il était seul et… quelque chose m'a marquée, en effet. Une chose très particulière chez cet homme…

Elle se retourna et jeta un regard à sa collègue, qui suivait la conversation sans avoir l'air d'y toucher. Elles gloussèrent comme deux complices, puis la grande brune aux yeux verts se reconcentra sur la voix du jeune policier, légèrement irrité.

— Mademoiselle, dit Novak, puis-je savoir ce qui vous fait rire ?

— Eva…

— Je vous demande pardon ?

— Vous pouvez m'appeler Eva, sergent, le « mademoiselle » me semble un peu trop convenu. J'en ris maintenant, mais je n'ai pas tellement ri à ce moment-là…

— Expliquez-vous !

— Je me souviens de ce gars comme s'il venait de passer devant moi à l'instant. L'odeur qu'il dégageait était insupportable : une sorte de mélange de sueur rance, de friture et de…

Elle hésita. Le petit sourire qui lui creusait une fossette sur la joue droite s'était estompé.

— Vous hésitez à le dire, mademoiselle Eva, continua Novak, mais il est vrai que le lieutenant Lawrence dégage une odeur repoussante. Il s'agit d'une maladie hormonale qu'il traîne depuis l'enfance… Rien à voir avec l'hygiène.

— Je n'en doute pas, murmura timidement la jeune femme.

— Il ne me reste plus qu'à vous remercier pour votre collaboration, fit Novak en rangeant la photo de Lawrence dans la poche intérieure de sa veste.

— En tout cas, on peut dire que votre collègue ne passe pas inaperçu…

— Qu'entendez-vous par là ? demanda-t-il en fronçant les sourcils.

— Eh bien… il n'a pas vraiment été gâté par la nature. En plus de cette horrible odeur, et en dépit de son charme, bien sûr, il a cette déformation, là…, dit-elle en se caressant les lèvres d'un ongle vernis de rouge.

Une porte s'ouvrit soudain dans la conscience du jeune enquêteur. Une porte jusque-là bouclée à double tour. Avec la puissance d'un uppercut, l'image du visage de Freddy Lawrence s'imprima sous son crâne, aussi claire que s'il se tenait devant lui, et lui apporta la clé de l'énigme qui le taraudait depuis quelques jours.

Le bec-de-lièvre.

Freddy Lawrence portait les stigmates d'un bec-de-lièvre que la chirurgie réparatrice d'une époque reculée avait imprimés à jamais…

*

Brecksville, État de l'Ohio/États-Unis, **août 1981**

Le Sunset House avait ébranlé Victoria, mais pas autant que le directeur de l'établissement.

Juste après avoir quitté le docteur Boston, elle s'était mise en quête d'une cabine téléphonique pour contacter le central de Cleveland.

Le capitaine Levy n'allait pas la louper. Elle savait que son cul allait chauffer. Elle allait en prendre pour son grade, et ça, ça pouvait vraiment compromettre la suite de son investigation.

Mais elle tenait quelque chose. Et Ramos l'avait aidée. Il croyait en elle.

Elle savait qu'elle n'était pas folle et qu'elle pouvait tenir la barre.

Je ne suis pas cinglée… Tous ces sacs à foutre, ces sacs à testostérone, ce sont eux, les dingues !

Qui avait bien pu ordonner une commission spéciale et lui envoyer ces deux médecins pour lui signifier sa maladie mentale, pour insuffler l'idée à ses supérieurs qu'elle était impliquée dans une atroce série de meurtres, jusqu'à leur suggérer de la mettre hors circuit ? Qui avait bien pu croire en sa culpabilité ?

Je ne suis pas schizophrène, putain de merde ! Je suis en pleine possession de mes facultés mentales…

Elle entra dans la cabine, décrocha le combiné d'une main tremblante et composa le numéro.

Tout en observant Ramos, qui se tenait de l'autre côté de la rue, elle repensa à ces derniers jours. Elle repensa à Freddy Lawrence, aux cauchemars nimbés d'érotisme qui l'avaient hantée. Elle ressentait une inexplicable attraction pour son coéquipier, un magnétisme puissant qui l'aurait sans aucun doute conduite dans son lit si elle ne se l'était pas interdit.

Pour Ramos, c'était différent : elle en avait eu besoin. Une baise pour une baise. Mais Lawrence… d'où provenait cette étrange sensation ?

Encore un bip, la tonalité qui se perd vers l'infini et, enfin, la voix.

— Capitaine Levy, j'écoute…

Trois secondes d'hésitation.

Allez, ma grande, jette-toi à l'eau…, pensa-t-elle en imaginant le visage empourpré de Levy.

Le cœur affolé, elle attaqua avec assurance :

— Capitaine, c'est moi, Fletcher, je…

— Putain de bordel de merde ! Fletcher ! Qu'est-ce que vous branlez ? Toute une unité est mobilisée pour vous retrouver, vous et Lawrence… Vous êtes où exactement ?

— Attendez, ne vous fâchez pas, capitaine, je suis sur du lourd, et je pense que…

— Je me fous de ce que vous pensez ! Vous êtes relevée de vos fonctions, vous êtes suspendue pour raisons médicales, Fletcher, vous vous souvenez ?

Elle chassa l'image des deux médecins venus rouvrir sa cicatrice.

— Capitaine, vous devez faire une demande auprès du juge, déclara-t-elle sur un ton péremptoire. Il nous faut un permis d'exhumer, ici, à Brecksville…

Le capitaine hésita, puis tenta de ramener la barque sur la berge. Fletcher partait à la dérive.

— Fletcher, écoutez-moi, laissez tomber ce péquenot de flic du fin fond de Wellington et ramenez votre cul ici, à la PHU…

— Non ! C'est vous qui allez m'écouter. Si Lawrence s'est engagé sur une filature en sous-marin, ce n'est pas pour rien. Tout est lié. Je vous dis que je suis en train d'assembler les pièces du puzzle, je suis sur le point de trouver. Je vais résoudre l'affaire des cadavres de Woodland Avenue, capitaine… Il faut prévenir la presse, il faut balancer cette merde aux journaleux ! Qui sait, ces fouille-merde ont peut-être enquêté à l'époque et...

— Fletcher ! Vous voulez sensibiliser la presse pour donner du poids à votre enquête, c'est tout ! Vous êtes épuisée, vous êtes déroutée parce que votre partenaire vous a lâchement abandonnée... Et puis c'est quoi, cette connerie de permis d'exhumer ? Qu'est-ce qui justifierait que je dérange le juge Olwen ?

— Tout est lié... le fils Mac Callaugh, Johnny Patterson, la maison de Woodland, Eileen Fitzgerald et sa relation avec Freddy Lawrence – tout, je vous dis !

Un gigantesque truck traversa soudain l'avenue et fit trembler la cabine téléphonique. Victoria attendit que l'engin s'éloigne et reprit calmement :

— Lawrence est sur une piste lui aussi et, à l'heure qu'il est, il doit être tout près du but. Vous vous trompez sur son compte, il ne m'a pas lâchée...

— Nous avons localisé Lawrence il y a à peine une demi-heure, Yuri Novak vient de me contacter..., coupa sèchement Levy.

— Et où se trouve-t-il ?

— Dans le Montana, près de Glasgow précisément.

Victoria Fletcher se frappa le front. Elle balbutia quelques mots inaudibles, puis lâcha froidement :

— La ferme de Johnny Patterson... Lawrence se trouve dans l'œil du cyclone !

— Qu'est-ce que vous me chantez ? Et ce permis d'exhumer, c'est pour quoi ?

Le sergent Fletcher inspira profondément et souffla dans le combiné :

— C'est pour que nous puissions faire pratiquer une autopsie sur le corps de Johnny Patterson. J'ai de fortes raisons de penser que Patrick Mac Callaugh a dézingué le vieux…

37

Blake memoria/**août 1981**

Blake observa Red Lover avec une sorte de condescendance.

Le pauvre gars se vidait toujours de son sang, inexorablement, comme une source qui finirait tôt ou tard par se tarir sous un soleil de plomb.

Blake s'accroupit près de lui, lui caressa doucement le front et marmonna en ricanant :

— Mon pauvre… regarde dans quel état je t'ai mis. Je ne voulais pas de tout ça, c'est un vrai gâchis. Victoria est un peu cinglée, tu devrais le savoir… mais, à présent, il faut que tu l'oublies, et je vais t'aider à l'oublier pour toujours. Red Lover va finir en beauté, comme les princes des forêts, comme les grands mâles en rut des étendues du Montana…

Le demi-frère maudit ouvrit les yeux. Une espèce de lueur étrange passa dans son regard. Ce n'était pas de la peur, c'était de l'effroi…

Blake continua d'une voix sombre, très basse :

— Concernant ton frère, je n'ai pas pu résister. Il fréquentait les mêmes bars gays que moi, les mêmes hôtels de passe et saunas de Cleveland. Déjà, au quartier, je l'avais repéré. Il me plaisait. Il y avait quelque chose de fantastique en lui, une chose qu'aujourd'hui encore je n'arrive pas à définir. Un jour, le destin nous a permis de nous rencontrer. Ton frère était très courtisé, tu sais : son cul plaisait beaucoup et il avait une belle petite gueule…

Red Lover se mit à gigoter en gémissant.

— Quoi ? fit Blake, penché vers lui, en se tirant l'oreille.

— Mon frère n'était… il n'était pas…

— Pédé, c'est ça ? Ton frère aimait les pucelles et les gros nichons, hein ? Pas de ça avec moi, tu sais très bien de quel bord était ton frère. Ça t'a mis la rage… Ton frère aimait les queues ! Et il s'est trouvé sur mon chemin… Je l'ai baisé, à mort ! Il a joui, et puis je lui ai serré le cou juste pour qu'il perde connaissance, pas pour le tuer. Tu imagines bien que, à ce stade de notre relation, les choses sont devenues intéressantes…

Le demi-frère de Blake tenta de se relever en hurlant, les yeux exorbités. Une longue plainte contenue au creux de ses entrailles s'échappa de sa gorge, un long filet aigu mêlé aux sanglots et à la haine qu'il éprouvait pour son tortionnaire.

— Tu peux hurler, Red Lover, tu peux me haïr, tu ne modifieras pas le passé… Les restes de ton frangin figuraient parmi ceux qui ont été retrouvés dans le vide sanitaire, sous la maison de Woodland Avenue. Tu sais désormais pourquoi ton frère a disparu, pourquoi personne n'a jamais su ce qu'il était devenu. C'est ta faute ! Ton frère a croisé mon chemin, je l'ai crevé, et c'est toi le coupable…

Blake marqua une pause, la respiration saccadée par l'excitation que lui procurait l'évocation de ce meurtre.

— En essayant de me mettre sur la route de Gary, sans le vouloir, tu m'as ouvert les yeux. Je suis désolé, il y a eu erreur sur la personne. Gary a baisé ta petite copine de l'époque et, quelques années plus tard, tu as découvert qui j'étais. L'idée que je bute Gary t'a alors traversé l'esprit, mais tout ne s'est pas déroulé comme tu l'imaginais…

Red Lover ouvrit la bouche pour chercher un peu d'oxygène, reprendre son souffle entre deux séries d'uppercuts.

— Après lui avoir fait absorber une bonne dose de sédatif, j'ai installé ton magnifique frangin sur le pieu pour immortaliser la scène. J'adore mon Polaroid : grâce à lui, je réalise de superbes photos souvenirs… Hum, la cambrure de ses reins, le grain de sa peau, la forme de ses mollets et la rondeur de ses fesses… Oh ! rien que d'y penser, tiens…, fit-il en se caressant le sexe.

L'autre tenta une manœuvre ridicule, un coup de pied mal ajusté qui effleura à peine le tibia de Blake, et reçut en retour la chaussure de son bourreau dans les côtes.

— Si ton frère avait été conscient, il en aurait redemandé, tellement c'était bon, j'en suis certain. Mais je contrôlais ses pulsations cardiaques, tu peux me faire confiance. Pas question qu'il reprenne ses esprits trop vite, tu comprends ? Je voulais être sûr de lui ôter la vie au moment même où il reviendrait à lui. Quel plaisir intense de voir la lumière s'éteindre lentement dans les yeux de mes amants… Le reste n'est que folklore, c'est la routine. Même leur chair me paraît fade…

À terre, l'homme ne bougeait plus.

— Après les photos, alors qu'il reprenait conscience, je l'ai étranglé une bonne fois pour toutes et il a rendu l'âme sans un cri, sans un soubresaut, soumis, à mes ordres. Le reste, tu dois l'imaginer. J'ai entrepris de le découper, mais de manière habile, pas sauvage. J'ai tranché son sexe, je lui ai sectionné les bras, les jambes, la tête, et j'ai plongé le tronc dans un grand tonneau d'acide. J'ai découpé quelques tranches de chair dans sa cuisse, que j'ai immédiatement mises au congélateur, et je me suis préparé un repas divin. J'étais excité, fou de désir, j'en ai encore le goût dans la bouche… Quel délice ! J'ai fait revenir ses couilles et sa queue à la poêle, avec un petit filet de vinaigre balsamique, et j'ai *a-do-ré* !

Blake en avait la bave aux lèvres.

— En ce qui concerne le crâne, je m'en serais voulu de ne pas lui rendre un dernier hommage, ricana-t-il avec aigreur. Je l'ai fait bouillir et bien blanchir pour le décorer de belles écritures indiennes. J'ai réussi à tatouer l'os à l'encre de Chine… Et je trouve ça sublime.

Blake s'essuya les lèvres du revers de la main. S'accroupissant à côté de Red Lover, il lui prit le pouls quelques secondes, les yeux dans le vague.

— Ça ne va pas fort, mon ami, on dirait que tu vas te faire la malle, hein ? Écoute, ce n'est pas comme cela que ça doit finir pour toi. Tu dois trépasser comme les grands mâles, les grands cerfs qui brament toute leur vie en espérant baiser la biche aux yeux doux… Sauf que voilà : toi, tu as bramé, mais tu n'as baisé personne, surtout pas ton demi-frère…

— Que… qu'est-ce que tu veux ? fit l'autre, à deux doigts d'expirer.

— Je n'aime pas qu'on me mette des bâtons dans les roues, qu'on dérange mes habitudes, qu'on casse mes codes et qu'on bouscule mon mode opératoire. Je n'aime pas qu'on s'immisce dans ma vie et qu'on me la vole ! hurla Blake en désignant le crâne de Brady Mac Callaugh. Tu vois ce que tu as fait de ton frère ? Tu l'as tué ! À cause de toi, il a croisé ma route ! À cause de toi, il est mort à la place de Gary ! Espèce de salopard… Quand as-tu compris que c'était moi qui avais « sublimé » ton frère ? Comment as-tu fait pour t'introduire chez moi et me voler son crâne, hein ? Réponds !

— Comment… comment as-tu pu, toi… pourquoi ?

— À présent, tu dois mourir, frérot. Je vais t'emmener dans la remise de l'oncle Jo, te pendre par les pieds au crochet de boucher et t'éventrer comme le vieux cerf des grandes plaines, cet animal fabuleux à qui notre oncle a enlevé la vie… Je vais t'éviscérer, te vider et te faire griller ici, dans ce refuge perdu au milieu de nulle part !

Blake s'éloigna pour admirer son reflet dans le petit miroir fixé sur le mur, près de la porte. Il se frotta les joues en considérant sa barbe naissante et se dit qu'il allait cesser de se raser. Il se laisserait même pousser les cheveux, puis il les décolorerait…

Il se retourna et secoua du bout de sa bottine le bras de Red Lover.

— Hé ! Red Lover… l'amoureux aux cheveux rouges ! Être rouquin comporte ses inconvénients… L'odeur de la sueur, les taches de rousseur…

Red Lover s'abandonnait à sa douleur. À l'agonie, il tourna la tête et posa lentement sa joue contre le sol. Il avait abdiqué, abandonné l'idée de s'en tirer. Seule la haine le tenait encore en vie…

Tu crois que tu vaux mieux, crapule ? Tu crois que ta gueule est plus sophistiquée ? Ton bec-de-lièvre te bouffe la face, malgré cette opération ratée que cet ivrogne de chirurgien t'a fait subir… Ce n'est pas parce que tu es flic et que tu t'appelles Freddy Lawrence que tu vaux mieux que moi. Tu es un putain d'assassin, mon frère, un putain de tueur en série…

*

Cleveland, État de l'Ohio/États-Unis, **août 1981**

Yuri Novak referma la porte du bureau et prit place sur le siège que lui désignait le capitaine Levy.

Ce dernier avait sa tête des mauvais jours. Il dépiauta à la hâte un chewing-gum qu'il s'empressa d'enfourner et fit signe à Novak de lui faire son rapport.

Le jeune flic s'enfonça dans le siège de cuir et s'éclaircit la voix.

— Capitaine, je crois qu'on est dans la merde… Je ne sais quoi en penser. Le lieutenant Lawrence se trouve dans le Montana et nous ne pouvons pas intervenir. C'est au niveau fédéral que tout se joue, je ne vous apprends rien…

— Nous n'en sommes pas là, Novak ! Le FBI n'a pas à mettre son grain de sel sur une affaire qui n'en est pas une. Lawrence est en dehors de sa juridiction, je vous le concède, mais il ne fait qu'enquêter. S'il s'avère qu'il tient un suspect dans l'affaire des cadavres de Woodland, alors nous informerons les services intéressés. Nous solliciterons le shérif du comté de Valley pour qu'il intervienne à Fort Peck, Glasgow, Nashua et Opheim…

Yuri Novak hocha la tête, fit mine de s'intéresser au cendrier de marbre vert qui traînait sur le bureau et déclara :

— Il y a tout de même quelque chose qui me chagrine dans cette histoire…

— Quoi ? lança Levy, agacé.

— Cette façon d'agir ! Je ne comprends pas pourquoi un flic prend l'initiative de se tirer à deux mille cinq cents kilomètres, de traverser cinq États pour le besoin d'une enquête et sans prévenir personne… Il y a un truc qui cloche, vous ne croyez pas ?

Levy grogna quelque chose d'incompréhensible.

— Pour moi, il s'agit d'une affaire personnelle, capitaine. Lawrence s'est rendu dans le Montana pour régler certains détails qui le concernent. J'en suis persuadé.

38

Fort Peck Lake, État du Montana/États-Unis, **août 1981**

Les yeux fermés, il laissa remonter en surface un flot de pensées, les bribes d'une existence singulière appuyée par d'insoutenables relents de pourriture.

La virée dans le Montana, replonger dans les vieux souvenirs, les grandes étendues de Fort Peck Lake, le vieux cerf, tout cela ne serait bientôt plus qu'une cicatrice dans sa mémoire. Une blessure qui s'effacerait avec le temps, une plaie qui se refermerait malgré sa profondeur.

À la manière d'un brasier qui engloutissait et détruisait ce qui entrait en contact avec ses flammes, Freddy Lawrence avait décidé d'incendier tous les troubles et tous les maux qui parasitaient sa vie ; son enfance, ses parents, ses victimes…

Blake devait disparaître.

Le feu était la clé.

Blake. Plus personne ne l'appelait comme ça, ce surnom qu'il s'était choisi à l'époque où il écumait les bars et les saunas gays. Il ne fallait plus. Il n'était plus le Blake d'autrefois, mais le Freddy Lawrence d'aujourd'hui. Il n'était plus ce Blake inconnu, l'ombre qui planait sur les corps de ses victimes.

Blake.

William Blake. Ses œuvres, sa poésie, ses visions prophétiques, sa vision des portes de la perception et son mysticisme obscur...

Le peintre et poète britannique l'avait happé alors qu'il n'était qu'un enfant. Il l'avait nourri de sa poésie noire.

L'empreinte de ses écrits le marquait encore avec force. William Blake lui avait enseigné que n'existaient ni anges ni démons, ni lois ni dieux. Seul l'Homme dominait sa propre espèce...

On édifie les prisons avec les pierres de la Loi, les bordels avec les briques de la Religion[1].

Le mariage du ciel et de l'enfer...

Freddy laissait glisser ces phrases dans les sinuosités de son esprit, le sentiment de toute-puissance, de contrôle infini...

Ceux qui répriment le désir sont ceux dont le désir est assez faible pour être réprimé ; et ce qui réprime, ou Raison, usurpe sa place et gouverne ce qui n'a pas de volonté.

Lorsqu'il ouvrit les yeux, Lawrence contempla le corps de Patrick Mac Callaugh qui se balançait, la tête en bas, pendu par les pieds à l'esse de boucher.

La blessure occasionnée par le projectile du .44 Magnum était importante. La balle était entrée par

1. William Blake, *Le Mariage du ciel et de l'enfer*, traduction de Jean-Yves Lacroix, « La toute petite collection », Allia, 2011.

le flanc gauche et était ressortie en laissant s'épancher beaucoup de sang.

L'Irlandais ne tenait plus à la vie que par un fil, un fil que manipulait Freddy Lawrence avec une étrange expression de satisfaction. Inerte. Figée.

La petite remise sentait le fioul. Les murs étaient en planches et le toit en tôle ondulée galvanisée.

Le plancher, noirci par le sang, portait le souvenir d'innombrables bêtes sacrifiées en ces lieux, pendues de la même manière que l'écrivain en train d'agoniser.

Freddy Lawrence s'approcha de Mac Callaugh en faisant tourner entre ses doigts une lame assez petite et massive, munie d'un crochet à sa pointe.

Un couteau à dépecer. Un tranchant de douze centimètres avec un manche en bois de cerf.

Il fit mine de renifler autour de Mac Callaugh, puis ricana, faisant courir délicatement le fil du couteau sur le thorax ensanglanté du malheureux.

— On dirait que c'est pas ton jour, Red Lover. Toi aussi, tu dégages des odeurs pas très agréables. Tu pues la terreur, tu sens la peur, et la merde aussi…

L'Irlandais hurla à travers le bâillon que lui avait confectionné Lawrence, une épaisse couche de ruban adhésif qui lui recouvrait le bas du visage comme un masque grotesque.

La lame du couteau scintilla sous le frêle halo de la lampe à pétrole. Le flic promena alors le fil redoutable de sa lame sur le visage de Mac Callaugh, sur son cou, sur son bas-ventre, et immobilisa soudain sa pointe sur son sexe.

— Ne t'en fais pas, frérot, tu ne sentiras rien. Tout va aller très vite. Tout va s'arrêter d'un seul coup et tu auras l'impression que quelqu'un a éteint la lumière, souffla-t-il en riant grassement. C'est aussi simple que ça. Tu ne peux pas imaginer ce que je ressens, frérot. C'est aussi puissant que le jour où je suis entré chez les flics, en 1966. J'appartiens à cette catégorie d'hommes à qui rien ne peut arriver, contre qui Dieu lui-même ne peut rien…

Mac Callaugh se tortillait à l'extrémité de son crochet, comme un poisson frétillant qui vient de se faire prendre, mortellement ferré par l'hameçon assassin.

Lawrence se livra un peu plus :

— Tu vois, ta mère a baisé avec mon vieux, et te voilà ! Tu n'aurais jamais dû venir au monde, tu n'es qu'une particule de foutre égarée… C'est con, tu n'en serais pas là si tu étais resté dans les couilles de l'ancien… Allez ! c'est l'heure d'éteindre la lumière…

Brusquement, Freddy Lawrence planta la lame du couteau dans le bas-ventre de Mac Callaugh et, d'un geste sec et habile, fit descendre la lame jusqu'au sternum comme s'il s'agissait d'une fermeture Éclair.

Les vieux souvenirs ressurgirent. Des images, confuses ou précises, s'accumulèrent dans son crâne.

Le vieux cerf éventré, pendu dans la remise. L'oncle Jo qui sourit au gamin qu'il était. Les viscères qui pendent et qui s'étalent sur le sol de la cabane. Le sang. L'odeur fétide des entrailles chaudes et des excréments de l'animal… L'image de sa mère qui hurle, son père qui la cogne et qui la viole sous ses yeux… Les grandes étendues du Montana sauvage… Le froid, le silence.

Mac Callaugh eut un violent soubresaut et se figea instantanément. Ses viscères furent éjectés et se répandirent sur le sol dans un effroyable bruit de succion, semblables à des reptiles cherchant à se faufiler entre les lames du plancher.

Freddy Lawrence détailla les entrailles chaudes et fumantes éparpillées à ses pieds et se dit qu'il venait de tourner une page : celle de son enfance.

Il s'empara alors du gros jerrican de fioul qui traînait sur une étagère, ouvrit le bouchon à la hâte et versa son contenu un peu partout dans la remise. Il arrosa aussi généreusement le corps de Patrick Mac Callaugh, jeta le bidon dans un coin et s'essuya les mains sur la veste du cadavre.

Freddy Lawrence fouilla ensuite la poche intérieure de son blouson et en extirpa son portefeuille ainsi que sa plaque, qu'il s'empressa de fourrer dans la veste de Mac Callaugh. Sa plaque ne brûlerait pas. Plus tard, ils feraient une recherche par le numéro de matricule et mettraient un visage sur le macchabée.

Il glissa le passeport de l'Irlandais dans la poche arrière de son Levis et songea à la suite.

Voilà... Dans quelques minutes, je serai mort... Avec un peu de chance, ils me pleureront et m'offriront de belles funérailles...

Il empoigna alors la vieille lampe à pétrole et sembla examiner les lieux, le regard vide, perdu dans le vague.

Encore quelques détails à régler à Cleveland. Ensuite, je pourrai définitivement tirer un trait sur cette vie-là...

Il jeta la lampe à pétrole, qui se brisa aussitôt sur le sol. Le souffle incendiaire lui grilla les sourcils, le forçant à reculer devant la puissance du brasier.

Non seulement il venait de tourner une page, mais, avec un peu d'imagination, il pouvait se persuader que, en ayant ôté la vie à son demi-frère, il avait un peu tué son père…

39

Cleveland, État de l'Ohio/États-Unis, **septembre 1981**

La virée à Brecksville avec Ramos avait été un véritable fiasco. Malgré les fortes présomptions de Victoria Fletcher à l'encontre de Patrick Mac Callaugh, le juge avait refusé de délivrer le permis d'exhumer.

L'enquêtrice avait dû également répondre de son insubordination face aux autorités compétentes. Et la sentence était sévère : une mise à pied de deux semaines, en attendant de passer en commission disciplinaire.

Enfin, il y avait le drame. La mort de Freddy Lawrence.

Toute la police de Cleveland était endeuillée.

La PHU avait fermé Ontario Street à la circulation pour la journée, afin de rendre hommage à son lieutenant. De gigantesques étendards noirs avaient été déployés aux fenêtres du bâtiment, pour rappeler à chacun que le silence s'imposait, que l'un des leurs était tombé.

Le corps administratif était sous le choc.

Le capitaine Levy avait appris la nouvelle six jours auparavant, après s'être rapproché des services de police de Nashua et de Fort Peck, dans le Montana. Il devait signaler aux autorités locales la disparition inquiétante du policier.

Sur place, ils étaient déjà au courant. L'appel du capitaine Levy avait croisé celui de la police locale à la PHU d'Ontario Street, quelques minutes plus tôt.

Le corps carbonisé d'un homme avait été découvert au petit matin par un chasseur, dans un refuge forestier de Fort Peck. L'endroit était isolé et les fumerolles qu'il avait repérées lui avaient semblé étranges. En procédant à l'examen du corps, le légiste du comté, à Glasgow, avait trouvé la plaque et le matricule d'un flic dans la poche de ce qui avait été un blouson de cuir.

À la lecture du matricule que lui avait faite le flic de Fort Peck au téléphone, le capitaine Levy avait cru s'effondrer.

En trente-cinq ans de carrière, il n'avait encore jamais vacillé.

Le lieutenant Freddy Lawrence, de la section criminelle de Cleveland, avait été assassiné dans l'exercice de ses fonctions. Ce flic exemplaire était mort alors qu'il était sur le point de résoudre l'affaire des macchabées de Woodland. Il avait vraisemblablement ouvert une porte interdite, et découvert l'identité du meurtrier.

Il en était mort. Tombé pour le drapeau.

Il avait fallu rapatrier le corps et lui offrir des obsèques.

Lawrence n'avait plus de famille. Sa seule famille, c'était la police. Il l'avait toujours servie avec brio, et lui avait toujours accordé sa confiance et son soutien…

*

Cleveland, État de l'Ohio/États-Unis, **septembre 1981**

Yuri Novak aimait ces moments de repos, de détente.

Être chez lui, seul, à écouter l'excellent *Walk and don't look back*, de Mick Jagger et Peter Tosh, cela n'avait pas de prix.

Bien évidemment, il aurait aimé une présence à ses côtés, quelqu'un qui l'aime et prenne soin de lui, une personne qui lui dise à quel point elle tenait à lui. Pas un mec qui n'aurait d'yeux que pour son corps, mais une femme comme bonne amie, une confidente, un *alter ego* féminin qui aurait saisi toute la complexité de ses sentiments, qui l'aurait écouté.

Yuri aimait les hommes – et ça, depuis sa plus tendre enfance. Mais les problèmes de cœur, c'est avec les femmes qu'il les partageait.

Avant d'entrer dans la police, très jeune, il s'était introduit dans le milieu de la mode et avait même posé pour quelques magazines en vogue.

Mais cela n'avait pas duré. Malheureusement.

À cause d'une passion amoureuse dont il était sorti démoli, en vrac, aux lisières de la dépression.

Il avait donc quitté ce milieu de requins assoiffés de dollars et avait tourné la page. Mais Pedro, le rédacteur en chef du magazine dont Yuri avait plus d'une fois fait la une pour une ligne de maillots de bain californiens, Pedro, cet homme-là, l'avait hanté très longtemps. Il avait préféré conserver une vie de famille insatisfaisante, au fond, et ne jamais rien avouer, ne jamais rien révéler de son homosexualité à sa femme et à ses proches.

Yuri avait eu du mal à refaire surface. La tristesse et le ressentiment l'avaient rongé comme une maladie incurable. Longtemps. Déprime, alcool, drogue, débauche.

Il avait donc préféré mettre des kilomètres entre lui et le beau Cubain qui dirigeait le magazine.

Yuri s'était orienté vers une profession beaucoup plus proche de la réalité quotidienne. La police.

Cette idée l'animait depuis l'enfance, depuis que, gamin, il aimait jouer au policier et au voleur, comme tous les petits garçons « normaux ». C'est en tout cas ce que répétait son père pendant son adolescence, ce père qui avait cru si fort, jusqu'à sa mort, à ce concept de « normalité ».

Son homosexualité restait une épreuve de chaque instant. Être discret, ne pas afficher sa sexualité ni ses préférences, tout cela était même douloureux. Un sacerdoce de tous les jours, l'abnégation de son propre équilibre. Mais dans un univers professionnel où la majorité de l'effectif était composé d'hommes virils, machistes, mieux valait adopter un profil bas…

Le jeune flic abandonna son canapé et se dirigea droit sur la baie vitrée, qu'il ouvrit en grand.

L'air frais du soir et le tumulte qui s'élevaient de Cleveland pénétrèrent dans l'appartement. Au loin, parmi les lueurs de la ville, il aperçut les lumières du Cleveland Browns Stadium, sur les rives du grand lac Erié. Une rencontre avait lieu ce soir : les Indians de Cleveland devaient jouer à domicile. Les projecteurs crachaient un halo qui trouait le manteau nocturne d'une langue de feu blanc.

Il ferma les yeux et se laissa glisser dans une sorte de transe hypnotique, de celles qui nous emportent quand nous nous mettons à danser seuls sur un morceau qui nous inspire... Deux minutes cinquante de pur bonheur : *Walk and don't look back*, de l'album *The Temptin' Temptations*.

If your first love have broke your heart
There's something can be done
Don't have your faith in love
Remembering what's been gone...

Oui, son premier amour lui avait brisé le cœur.

Non, il ne s'endormirait plus seul le soir, il ferait tout pour que les choses changent.

Il avait besoin d'une aventure, de faire le vide, le point, de revenir à la réalité et de s'afficher enfin. Il faudrait bien qu'un jour il sorte de l'ombre.

Tout au fond de lui, Yuri savait que le lendemain soir serait le bon soir.

Il se surprit alors à espérer que l'homme qu'il avait rencontré quelques jours plus tôt au *Purple Mosquito* serait présent au club lorsqu'il y retournerait.

Le gars lui avait paru avoir de l'âge, mais il y avait quelque chose de troublant en lui, dans son regard, dans ses gestes...

Tout au fond du salon, Mick Jagger et Peter Tosh continuaient à râler : « Tu n'as plus foi en l'amour ! »

Il fallait qu'il revoie cet homme.

But if you just put your hand in mine
We're gonna lay all our troubles behind…

Avec ses traits d'ancien jeune premier, parfait mélange de Charlie Sheen et de Tom Cruise, il avait provoqué en lui d'étranges ondes, des sensations inconnues.

Des pulsions.

Yuri ne s'expliquait pas ce curieux état, et il était bien loin de savoir quelles conséquences entraînerait le fait de libérer ce feu…

40

Cleveland, État de l'Ohio/États-Unis,
septembre 1981/8 h 56

Le soleil irradiait.

Les berges du lac renvoyaient de magnifiques reflets bleu-vert.

Depuis son balcon, Victoria Fletcher laissa son regard se perdre aux confins de la grande étendue, de l'autre côté, jusqu'aux rivages qui menaient à l'extrême sud de la province de l'Ontario, chez les cousins canadiens.

Ces derniers jours avaient été éprouvants pour elle.

Sa mise à pied, son futur passage en conseil disciplinaire et la mort de son coéquipier, tout cela lui avait fait un choc aussi puissant qu'un coup de masse porté au sommet du crâne.

L'échec de son enquête l'avait achevée. L'entêtement de la police, surtout.

Victoria s'était posé des tas de questions. Continuer de bosser à la criminelle de Cleveland valait-il vraiment la peine ? Pourquoi ne pas quitter la police définitivement ?

Avait-elle des regrets ? Oui, assurément.

Elle regrettait de ne pas être allée plus loin dans cette affaire, de ne pas avoir enfoncé les portes, forcé les barrages administratifs qui avaient profité au crime.

Des remords ? Évidemment.

Celui de ne pas s'être rapprochée davantage de son coéquipier. Elle aurait peut-être modifié le cours des choses et Freddy Lawrence serait peut-être toujours en vie…

Elle rentra à l'intérieur, ferma la porte vitrée, fit quelques pas et s'écroula sur son canapé, épuisée, les larmes aux yeux et le cœur au bord des lèvres.

Elle s'empara de la télécommande du téléviseur et se mit à zapper machinalement, à passer en revue l'ensemble des chaînes du câble sans vraiment prêter attention à la soupe qu'on lui servait.

Elle avait besoin de ne pas penser.

Elle ne voulait plus penser.

Cette solitude, cette sensation d'être restée seule depuis son adolescence, depuis le jour où cette raclure de Gary avait posé ses mains dégoûtantes sur son corps, cette solitude-là ne l'avait jamais réellement quittée.

Les écoles de police enseignaient aux futurs flics qui avaient décidé de s'orienter en section criminelle quelle psychologie fondamentale faisait d'un individu lambda un redoutable tueur en série. L'explication était la même pour tous les tueurs en série à travers le monde : la solitude, la cruauté et les abus durant l'enfance, plus un facteur inconnu que personne n'était encore en mesure d'expliquer.

Pour le coup, Victoria se dit qu'elle était passée à deux doigts de confirmer la théorie.

Mais elle avait beau se triturer les méninges, elle ne se rappelait pas avoir commis le moindre meurtre.

La jeune femme zappa sur la chaîne suivante, dédiée à la cuisine : un homme et une femme s'esclaffaient, manifestement étrangers à la cuisine diététique, plutôt fiers au contraire d'afficher leur embonpoint.

Canal 432 : un documentaire animalier consacré au koala et aux magnifiques paysages arides de l'Australie.

Canal CBS : *Hooker*, une toute nouvelle série policière. Le sergent T.J. Hooker était censé sillonner les rues de Salt Lake City pour arrêter les criminels, proxénètes ou dealers de drogue. Toujours accompagné du fidèle officier Romano, il était chargé de la formation des futurs membres de la police, dont la fille du capitaine, Stacy Sheridan…

Cela fit sourire Victoria.

Canal 438 : une émission sur les sciences, la biologie et les comportements déviants chez certains individus psychologiquement instables.

Victoria monta le son et s'installa confortablement, absorbée par l'intervention d'un homme sur le plateau. Curieusement, elle eut l'impression de savoir exactement de quoi parlait ce scientifique en costume croisé de chez Smalto.

Elle frissonna. Ses mains se mirent à trembler et elle eut du mal à déglutir.

Elle monta encore le son.

Ce qu'était en train d'expliquer cet expert était sans appel, sans équivoque.

Elle venait enfin de comprendre. Tout.

Les images lui revinrent, parfaitement claires, comme si la solution de l'énigme était depuis toujours ancrée au fond d'elle-même.

Elle se leva précipitamment, engagea une cassette VHS dans son magnétoscope et mit l'appareil en mode enregistrement. Elle traversa ensuite la pièce en deux enjambées et décrocha à la hâte le combiné de son téléphone.

Elle devait absolument joindre le central.

Il lui restait quelques détails à éclaircir, quelques recherches à effectuer, mais elle était à peu près sûre de ne pas se tromper. Et s'il fallait en passer par les voies officieuses pour se faire entendre, cette fois, elle n'hésiterait pas. Quitte à cracher sur la gueule du capitaine Levy au passage.

Elle venait de comprendre.

Elle savait désormais qui était le cannibale de Cleveland…

*

Cleveland, État de l'Ohio/États-Unis,
septembre 1981/9 h 00

Le cheveu rouquin et ras, il débarqua à l'aéroport de Cleveland.

Il avait passé plusieurs jours à se frictionner les cheveux à l'eau oxygénée avant de réussir à faire virer le brun de sa tignasse au roux orangé, une espèce de couleur « carotte foncée ».

Il avait aussi déniché une paire de lunettes de vue à monture carrée démesurée, identiques à celles que portait parfois Patrick Mac Callaugh. Il devait se rapprocher le plus possible du physique de l'Irlandais, en espérant que la police aux frontières ne détaillerait pas trop la photo du passeport.

Donner le change aux flics avait exigé de lui qu'il se contrôle énormément.

Mais l'étape suivante s'annonçait plus complexe encore.

Il allait devoir jouer fin, pour faire en sorte que les pièges se referment les uns après les autres sur les protagonistes et scellent l'histoire, son histoire, le tourbillon de son existence damnée.

Mais il ne plongerait pas seul. Il emporterait avec lui, aux enfers, tous ceux qui avaient traversé sa route et contribué à le faire glisser peu à peu…

41

Cleveland, État de l'Ohio/États-Unis,
septembre 1981/10 h 30

Le cortège coula lentement sur Ontario Street, drainant dans son sillage une file d'individus aux costumes sombres.

Le véhicule funéraire qui transportait le cercueil de Freddy Lawrence ralentit à la hauteur de l'entrée principale du central, face à l'imposant bâtiment de la PHU, comme pour un dernier hommage, un dernier adieu.

Les visages fermés et les traits tirés convoquaient une tristesse sincère. L'existence était bien fragile et chacun prenait conscience qu'il était peut-être le prochain sur la liste.

Le capitaine Levy marchait solennellement derrière le fourgon, les mains dans le dos, au côté de Weston, l'adjoint au maire et patron de la division criminelle. Derrière eux, les collègues de Lawrence et la PHU au complet suivaient, dans un silence que l'avenue n'avait jamais connu.

Levy tourna mollement la tête et adressa un sourire à son supérieur.

— Quelle connerie, la vie, hein ? Finir comme ça… ce pauvre Lawrence. Après tant d'efforts, tant d'épreuves, trébucher et se casser la gueule comme ça… C'est trop con…, lâcha-t-il en essuyant les larmes qui lui brûlaient les yeux.

Weston approuva en réajustant sa cravate.

— Je suis d'accord, capitaine, nos vies sont pleines d'embûches, nous essayons de ne pas flancher, mais il arrive que le destin nous pousse vers la sortie. Alors il faut partir, c'est comme ça, c'est la vie. Votre homme a servi la patrie avec honneur, et nous allons lui rendre cet honneur…

— Lui rendre honneur ? Expliquez-moi un peu comment vous allez vous y prendre, monsieur ! lança Levy d'un air sceptique avant de se retourner vers ses hommes, conscient d'avoir parlé un peu fort. Au moins, poursuivit-il un ton plus bas, vous n'aurez pas à baver les conneries habituelles pour la famille : Lawrence n'avait plus personne. Rendre honneur à un héros avec une misérable boîte, marmonna-t-il presque pour lui. Une simple boîte contenant une pauvre médaille, dans un cercueil recouvert du drapeau américain…

Le cortège bifurqua doucement sur Prospect Avenue vers la chapelle United Church of Christ, où devait se dérouler la cérémonie en mémoire de Lawrence.

Weston gardait les yeux baissés sur ses chaussures et le bitume usé.

— Vous me reprochez quoi, au juste, capitaine ? Vous allez me servir vos blabla habituels ?

— Hé ! Je vous arrête, là, OK ? C'est à cause de gens comme vous que notre pays s'enfonce dans un puits sans fond. Vous ne fonctionnez qu'avec des statistiques, des budgets, des chiffres, des lignes de crédit et des échelles de probabilité. Lorsque vous aurez compris que la vie d'un homme vaut bien plus que vos putains d'autoroutes, alors vous pourrez parler d'honneur, vous pourrez rendre hommage à un homme. Nous manquons d'effectifs, nos équipes vont au casse-pipe tous les jours. Sur certaines opérations, les gars se retrouvent à trois pour une filature périlleuse ou une interpellation délicate qui en demanderait sept de plus… Et je ne vous parle pas des véhicules pourris dans lesquels on se traîne et des gilets pare-balles qui datent de la guerre de Sécession… Bref, à quoi on joue, là ?

— Si c'est pour me parler de vos soucis…

— Épargnez-moi votre réponse, Weston, je vous parle de tout ça pour vous faire comprendre que Lawrence est tombé aussi à cause de notre manque de moyens. Si on avait un effectif correct, les gars se déplaceraient plus souvent en équipe… Et je ne vous parle pas non plus de la fermeture prochaine de l'institut médico-légal et des remerciements que vous signifierez aux docteurs Stenton et Douglas avec une petite lettre bien tournée…

Le cortège s'immobilisa. À droite, la petite chapelle et son entrée voûtée.

Le lieu des derniers adieux, du dernier hommage rendu à celui que personne, au fond, ne connaissait vraiment : le cannibale de Cleveland…

*

Cleveland, État de l'Ohio/États-Unis,
septembre 1981/10 h 35

Les mains dans les poches, la mine sombre et le regard triste, le légiste vint à la rencontre de Victoria Fletcher en traînant les pieds. On aurait cru voir le pensionnaire d'un asile psychiatrique, un malade livide et glacé malgré le soleil chiche qui passait par les vasistas du bâtiment... Un homme revenu de tout, pour qui la vie ne représentait plus grand-chose, n'avait plus de saveur.

— Bonjour, Victoria, fit-il d'une voix sans timbre, je suis sincèrement désolé... C'était un chic type, ce Lawrence, un pote... Je regrette de ne pas pouvoir assister aux funérailles, mais je dois partir sur un homicide à l'ouest de Cleveland et j'ai... j'ai encore deux cadavres à... Mais, au fait, qu'est-ce qui vous amène, Victoria ? Que me vaut le plaisir de votre visite en ces heures pénibles ?

Elle le dévisagea comme si le docteur Stenton venait d'une autre planète.

— Stenton, j'ai besoin d'un grand service...

— Dites toujours...

— Ma demande risque de vous choquer, mais j'ai vraiment besoin de votre aide...

— Je vous écoute...

Fletcher fit glisser son petit sac à dos, l'ouvrit fébrilement et en sortit une cassette vidéo qu'elle tendit à Stenton.

L'autre la regarda, ahuri, comme si elle le braquait avec son arme de service.

— J'ai besoin de savoir si le scientifique qui intervient dans cette émission est un charlatan, j'ai besoin que vous confirmiez ou infirmiez sa théorie, j'ai besoin de savoir…

— D'accord, mais de quoi s'agit-il ?

— Vous verrez, et vous me donnerez votre avis…

— Et c'est tout ?

Victoria baissa les yeux et continua tout bas, timide, comme un gosse à qui on s'apprête à refuser l'autorisation d'aller jouer.

— Non… j'ai besoin que vous vous procuriez des dossiers médicaux pour moi.

— Sans problème. Pour quelle enquête ?

Victoria le fixa dans les yeux.

— Ce n'est pas pour une enquête, c'est… c'est pour que je puisse en avoir le cœur net. Je crois tenir le cannibale de Cleveland.

— Je vais voir ce que je peux faire pour vous, Vic, dit Stenton en secouant la cassette VHS devant lui, mais pour les dossiers médicaux, ça va être coton… Vous avez le nom ?

La jeune femme acquiesça d'un signe de tête et lui tendit un morceau de papier. Stenton le déplia lentement, lut le nom qui était griffonné dessus et releva la tête, les yeux ronds. Dans son regard se mêlaient la surprise, l'incompréhension et la peur.

— Mais… Victoria, bredouilla le médecin légiste. Il… il est mort, nom de Dieu !

La réponse que lui fit l'enquêtrice le plongea comme sous une douche glacée.

— Vous aussi, vous êtes mort, Stenton : l'institut médico-légal ferme ses portes à la fin du mois, sur ordre du maire…

42

Cleveland, État de l'Ohio/États-Unis,
30 septembre 1981/23 h 30

Partout du cuir, des faciès cireux dans la lueur des éclairages intérieurs, de la testostérone au kilo.

Les ombres dansaient sur les murs tapissés de velours rouge et un tourbillon d'odeurs musquées tournoyait dans les couloirs.

Le *Purple Mosquito* était bondé. Une chaleur moite, écrasante, plombait la boîte de nuit. L'air vicié, tiède, qui charriait des relents lourds, semblait vouloir rester collé aux visages ruisselants de sueur.

Des couples se succédaient le long du comptoir de cuivre : des fidèles, des nouveaux, des infidèles et des explorateurs du sexe sirotant un cocktail ou une coupe de champagne.

Toutes les expériences étaient bonnes à vivre et Freddy Lawrence, *alias* « Blake », ne le savait que trop.

Plus loin, dans le fond de la salle, une série de canapés destinés aux couples impudiques désirant s'offrir en spectacle s'étendaient dans les recoins obscurs, jusque dans les backrooms où toute pudeur était bannie, là où se brisaient les remparts de la décence.

Les lueurs des bougies projetaient des ombres inquiétantes. Des traces de cire sur le cuir suggéraient que des parties fétichistes extrêmes s'étaient jouées sur ces banquettes. Quant à la musique, une ritournelle lancinante diffusée par un système audio de haute qualité s'insinuait en vous comme un malaise délectable. Il s'agissait de chants tibétains, de mantras, de japas hindous récités lors de la méditation, le tout sur fond de tablas indiens.

Le plus hallucinant, c'était ce moustique géant de couleur violette, probablement en carton-pâte, au milieu de la piste de danse. Il était pourvu d'un phallus énorme, en lieu et place de son dard. Certains adeptes du club qui avaient abusé des élixirs du patron n'hésitaient pas, en s'esclaffant, à mimer une fellation sur le diptère suceur de sang.

Blake avait repéré sa proie. Pantalon de toile claire, chemise noire et petit blouson de cuir marron. Elle s'abreuvait en draguant un bel homme de vingt ans son cadet, la main posée sur sa cuisse.

Le con ! Il a pris un sacré coup de vieux dans la gueule !

Blake l'observait qui se tortillait sur le canapé, fiévreux, désireux d'embarquer cet apollon dans son appartement ou, mieux, dans son lit. Le cheveu gris et une barbe de trois jours, il devait avoir dans la soixantaine. Une fine cicatrice zébrait sa joue gauche et lui conférait le charme ravageur des baroudeurs de terrain, des kamikazes de l'information, de ces reporters de l'extrême qui n'avaient pas froid aux yeux et sillonnaient la planète pour quelques images chocs.

Ses deux petites billes bleues dévoraient l'homme assis à ses côtés, tentaient de l'hypnotiser, de le soumettre à son désir…

Espèce de raclure… Profite, mon salaud, profite…

Pour accompagner cette dernière pensée, Freddy laissa un sourire se dessiner sur ses lèvres sèches, la mâchoire serrée.

L'homme à la cicatrice embrassa soudain son partenaire, qui se laissa convaincre par son audace. Un long baiser accompagné de caresses, qu'une main habile s'employait à prodiguer sous la chemise du bel éphèbe.

Ce dernier devait avoir quarante ans à peine. Il était beau, très beau. La peau mate, des yeux très noirs, des cheveux bruns ébouriffés. Un Latino. Ou peut-être un ressortissant d'Europe de l'Est.

Freddy ressentit de la jalousie et du désir.

Son sexe était dur et cela faisait longtemps que pareille chose ne lui était pas arrivée.

Alors que le plus jeune des deux hommes se penchait en avant, son visage se retrouva nimbé du halo des bougies et Freddy eut la surprise de reconnaître ce petit enfoiré de Yuri Novak, de la criminelle. Ce jeune con avait gravi les échelons à la vitesse de l'éclair. De simple agent de la circulation, il était passé au grade de détective en moins de temps qu'il ne faut pour le dire, puis à celui de sergent. Des bruits de couloir racontaient qu'il n'hésitait pas à balancer ses collègues peu scrupuleux.

Peut-être avait-il même sucé le capitaine Levy ?

Cette pensée fit sourire Freddy.

Dans l'absolu, ses plans pour la soirée étaient remis en question, mais Freddy avait déjà trouvé la solution. Il n'aimait pas être contrarié.

Les deux hommes se levèrent et traversèrent la grande salle qui faisait office de piste de danse. Sombre et désertée, balayée par le faisceau de deux maigres spots de couleur, elle servait de caution festive au baisodrome.

Freddy plongea le nez dans son verre lorsqu'ils passèrent devant lui. Comme un fauve en chasse, il flaira l'odeur de Novak alors que le jeune homme le frôlait.

Freddy retrouvait ses instincts de prédateur. Il frémit de plaisir à l'idée de mettre en œuvre son plan aussi facilement. Il allait tuer Novak, c'était une évidence. Le doute n'avait pas sa place.

Les deux amants quittèrent la boîte. Après quelques secondes d'hésitation, il entreprit de les suivre discrètement, une casquette des Indians, l'équipe de baseball de Cleveland, clouée sur le crâne et sur sa toison rouquine.

Le flic et le vieux baroudeur montèrent à bord d'un pick-up Chevrolet rouge et s'enfoncèrent dans la nuit. La voiture disparaissait dans l'obscurité de l'avenue, à peine éclairée par quelques réverbères, quand Freddy fit gronder le moteur de la Mustang.

Il déboîta du trottoir en face du club, engagea la première et entama sa filature, tous feux éteints…

*

Cleveland, État de l'Ohio/États-Unis,
30 septembre 1981/23 h 45

La sonnerie du téléphone la fit sursauter.

Le souffle court, paniquée, Victoria reprit lentement ses esprits.

Assise au milieu des draps, elle hésitait à décrocher, comme si elle savait par avance que ce coup de fil allait provoquer sa chute, marquer le début de la fin.

Par réflexe, le cœur battant, la jeune femme s'était emparée de l'arme qui dormait sous l'oreiller à côté d'elle et qui ne la quittait jamais.

La sonnerie était forte, stridulante, véloce comme un serpent dans le noir et le silence de la chambre.

Victoria décrocha.

Rien.

Elle se retint avec peine de respirer et écouta les fréquences se propager à travers la ligne téléphonique.

Une voix, soudain.

Une voix d'homme, modifiée, certainement déformée par le goulot d'une bouteille.

Oui, c'était cela, l'homme parlait dans un tube.

— Victoria… je sais que vous êtes là, tapie dans l'ombre, je sais que vous m'écoutez…

— Que voulez-vous ? Qui êtes-vous ? pesta-t-elle en bondissant de son lit.

— Juste vous refiler un tuyau…

— Quel genre de tuyau ? relança-t-elle en vérifiant le chargeur de son Beretta 92, tout en se rapprochant de la fenêtre.

Elle écarta légèrement le rideau et observa la rue, plongée dans la nuit.

— J'ai retrouvé votre cauchemar. J'ai retrouvé le responsable de tous vos problèmes, celui à qui vous devez votre mise à pied...

— Qui êtes-vous ? Qu'est-ce que vous voulez ? Vous cherchez à me faire peur, c'est ça ?

— Je veux juste vous prévenir, Victoria. Vous informer de la présence de Gary, en ville...

Le nom lui fit l'effet d'un uppercut assené par un boxeur catégorie poids lourd de la WBA. Victoria ne sentit plus ses jambes et s'effondra à genoux sur la moquette de sa chambre.

L'homme continua.

— Je sais que cela vous rend triste et vous remplit de haine. Vous aimeriez que tout ça s'arrête... Je vais vous faire un petit cadeau pour vous aider à guérir. Je vais vous indiquer l'endroit exact où le trouver demain soir...

Terrorisée, Victoria répondit d'une voix presque inexistante :

— Pourquoi feriez-vous ça ?

— Parce que j'ai beaucoup de compassion pour vous, Victoria...

— Pourquoi voulez-vous que... Vous savez que, si j'ai cet enfant de pute entre les mains, je suis capable du pire ? Je suis flic, bordel ! C'est le foutoir dans ma vie... Pourquoi me livrez-vous Gary ?

À l'autre bout de la ligne, le souffle de l'homme s'était accéléré comme s'il éprouvait une excitation incontrôlable rien qu'à imaginer Fletcher en train d'abattre celui qui lui avait pris son innocence et sa virginité.

Après quelques secondes interminables, la voix de l'homme vint frapper le tympan de la jeune enquêtrice et les mots qui le percutèrent la firent frissonner :

— Je vous livre Gary, car je veux que vous l'abattiez. Tuez-le ! Et vous tuerez tous vos démons…

43

Cleveland, État de l'Ohio/États-Unis,
30 septembre 1981/23 h 47

Ramos avait douté de l'innocence de Victoria. Mais après avoir passé quelques jours à ses côtés, entre conversations et *satisfactions*, il s'était fait son idée. De mémoire, très peu de femmes avaient pratiqué l'acte de cannibalisme et Victoria n'était pas le cannibale de Cleveland.

Il lorgna la pendule de son salon et se dit qu'il était déjà tard. Mais son appel ne pouvait pas attendre.

Il devait prévenir Victoria. Après tout, c'était elle qui l'avait embarqué dans cet engrenage. Elle devait savoir.

Il composa le numéro et attendit quelques secondes.

Une voix fluette répondit en hésitant :

— Allô… Qui c'est, encore ?

Le flic, surpris, rétorqua en riant :

— Victoria, c'est Henrique. Je suis vraiment désolé d'appeler si tard, mais il faut que je te parle, c'est urgent. Est-ce qu'on pourrait se voir ?

— Se voir ? Mais… il est minuit ! Qu'est-ce que vous avez tous à appeler à cette heure ?

— Excuse-moi, je ne savais pas qu'on te harcelait au téléphone, commenta Ramos avec ironie. Tu as des problèmes ?

— Non, c'est… ce n'est rien. J'étais plongée dans un profond sommeil, écrasée par ces saloperies de barbituriques. La sonnerie du téléphone m'a réveillée de façon un peu brutale tout à l'heure…

— Rien de grave ?

— Oh, juste un connard qui s'est trompé de numéro… De quoi tu voulais me parler ?

— Je ne peux rien te dire au téléphone, Victoria, souffla Ramos, mais c'est urgent. Je peux passer ?

— Je t'attends, mais fais vite…

Ramos raccrocha et resta pensif. Cette petite voix ne lui disait rien qui vaille. Victoria avait des soucis.

*

Cleveland, État de l'Ohio/États-Unis,
30 septembre 1981/23 h 49

Blake avait quitté la cabine téléphonique et s'était empressé de se replier derrière le volant de sa Mustang, à l'abri des lueurs fades des réverbères.

Il était positionné à l'angle de la ruelle, entre deux véhicules. Il attendait patiemment sa proie, insouciante et loin d'imaginer qu'un terrible prédateur s'apprêtait à fondre sur elle.

Blake était serein, confiant. Rien ni personne ne pourrait l'empêcher d'accomplir ce qu'il devait accomplir. D'aborder sa proie et de mettre son plan à exécution.

Il se rappela soudain cette panthère noire qui l'avait marqué, enfant, au zoo. Elle rongeait un os dans un coin de la cage ; elle avait des yeux d'or, des crocs terribles, et il y avait du sang séché partout sur le sol. Sa mère, qui l'accompagnait, lui avait dit : « Black Blake, ou "B.B.", c'est ainsi qu'il se nomme, ce bel animal, mon chéri… »

Il tourna le bouton de l'autoradio, chercha une station musicale et s'arrêta sur un morceau des Rolling Stones : *Sympathy for the Devil.*

Il mit le volume assez bas, se cala dans son siège et observa le troisième étage de l'immeuble sur sa gauche.

La fenêtre de la chambre diffusait une douce lueur. Une lumière ambrée, en harmonie avec les corps qui s'enlaçaient là-haut.

Il pariait sur le vieux.

Le plus jeune devait avoir de l'endurance et une bonne condition physique, mais il pariait sur l'autre.

Car le vieux avait de l'expérience. Un pervers et délinquant sexuel, amateur de pratiques en tout genre. Il prenait du plaisir, un plaisir vicieux : faire du mal et s'en délecter…

Blake ferma les yeux et, le sourire aux lèvres, se laissa embarquer par la folie démoniaque de Mick Jagger…

I shouted out (whoo whoo)
« Who killed the Kennedys ? » (whoo whoo)
When after all (whoo whoo)
It was you and me (whoo whoo)…

Quand il les rouvrit, un véhicule de patrouille de la police de Cleveland remontait lentement l'avenue.

Au loin, une gâche électrique bourdonna, indiquant l'ouverture d'une porte d'immeuble.

Le plus jeune des deux hommes apparut sur le trottoir, sifflotant, visiblement satisfait du plaisir qu'il avait pu prendre ou donner. Il finissait de se rhabiller. Il se coiffa à la hâte, du bout des doigts, jeta un regard vers le ciel et autour de lui, et entreprit de remonter l'avenue à pied.

Blake démarra, s'engagea sur l'avenue et roula à très faible allure, tous feux éteints.

Lorsqu'il arriva à hauteur de Yuri Novak, celui-ci tenta d'apercevoir le conducteur de la Mustang aux vitres teintées qui roulait au pas en ronronnant doucement.

Blake actionna la vitre côté passager et, un large sourire sur les lèvres, lança au jeune flic :

— Bonsoir, on dirait qu'il n'y a pas de taxi de disponible ce soir... Vous me semblez paumé.

Yuri se pencha à la fenêtre et détailla son interlocuteur. Blake portait une casquette frappée du logo des Indians, l'équipe de baseball de Cleveland, une paire de lunettes aux verres fumés et une barbe rousse de trois semaines.

— Moi, paumé ? C'est vous qui me paraissez largué, plutôt..., répondit-il en riant.

— Vous ne croyez pas si bien dire : je dois me rendre chez un ami, entre Euclid Avenue et la 30e, vous connaissez ? C'est près du collège Bryant & Stratton...

Novak s'arrêta et Blake stoppa le véhicule.

— Si je connais ? Vous êtes un veinard, j'habite à deux pas...

— Incroyable ! Le hasard, des fois... Ça ne vous dérange pas de monter ? demanda Blake en désignant le siège passager. Vous m'indiquez la route et je vous dépose par la même occasion...

Novak acquiesça et, d'un geste, désigna la casquette de Blake :

— Vous étiez au... vous revenez du stade ?

— Ouais, je suis allé supporter les Indians...

— Et ?

— Et c'est une victoire des Indians ! lâcha Blake en riant. Ils ont remporté ce putain de match !

— Génial, souffla le flic en ouvrant la portière pour s'engouffrer dans l'habitacle.

Blake s'empressa de retirer les cannettes de bière vides qui traînaient sur le sol et, tout en dévisageant Novak, il lui lança en souriant :

— Vous avez fait la fiesta ?

— Un peu, répondit le flic amusé. Je pue l'alcool à ce point ?

Blake éluda la question et regarda sa montre. Novak enchaîna :

— C'est étrange, j'ai l'impression de vous connaître : votre visage ne m'est pas vraiment inconnu...

— Ah... peut-être. Vous vous demandez probablement pourquoi je porte cette casquette des Indians enfoncée sur le crâne et ces lunettes noires ? Humm... vous avez peut-être devant vous une star de cinéma qui déambule dans les rues de Cleveland, allez savoir ! Je cherche peut-être la débauche, un plan cul, un peu de came, qu'est-ce que vous en dites ?

— Pardon ? Non ! Pas du tout, pourquoi ? Vous êtes quelqu'un de connu ?

— On peut dire ça, oui…

Blake se pencha vers la boîte à gants, qu'il ouvrit en ricanant.

— Allez, servez-vous !

Yuri Novak, surpris, resta figé quelques secondes avant d'extirper deux cannettes de bière du fond de la boîte à gants.

— Ouvrez-m'en une, fit Blake en tendant la main, je crève de soif.

Le flic décapsula calmement la cannette et la lui offrit. Il ouvrit la seconde et s'apprêtait à faire glisser une rasade de bière dans son gosier lorsque Blake l'interrompit :

— Attendez ! Vous allez rire, mais je vais prendre la vôtre : là, elle est sérigraphiée avec une pub pour les Indians et le championnat, et, comme je suis un grand fan, j'ai peur de leur porter la poisse si je ne les soutiens pas jusque dans mes beuveries…

Novak contempla le récipient en hochant la tête. Il reconnut aussitôt le lanceur et frappeur Bert Blyleven.

Merde ! C'est un putain de lanceur de Ligue majeure, ce Blyleven…

Blake insista :

— En plus, ils ne l'auront que cette année… Les Indians ne pourront pas garder un joueur de cette envergure, c'est sûr. Alors, je veux picoler avec la gueule de Blyleven en photo sur ma binouse, je veux boire Blyleven, je veux pisser Blyleven, je veux qu'il me fasse rêver jusqu'aux chiottes et même lorsque l'alcool m'aura emporté aux frontières du coma…

Novak échangea en souriant les cannettes. Ils trinquèrent et avalèrent une longue gorgée de concert.

Blake s'engagea dans le centre-ville, les feux toujours éteints, en mode veilleuse. Il ôta ses lunettes avec un rire étouffé.

Yuri parut surpris. Son regard se fixa sur le visage de l'inconnu.

— Mais ? Vous… vous êtes ce… vous ressemblez à… C'est hallucinant !

Blake allongea alors calmement son bras droit, sans détacher les yeux de la route, et plongea une courte aiguille dans le cou du jeune flic.

L'effet de l'injection fut instantané.

Le brouillard qui s'était emparé du crâne du malheureux lui cachait les détails, les sons et les formes, l'empêchait d'articuler des mots, de former des phrases.

Novak sentait ses forces l'abandonner, ses muscles se relâcher.

Son rythme cardiaque ralentit. Une bouffée de chaleur l'enveloppa et sa gorge se serra.

Le visage devant lui s'évaporait en lambeaux de fumée. Sa dernière pensée fut de se dire que les morts étaient bien morts et ne revenaient jamais parmi les vivants.

Pourtant, c'était bien Freddy Lawrence qui lui souriait à pleines dents, alors qu'il sombrait dans l'inconscience…

*

Cleveland, État de l'Ohio/États-Unis,
1er octobre 1981/0 h 09

Ramos fit quelques pas nerveux dans l'appartement et se planta devant la baie vitrée comme pour puiser, dans les lueurs lointaines, la force de résister au charme de Victoria.

La jeune femme resserra la ceinture de son peignoir et s'approcha du flic de Wellington.

— Bon, Henrique, je n'ai pas la nuit à te consacrer. C'est quoi, ce truc si important dont tu voulais me parler ?

Il inspira profondément, pointa son doigt sur la vitre et déclara avec l'émerveillement d'un gamin :

— Regarde, les lumières du Cleveland Stadium viennent de s'éteindre ! J'aimerais bien savoir qui a remporté le match, ce soir… Si tu veux mon avis, les Indians ont dû se surpasser : la présence de Bert Blyleven a dû leur donner des ailes…

— Henrique, je ne déconne pas…, grinça Victoria. Qu'est-ce que tu as de si urgent à me dire ?

Le Mexicain se retourna vers celle qu'il aurait aimé prendre dans ses bras, sourit timidement et alla s'installer dans le canapé en soupirant, l'air contrarié.

— J'ai un ami qui travaille au service des contraventions, à Wellington. Robert Carter n'est pas un gars qui fait du zèle, ni un paranoïaque du travail, tu peux me croire. Il fait son boulot le mieux possible, en bon employé municipal. Bref, après le meurtre d'Eileen Fitzgerald, Carter m'a contacté pour me faire part d'un détail relativement troublant…

Ramos s'interrompit un instant et prit une profonde inspiration avant de poursuivre.

— Quelques jours avant le meurtre, un véhicule de couleur sombre stationnait en face de la maison de la victime. Le voisin a prévenu la police, car la voiture l'empêchait de sortir de chez lui. Sur place, Robert s'apprêtait à dresser la contravention quand le propriétaire est arrivé, s'est confondu en excuses et est monté dans sa bagnole sans lui laisser le temps de prendre le moindre renseignement.

— Et qui c'est, ce type ? demanda Victoria en le rejoignant sur le canapé.

— Carter a eu le temps de relever l'immatriculation du véhicule. J'ai eu l'idée de la vérifier et j'ai retrouvé des tas de contraventions liées à cette bagnole.

— Accouche, Henrique, qu'est-ce que tu cherches à me faire comprendre ?

— Certaines contraventions remontent à 1978. Eileen Fitzgerald et son mari ont racheté la maison à Amy Mac Callaugh en 1976, on est d'accord, et Peter Fitzgerald a cassé sa pipe l'année suivante. Ce qui veut dire qu'en 1978, alors qu'Eileen était seule, ce véhicule stationnait déjà devant chez elle…

— Et alors, bordel ! Je n'y comprends rien ! J'ai rendez-vous de bonne heure avec Stenton demain matin, je n'ai pas le temps de jouer aux devinettes !

— Victoria, on sait que Lawrence était l'amant d'Eileen Fitzgerald… Ça ne te semble pas troublant ? Je suis persuadé que Lawrence l'a tuée après la petite visite que vous lui avez rendue…

Victoria haussa les épaules.

— Tu as des preuves formelles de ce que tu avances ? C'est quoi, le nom sur les contraventions ?

— Ça ne correspond pas… Ce n'est pas…

— Mais c'est quoi alors, ton délire, Henrique ? C'est quoi, ce nom ?

— Un nom d'emprunt… Freddy a dû utiliser un faux nom, une carte grise falsifiée, je ne sais pas, moi…

— Et ce Robert Carter, là, il pourrait identifier Lawrence sur une photographie ?

Ramos hocha la tête et baissa les yeux, dépité.

— Quoi ? Putain !

— Ce jour-là, le type portait une casquette de baseball et des lunettes de soleil…

Victoria se leva et se dirigea vers le réfrigérateur, en tira deux bouteilles de bière et referma la porte en la poussant du pied.

— Il y a bien un moyen de savoir à qui appartient cette caisse, non ? lança-t-elle en revenant de la cuisine.

— Avec un peu de chance, si la poisse nous lâche les baskets, Lawrence paie l'assurance de cette voiture avec son compte bancaire personnel. Il faut que tu vérifies, Victoria. Moi, je ne peux pas : je n'officie pas à Cleveland.

— C'était quoi, cette bagnole ?

— Une Mercury Comet bleue…, marmonna Ramos avant d'avaler une grande rasade de bière fraîche.

44

Cleveland, État de l'Ohio/États-Unis,
1er octobre 1981/7 h 00

— Bonjour, Victoria, souffla Stenton, je vous remercie d'être venue tout de suite…

Le légiste avait les yeux gonflés, le visage bouffi de fatigue. Visiblement, il lui manquait un wagon d'heures de sommeil.

Victoria pénétra dans son bureau. Une pièce exiguë, froide, à l'image de celui qui dirigeait le service de médecine légale de la police de Cleveland depuis une dizaine d'années.

Elle prit place sur un siège de cuir face au médecin. Stenton lui tendit un gobelet de café fumant et se tortilla derrière son bureau. La mine grave, il avait laissé son humeur désagréable au vestiaire et affichait l'expression d'un type au bord du gouffre.

— Je n'arrive pas… je n'arrive pas à croire que ces connards en col blanc ferment le service…

— Je suis vraiment désolée, Stenton… Vous avez prévu quoi ?

— Oh, peu importe… Peut-être déménager et me tirer dans l'Indiana. Mon beau-frère me propose de m'associer avec lui : il possède une affaire de pompes funèbres et il aurait besoin d'un thanato... D'ailleurs, vous savez quoi ?

Victoria Fletcher secoua la tête en souriant.

— On en riait souvent avec Freddy : ma sœur habite à « Lawrence », dans l'Indiana, une bourgade de vingt-cinq mille habitants...

Victoria acquiesça, toujours avec le sourire, et enchaîna :

— Bon, et si nous discutions de... Justement, c'est le sujet...

Stenton se pinça les lèvres.

— J'ai les documents. La police de Fort Peck m'a adressé le dossier par télécopie, hier soir.

— Et alors ?

— Alors, c'est édifiant...

Un long silence suivit, pendant lequel Stenton ouvrit le dossier cartonné qui se trouvait devant lui.

— Les autorités médico-légales de Fort Peck ont analysé les restes du corps retrouvé sur les lieux de l'incendie, et elles ont fiché et répertorié l'ensemble dentaire du cadavre, au cas où...

— Putain ! Ne me faites pas baver, Stenton, accouchez !

Le ton de Fletcher était si autoritaire que le médecin sursauta.

— J'ai aussi les dossiers médicaux de Freddy Lawrence... L'intervention chirurgicale sur sa déformation labiale lorsqu'il était enfant, ses diverses fractures, son dérèglement hormonal et le dysfonctionnement de ses glandes sudoripares. Il y a aussi cet accident de vélo alors qu'il était adolescent...

Surprise, Victoria interrogea Stenton du menton.

— Il descendait l'avenue principale du lotissement où ses parents résidaient, quand il s'est fait percuter par un véhicule qui traversait au croisement. Freddy a failli y passer : fracture du crâne, fracture du tibia gauche, un poumon enfoncé et la mâchoire brisée, sa denture entière explosée…

— Ce qui veut dire ?

— Ce qui veut dire que Freddy Lawrence portait des prothèses dentaires : ce n'étaient pas ses dents naturelles…

— Quoi ? Lawrence portait un…

— Un dentier, oui ! Un putain de râtelier !

Effrayée, Fletcher mit une paume sur sa bouche et intima au médecin de continuer.

— Quoi qu'il en soit, accident ou pas, il ne les aurait pas gardées, ses dents. Plusieurs rapports médicaux attestent que Lawrence était porteur d'une anomalie congénitale, une maladie des tissus osseux, un problème de calcification, je crois…

— Très intéressant, Stenton, vraiment… Et pour le reste ? Vous avez visionné la vidéo ? Vous en pensez quoi ?

— Les propos du spécialiste, dans l'émission que vous avez enregistrée, sont tout à fait vraisemblables. Je connais d'ailleurs ce professeur pour l'avoir rencontré à un colloque l'année dernière, dans le Minnesota, à Minneapolis plus précisément…

— Donc, vous confirmez ce qu'il dit ?

— Oui. Le dérèglement hormonal de Lawrence influait sur le fonctionnement de ses glandes sudoripares, mais en aucun cas il ne pouvait provoquer ces inconfortables odeurs corporelles…

Une lueur brilla au fond des yeux de la belle enquêtrice. Un petit rictus se forma même autour de sa bouche.

— Allez-y, putain ! Crachez-moi le morceau, Stenton…

— Eh bien, répondit le médecin un peu déconcerté, si l'on considère que Lawrence avait un problème hormonal qui le faisait suer plus que de raison, mais que sa santé mentale se tenait au beau fixe, il n'y a aucune explication médicale à l'odeur qu'il dégageait…

— Je ne vois pas le rapport avec sa santé mentale…

— Je veux dire que Freddy n'était pas dépressif, ou simplement barjo, donc il se lavait, prenait des douches, des bains. Il faut savoir une chose : la sueur ne comporte aucune trace odorante au départ ; quand elle se diffuse par les pores, elle est inodore. Ce n'est que lorsque les bactéries commencent à proliférer que les odeurs se manifestent…

Un frisson parcourut l'échine de Victoria.

Et dire que je le côtoyais tous les jours…

Leurs regards se croisèrent, pleins d'incompréhension.

Victoria Fletcher joignit soudain ses poings devant elle et lança :

— J'ai besoin de votre appui, docteur… Nous devons demander l'exhumation du corps du lieutenant Lawrence, c'est inévitable…

— Mon appui ? Vous rigolez ? Nous sommes finis, Victoria ! Nous sommes deux clowns, désormais : moi viré à la fin du mois comme un malpropre, et vous mise à pied, presque soupçonnée d'être le cannibale de Cleveland…

— Rien à foutre ! Je suis sûre de ce que j'avance.

— Vous pouvez vous tromper…

— Impossible !

Leurs regards se croisèrent de nouveau. Chacun avait en tête le fameux passage de la vidéo, lorsque le professeur Greenwalch décrivait une anomalie hormonale toute particulière.

La voix du spécialiste résonnait encore dans la cervelle de Fletcher et de Stenton : « Les glandes sudoripares viennent compléter un mécanisme biologique à la fois fascinant et complexe. Il s'agit de notre système de ventilation, notre climatiseur en quelque sorte. La sueur n'est pas responsable des odeurs corporelles que peuvent dégager certains individus, hormis certaines exceptions. En imaginant le pire, un homme qui se nourrirait de chair humaine dégagerait une odeur corporelle insoutenable. Le métabolisme humain n'étant pas conditionné pour digérer de la protéine humaine, une réaction chimique s'opère et dégaze par les pores de la peau… Le système biologique de l'individu s'affole de reconnaître, lors de la digestion, des cellules similaires aux siennes… »

*

Cleveland, État de l'Ohio/États-Unis,
1er octobre 1981/7 h 15

Le jour se levait à peine sur la cité endormie.

Plus loin, là où l'horizon rejoignait les berges du lac Érié, un ciel bas et gris terminait de lécher les rivages froids du flanc canadien.

Blake venait de finir de récurer sa salle de bains.

Les joints du carrelage mural étaient encore profondément imprégnés du sang frais de Yuri Novak.

Quelle avait donc été cette folie ?

Novak l'avait démasqué, il avait découvert qui il était. D'autres personnes soupçonnaient probablement sa double existence.

Il jeta la paille de fer dans le lavabo, retira ses gants de ménage en latex et se laissa choir sur le canapé déglingué de son salon bordélique. Il soupira, jeta sa nuque en arrière et ferma les yeux.

Il pressentait déjà que les images qui allaient se bousculer entre les parois de son crâne lui procureraient une nouvelle et délicieuse érection.

Les images le frappèrent.

Toutes.

Les sons aussi. Tous.

Depuis le premier gémissement jusqu'au dernier cri de douleur qu'il avait arraché aux cordes vocales de Yuri Novak.

Le jeune flic avait souffert. Beaucoup.

Blake avait passé le bras de Novak sur ses épaules et l'avait monté jusqu'à son appartement de Slavic Village. Il l'avait allongé sur son lit, l'avait déshabillé, puis s'était offert son corps nu dans des positions dégradantes, obscènes.

Il revit l'instant où il avait installé l'appareil photo sur son trépied. Il avait pris des clichés en riant, ivre d'un désir transcendant et brûlant.

Le flash avait crépité, longtemps, éclairant la pièce par intermittence.

Blake s'était ensuite masturbé. Il avait joui très fort, puis, après avoir contrôlé la pulsation cardiaque de sa victime, il avait jugé que Novak reprenait peu à peu conscience. Il avait alors glissé, plongé jusqu'aux lisières étranges et ténébreuses d'une transe sexuelle machiavélique.

Blake revit Novak, qui ouvrait péniblement les yeux. Il lui serrait le cou de plus en plus fort et la bouche du jeune flic s'ouvrait, sa langue s'étirait comme pour happer une dernière goulée d'air.

Il revécut avec délectation la séquence de son démembrement.

Le sang. Partout. Sur les draps, sur les murs, sur le sol, sur ses mains et sur son visage. Un vrai bain de sang.

Il se revit, satisfait de son crime effroyable, finir sa cigarette et faire basculer le tronc sans tête de Yuri Novak dans la baignoire remplie d'acide.

Il repensa à la fine tranche de viande qu'il avait découpée dans le muscle de la cuisse. Il l'avait dégustée, encore chaude de la vie qu'il venait de prendre…

45

Cleveland, État de l'Ohio/États-Unis,
1er octobre 1981/9 h 47

Amy Mac Callaugh déboula dans les locaux de la PHU d'Ontario Street à la manière d'une tornade qui bouscule tout sur son passage.

Elle portait sur son visage les marques de la tristesse, du désespoir. Elle paraissait perdue et dévastée par l'angoisse de ne plus jamais revoir son fils.

Le capitaine Levy la pria d'entrer dans son bureau, lui présenta un siège et ferma les stores vénitiens de la baie vitrée qui donnait sur les bureaux voisins.

Amy Mac Callaugh s'installa, les yeux rougis par le flot de larmes versées depuis plusieurs semaines. Elle détacha son foulard, qu'elle ôta d'un geste ample, et libéra sa longue et épaisse chevelure rousse qui flamboyait sous l'éclairage de la pièce. Un lourd parfum s'en dégageait, que Levy respira aussitôt avec un plaisir non dissimulé.

— Madame Mac Callaugh… je sais que vous êtes submergée par le chagrin, mais… peut-être ne s'agit-il que d'une absence de sa part : il… Patrick s'est peut-être simplement éclipsé pour son travail…

— Non ! Non… c'est impossible ! l'interrompit la belle Irlandaise. Je connais mon fils et il n'est jamais parti une seule fois sans me prévenir, sans me dire où il allait et quand il revenait…

— Avait-il des rendez-vous prévus ces derniers jours ? Vous a-t-il parlé d'un voyage professionnel ? demanda le capitaine Levy en se triturant le nez.

— Non, je ne crois pas… Enfin, je ne sais pas…

— Madame Mac Callaugh, vous venez de me dire que votre fils partageait tout avec vous… Je suis navré de ce qui vous arrive, nous allons vraiment essayer de faire notre possible, mais notre service est un peu désorganisé ces derniers temps. Nous avons perdu un de nos hommes de façon tragique…

L'Irlandaise scruta le capitaine, le visage ravagé par le chagrin.

— Je suis désolée…

— Oui… merci, madame. Cette affaire nous a tous secoués. Le lieutenant Lawrence était un élément exemplaire de la PHU, une pièce indispensable au bon fonctionnement de notre service.

Amy Mac Callaugh sembla soudain surprise. Elle fronça les sourcils et leva les yeux au plafond, comme si elle venait brusquement de se remémorer quelque chose. Puis elle revint sur Levy :

— Lawrence, vous dites ? Mais… a-t-il quelque chose à voir avec Jake Lawrence ?

— Oui… tout à fait, répondit le flic en soupirant. Jake Lawrence était son père. Pourquoi, vous le connaissiez ?

Amy Mac Callaugh parut terrifiée, abasourdie comme si le ciel venait de lui tomber sur le crâne. Sa peau déjà très pâle vira couleur craie.

— Madame, vous sentez-vous mal ? Vous avez l'air de ne pas…

— Non, ça va aller… Je… Il me semble avoir connu le père du lieutenant Lawrence.

Elle venait de se rappeler son bel amant d'antan.

Amy venait de se rappeler que le père de son fils Patrick était aussi le père de ce lieutenant de police décédé.

Un tourbillon l'emporta. Un tourbillon d'images, de douleurs, de haine aussi, qui s'insinua en elle jusqu'à ce qu'elle perde connaissance.

Le demi-frère de son fils était donc mort.

Et quelque chose lui disait que l'affaire des cadavres de Woodland Avenue était directement, ou indirectement, rattachée à ce lien qui les unissait tous.

Elle comprit enfin, juste avant de s'évanouir, pourquoi on l'avait interrogée quelques semaines plus tôt, après la découverte des corps sous son ancienne maison du lotissement Black Flower…

*

Cleveland, État de l'Ohio/États-Unis,
1er octobre 1981/11 h 05

— Vous êtes sûr de votre coup ? claironna le juge Olwen en avalant le café qui restait au fond de sa tasse.

Sans un mot, Stenton déposa une enveloppe kraft sur le bureau du magistrat.

Olwen fit tourner les dernières gouttes de moka et se racla la gorge.

— Vous me demandez l'autorisation de faire exhumer un corps parce que vous avez des comparaisons dentaires qui ne collent pas, c'est bien ça ?

— Exact…, répondit tout bas le médecin légiste.

— Qui est l'officier de police chargé de cette enquête ? Donnez-moi son nom…

Stenton se força à sourire en interrogeant du regard le juge Olwen. Il était tellement fatigué que s'asseoir ne lui aurait pas fait de mal. L'autre lui fit signe de prendre place.

— Ce n'est pas vraiment une enquête, disons qu'on m'a suggéré de vérifier certains paramètres. L'officier en question préférerait rester discret…

— Et pourquoi cela, Stenton ? Y a-t-il une raison valable ?

— Je vous en prie, délivrez-moi cette autorisation…

— Donnez-moi le nom de cet officier !

— C'est impossible…

Le juge s'enfonça dans son siège et observa le plafond.

Stenton se pencha en avant et, du bout des doigts, poussa l'enveloppe kraft vers lui. Olwen s'en empara d'un geste rageur, la décacheta et en extirpa un tas de feuillets épais, assemblés par un trombone.

Ses yeux commencèrent à suivre les premières lignes.

Sa surprise se manifesta alors qu'il découvrait les panoramiques dentaires et le rapport d'autopsie du corps de Freddy Lawrence retrouvé à Fort Peck, dans le Montana.

— Que Dieu m'entende ! lâcha-t-il. Ce n'est pas possible !

Stenton opina du chef pour affirmer le contraire.

Olwen continua sa lecture la main devant sa bouche, effrayé, terrorisé comme s'il venait d'apercevoir la bête, le diable personnifié.

Le légiste enchaîna :

— Écoutez, ces rapports médicaux sont justes, il n'y a pas l'ombre d'un doute. L'accident de vélo qui a failli coûter la vie à Lawrence, lorsqu'il était gamin, lui a entièrement brisé la mâchoire. Et ce que vous voyez là-dessus, dit-il en se levant et en tapotant de l'index sur les feuillets, c'est une reconstruction du panoramique dentaire. On ne peut pas se tromper, monsieur le juge…

— Et ça ? fit Olwen en agitant un autre feuillet.

— C'est le rapport d'autopsie du légiste de Glasgow, dans le Montana. Lisez, c'est édifiant…

Silence, de nouveau. Olwen plongea dans une lecture rapide des documents. Au bout de quelques lignes, il releva les yeux sur Stenton.

— Prémolaire 15 et molaire 26 ? C'est quoi, cette connerie ?

— Ce sont les plombages effectués sur les dents susdites, aux dates indiquées dans la case, en haut, à droite… Laissez aller votre imagination.

Le juge fit glisser légèrement ses lunettes sur le bout de son nez et scruta Stenton. Il soupira et fronça les sourcils, irrité.

— C'est quoi, votre charabia ? Je ne vous suis plus, là, Stenton : vous m'apportez des documents concernant

Freddy Lawrence, vous voulez que je vous délivre une autorisation…

— Une injonction…, le coupa Stenton.

— … une *autorisation* d'exhumer le corps de ce lieutenant de police, vous avez un interlocuteur mystère dont vous protégez l'anonymat et vous me présentez tout un foutoir de rapports médicaux. Je ne vois pas la moindre raison de donner l'ordre de procéder à une exhumation… et vous voulez que je laisse aller mon imagination ?

Le légiste esquissa un sourire ironique. Il fit signe au magistrat de poursuivre sa lecture.

Olwen obtempéra en soupirant et parcourut le document qu'il tenait dans la main gauche, puis celui qu'il tenait dans la main droite.

Ses yeux s'écarquillèrent. Il siffla longuement entre ses dents et frictionna ses cheveux grisonnants au sommet de son crâne.

— Stenton, fit-il d'une voix blanche, les yeux rivés à ceux du médecin, vous disiez tout à l'heure que Freddy Lawrence avait eu un accident de vélo alors qu'il était gosse, c'est ça ? Et qu'il avait eu la mâchoire explosée ?

Le légiste acquiesça, un sourire figé sur les lèvres.

— Et ce rapport médico-légal est bien celui que vous ont faxé les autorités de Glasgow avant que le corps de Freddy Lawrence soit rapatrié ?

Stenton acquiesça encore.

Olwen se pinça la lèvre supérieure entre le pouce et l'index.

— Bordel, Stenton ! Il fallait en venir au fait tout de suite ! Je vous signe immédiatement cette injonction…

Le juge venait enfin de comprendre que le corps carbonisé découvert dans le refuge de chasseurs, à Fort Peck, ne présentait aucun défaut majeur au niveau de la mandibule : pas de greffe osseuse, pas de prothèses dentaires, pas de broches ni aucun autre matériel médical.

Seulement deux pauvres plombages, qui avaient tenu le choc au fil des ans…

46

Cleveland, État de l'Ohio/États-Unis,
1er octobre 1981/16 h 10

Elle savait désormais *qui* il avait été et *qui* il était devenu.

Fébrilement, lorsque son téléphone avait sonné, elle avait porté le combiné à son oreille tout en sachant, en devinant les mots qui allaient en sortir.

Les faits étaient là, et la vérité sans appel.

Freddy Lawrence, son coéquipier, son ami, ce flic sans reproche, incarnait le cannibale de Cleveland.

Comment a-t-il pu commettre pareilles horreurs ?

L'examen dentaire avait révélé que le cadavre possédait deux plombages : la prémolaire 15 et la molaire 26, comme le stipulait le rapport des légistes de Glasgow.

Les questions tournaient dans son crâne et renvoyaient dans son cœur un flot d'amertume, de haine et d'incompréhension. La terreur aussi, présente, enfouie dans son bas-ventre comme une question lancinante…

Comment ai-je pu flirter, travailler avec lui, l'aimer, le désirer ? Comment ai-je pu compatir, ressentir des émotions pour le diable ?

À l'autre bout de la ligne, Stenton lui avait débité d'une voix froide et métallique tout ce qu'elle avait jusqu'ici refusé de croire : « Il s'agit sans aucun doute de notre homme, Victoria. Le corps retrouvé à Fort Peck ne comporte qu'une seule intervention bénigne sur l'ensemble dentaire : deux putains de plombages ! Quand on sait ce qu'a subi Freddy Lawrence pour retrouver visage humain après son accident de vélo, tout porte à croire que ce corps n'est pas le sien… »

La jeune enquêtrice avait frissonné et cru mourir d'effroi.

Tout collait, tout correspondait parfaitement.

L'odeur corporelle du flic, sa relation avec Eileen Fitzgerald, la maison de Woodland Avenue, les cadavres – tout…

Ses ultimes doutes s'étaient peu à peu estompés lorsqu'elle avait vérifié, sur les conseils avisés de Ramos, les mouvements du compte bancaire de Lawrence. Deux prélèvements mensuels, au crédit d'une société d'assurances, prouvaient que Freddy possédait deux véhicules : sa voiture habituelle et une autre, de marque Mercury Comet bleu sombre… Le fameux véhicule si souvent cité dans les témoignages, comme étant présent sur les lieux où disparaissaient les victimes du cannibale de Cleveland…

Dès qu'elle eut vérifié l'authenticité des éléments en sa possession, Victoria demanda à voir son supérieur dans les plus brefs délais. Une fois de plus, le ton était monté. Le capitaine, très *old school*, n'aimait pas que l'on conteste ses ordres, et le fait que la jeune enquêtrice continue à œuvrer dans son dos alors qu'elle avait été sanctionnée le faisait grimper dans les tours et affolait sa tension artérielle.

Pourtant, après s'être montré d'abord aussi dubitatif que le juge Olwen, Levy s'était laissé persuader par l'évidence et avait fait rassembler ses hommes.

La chasse à l'homme se mettait en place.

Une opération de force s'organisait pour surprendre Freddy Lawrence chez lui, le lendemain matin, à son domicile de Slavic Village.

Le capitaine Levy avait ordonné la mobilisation immédiate des équipes d'intervention, avec l'appui du SWAT.

Les hommes d'Ontario Street avaient pleuré un collègue. Ils s'apprêtaient à prendre en chasse un homme qu'ils ne connaissaient pas.

Cleveland serait envahi par les forces de l'ordre, quadrillé par des groupes de flics chevronnés. Les villes en périphérie de Cleveland lâchaient elles aussi leurs pitbulls, venus prêter main-forte à leurs collègues.

Les informations remontées jusqu'à la PHU n'avaient pas permis de localiser précisément le domicile de Lawrence dans Slavic Village. Quatre logements. Freddy Lawrence y avait loué quatre logements.

Le flic déchu avait-il anticipé ? Avait-il voulu brouiller les pistes ?

Soutenues par le SWAT, quatre équipes se préparaient donc à prendre d'assaut chacune des planques du cannibale.

Ils attendraient l'aube, le jour nouveau, pour guérir la ville de ce cancer effroyable.

Levy avait perdu la foi.

Il avait perdu un ami, un homme à qui il avait accordé toute sa confiance.

Le capitaine sentit son cœur se serrer. L'image de Lawrence le hantait. Mais ce n'était plus l'image de l'homme qui avait servi sous ses ordres, c'était celle de la bête de l'Apocalypse.

Il s'apprêtait à traquer un homme bien différent de celui qu'il avait connu. Un monstre hideux, une bête sauvage, un dangereux prédateur qu'il fallait éliminer de l'équation.

*

Cleveland, État de l'Ohio/États-Unis,
1er octobre 1981/21 h 10

Gary avait laissé sonner le téléphone plusieurs fois.

Son appel n'avait pas abouti.

Ce petit merdeux lui avait donné bien du plaisir la nuit précédente ; pourtant, quelque chose lui disait qu'il allait au-devant d'énormes emmerdes s'il continuait à lui filer l'arrière-train.

Une relation avec un flic, c'était bien la première fois…

Après s'être aspergé d'une bonne dose de parfum, Gary s'écroula sur son canapé, la pensée fuyante, en se demandant si Yuri passerait le prendre comme prévu avant d'aller au *Purple Mosquito.*

C'était étonnant, mais ce flic lui procurait une érection chaque fois qu'il pensait à lui, chaque fois qu'il entendait sa voix.

Était-ce l'idée de l'uniforme ? La représentation de la loi, de la force ? Cette symbolique phallique, puissante et impérieuse ?

Gary sourit en coin. Il n'avait pas fini de se surprendre lui-même.

Après le décès de son ami Karl, trois ans auparavant, il avait plongé dans une sorte de dépression, un gouffre où il s'était inexorablement enfoncé jusqu'à la folie.

Plusieurs tentatives de suicide l'avaient forcé à suivre une thérapie, qui s'était révélée insuffisante. Il avait frôlé l'internement. Depuis tout petit, Gary souffrait de troubles dissociatifs de la personnalité et, avec le temps, son anxiété, ses angoisses n'avaient cessé de croître.

Il avait développé des phobies et connaissait des symptômes désormais inquiétants : dysfonctionnement sexuel, pertes de mémoire, automutilation, préoccupations et tentatives suicidaires, voilà ce que Gary vivait depuis le jour où tout avait basculé.

Il avait gardé en tête ce terrible drame survenu vingt-cinq ou trente ans plus tôt, il ne savait plus. Toutes ses cellules, jusqu'à la plus minuscule, avaient gardé la trace du crime qu'il avait commis.

La fillette l'avait supplié et il était resté sourd à ses cris. Imperturbable face à l'acte criminel qu'il s'apprêtait à commettre.

La pulsion. Plus forte que tout…

Pourras-tu jamais me pardonner, petite fille ? s'était-il alors surpris à penser.

À ce moment-là, seul le désir de se satisfaire l'avait préoccupé. Égoïstement, il avait pris du plaisir avec une gamine qui passerait le restant de sa vie à ruminer sa douleur, à tenter d'ôter la crasse qu'avait déposée sur sa peau le porc qu'il était.

Une vie sans rêve.

La vie d'une gosse brisée.

Le soleil venait de se lever et filtrait à travers les arbres du bois, derrière le lotissement de Woodland Avenue, quand son calvaire avait pris fin.

En larmes, la petite Victoria avait disparu en maudissant son bourreau. Elle avait pris ses jambes à son cou et s'était mise à courir, à toute vitesse, comme pour rattraper son futur et s'y réfugier…

*

Cleveland, État de l'Ohio/États-Unis,
1er octobre 1981/22 h 45

Victoria avait toutes les clés en main.

Le choix lui était offert. Le choix de rester celle qu'elle avait toujours été, ou de basculer dans une sorte d'introspection fulgurante, une psychothérapie instantanée qui la libérerait d'un mal insidieux accroché à ses tripes depuis l'enfance.

La décision lui appartenait.

Son mystérieux interlocuteur lui avait indiqué que Gary se trouverait au *Purple Mosquito* dans la soirée.

Il lui avait communiqué l'heure à laquelle il débarquerait au club, la marque de son véhicule. Il lui avait également dépeint en détail les habitudes de cet enfoiré bien rangé.

Victoria se trouvait sur une pente dangereuse ; mais, en digne représentante de la loi, elle savait qu'il lui serait difficile de franchir les limites. Cette raclure avait beau avoir brisé sa vie, elle ne pourrait pas, au moment fatal, à l'instant décisif où la folie prenait le dessus sur la raison, appuyer sur la détente de son arme de service.

Pourtant, un vieux démon revenait lui ronger le bas-ventre, un démon vieux de trente ans.

Serais-je vraiment responsable ? Si j'abattais ce fumier, serais-je vraiment condamnée ?

Elle secoua la tête en souriant, enfila un jean, son blouson de cuir, noua ses longs cheveux noirs en queue de cheval, éteignit l'éclairage du salon et sortit de son appartement.

Victoria allait devoir renouer avec son passé, ne serait-ce que pour quelques heures.

Elle allait devoir tuer ses fantômes pour pouvoir vivre normalement.

Pour pouvoir *revivre*...

47

Cleveland, État de l'Ohio/États-Unis, **1er octobre 1981/23 h 10**

Une puissante odeur de renfermé et de sueur l'agressa dès qu'elle franchit le seuil de l'établissement.

Le portier lui tendit un loup vénitien et lui demanda de le porter immédiatement.

Victoria descendit un petit escalier qui menait au vestiaire avec le sentiment rassurant d'être protégée par son masque. Elle dépassa le comptoir et salua d'un signe de tête l'homme qui s'y tenait, dont le sourire tordu révéla une incisive ébréchée.

La policière avança encore un peu le long d'un étroit couloir sombre, aux murs écœurants de crasse, croisa quelques couples d'hommes alanguis qui s'embrassaient généreusement, des femmes à demi nues, puis elle bifurqua sur la droite, où la musique s'amplifiait et semblait vouloir traverser la matière.

La jeune enquêtrice venait de pénétrer les lieux où elle devait rencontrer Gary pour la dernière fois de sa vie.

Le théâtre macabre de sa guérison.

Elle ne savait pas encore quel sort elle lui réserverait.

L'abattrait-elle ici, devant toutes ces personnes venues étancher leur soif de sexe, de fantasmes et de pulsions, de fétichisme déviant ? Ou bien choisirait-elle de l'attirer dans un traquenard, un endroit plus discret, un piège dont il ne ressortirait pas vivant ?

Était-elle prête à abattre cet homme ?

Dois-je le faire ? Dois-je sacrifier ma vie ?

La boule au ventre, Victoria s'enfonçait dans les dédales malfaisants du club.

D'une main tremblante, elle ajusta son masque vénitien.

Peu rassurée, elle déboucha dans une grande pièce où se trouvait le dancefloor, illuminé par quelques rayons colorés. Au centre, un moustique violet de carton-pâte géant, gardien silencieux des lieux et témoin des plus inavouables secrets, s'élançait jusqu'au plafond de la discothèque.

Une musique lancinante emplissait la pièce, lui bourdonnait aux oreilles comme un essaim de guêpes à ses trousses, une litanie obsédante et hypnotique.

Des chants tibétains accompagnés d'une mélodie indienne tournaient en boucle, encore et encore…

Victoria jeta un rapide coup d'œil autour d'elle. Une véritable galerie de personnages, plus inquiétants les uns que les autres, s'affairait à s'embrasser et à se caresser.

Elle sentit les regards se poser sur elle à l'instant où elle pénétrait dans la pièce.

Son cœur battait la chamade.

Elle scruta le fond de la salle. Elle était nerveuse, inquiète. Ses yeux analysaient les moindres recoins, espérant deviner, malgré les années qui avaient passé, la silhouette et le visage de Gary.

Elle avait hâte d'en avoir terminé. Elle aurait voulu que les choses s'accélèrent, le voir enfin, lui dire qui elle était. Lui cracher au visage tout le mal qu'il lui avait fait. Elle aurait voulu avoir sorti son arme et fait feu. En avoir fini.

Mais la réalité de la vie est tout autre.

Les ombres dansaient sur les visages, animées par la lueur vacillante des bougies disséminées partout sur les murs.

Elle percevait la curiosité et le désir des êtres autour d'elle. Comme une invitation silencieuse au plaisir et à la démesure du sexe.

Plus loin, dans le renfoncement d'un couloir qui menait aux toilettes, elle crut percevoir une silhouette. Un individu la détaillait. Il s'escamota à l'instant où leurs regards se croisèrent.

Elle sentit alors une main effleurer ses longs cheveux noirs.

Elle se retourna, le cœur battant.

Rien. Personne.

La musique, lancinante, tourbillonnait de plus belle et venait la transpercer, s'introduire dans son crâne comme une prière que l'on devait apprendre par cœur.

Victoria porta sa main droite à sa poitrine, sous sa veste en cuir, et effleura du bout des doigts le holster où dormait son arme de service.

Elle s'apprêtait à se diriger vers les backrooms, où se déroulaient les parties les plus compliquées, les plus extrêmes, quand elle huma une odeur singulière qui déclencha aussitôt en elle un sentiment de panique.

Avant que son cerveau ait pu imbriquer les informations nécessaires, qui lui auraient permis d'associer une image à l'odeur, elle ressentit une vive piqûre dans le cou et, curieusement, elle eut un petit hoquet amusé.

Un moustique en carton monté comme un âne…

Mais son sourire s'effaça bien vite. Elle suffoquait, la tête lui tournait et son champ de vision se resserrait, en se nimbant d'un voile de brume opaque.

L'étourdissement, la sensation de marcher sur les nuages, la chaleur dans son cou… Elle sombra presque instantanément.

L'injection de Sécobarbital avait été fulgurante…

*

Cleveland, État de l'Ohio/États-Unis,
1er octobre 1981/23 h 40

Au central, c'était l'effervescence.

Jamais Ontario Street n'avait connu un tel trafic ni vu autant de bagnoles de flics.

La chasse à l'homme était sur le point d'être lancée. Plus de cent vingt gars avaient été mobilisés pour coincer l'enfant de pute qui avait jeté la honte sur la police de Cleveland.

Le capitaine Levy avait donné carte blanche à ses hommes : si Lawrence refusait d'obtempérer lors de son interpellation, ils avaient l'autorisation de l'abattre.

Profondément affecté par la mort « organisée » de celui qu'il avait cru son ami et qu'il voyait encore récemment comme son successeur à la tête du central d'Ontario Street, le capitaine Levy ressentait désormais une haine intense.

Pas question de vivre un nouveau drame. Le vieux policier était prêt à tout pour éviter qu'un de ses hommes ne tombe par la faute d'un criminel.

Le SWAT était en route. Destination Slavic Village.

Les hommes de l'unité d'élite allaient se déployer dans le quartier et attendre qu'on leur désigne l'appartement précis où intervenir parmi les quatre qu'avait loués Freddy Lawrence.

Ils ne savaient pas encore que le pire allait les marquer à jamais, écorcher leur conscience et leurs sentiments d'hommes impuissants face à la bête…

*

Cleveland, État de l'Ohio/États-Unis,
1er octobre 1981/23 h 50

Des ombres, des lumières, une terrible sensation de glisser, de s'enfoncer, de plonger dans un gouffre infini, insondable.

Victoria sentait que son crâne allait exploser.

Elle voulut hurler, se plaindre. Mais la douleur était si forte qu'elle avait du mal à bouger.

Les paupières entrouvertes, elle voyait défiler des flashes de lumière ambrée. En ouvrant un peu plus les yeux, elle aperçut un ciel constellé d'étoiles.

Elle était prisonnière d'une voiture.

Elle tenta de hurler de nouveau. Impossible.

Sa bouche était bâillonnée par une sorte de ruban adhésif épais. Ses mains étaient liées dans son dos, solidement attachées, probablement à l'aide du même adhésif, tout comme ses chevilles.

Victoria découvrait peu à peu son environnement, à mesure que sa conscience refluait. Elle saisit soudain qu'elle était allongée sur la banquette arrière d'un véhicule qui roulait à vive allure.

Les flashes de lumière que renvoyaient les réverbères éclairaient par intermittence le visage du chauffeur, à demi dissimulé par une casquette aux armes des Indians de Cleveland.

La jeune femme nota qu'une fine barbe recouvrait le bas de ses joues et qu'il portait une paire de lunettes de soleil.

Qu'est-ce qui s'est passé, bordel de merde ! Où ai-je foutu les pieds ?

Où allait-elle ? Où l'emmenait-il ?

Des bribes de mémoire lui revenaient, par saccades. Des bribes de son rapide passage au *Purple Mosquito.*

Elle revoyait des visages flous, des silhouettes, elle entendait des rires, des gémissements de plaisir. Elle revoyait ce gigantesque moustique violet en carton-pâte, affublé d'un énorme phallus en érection, symbole du club et de sa démesure, puis le noir complet, plus rien.

Putain ! Je viens d'être enlevée... Gary ?

La silhouette massive qui se tenait derrière le volant n'avait rien de comparable avec le souvenir qu'elle avait gardé de Gary. La vision de son corps maigre et dégoûtant, arc-bouté sur son corps de jeune fille, lui procura un spasme et l'envie de vomir.

Soudain, l'odeur dans l'habitacle.

Ses sens s'affolèrent d'un coup : la vue, l'ouïe, l'odorat…

L'odeur… insoutenable.

Avec effroi, elle comprit alors dans quel piège elle venait de sombrer…

48

Cleveland, État de l'Ohio/États-Unis,
2 octobre 1981/0 h 02

Henrique Ramos écrasa nerveusement sa cigarette dans le cendrier en inox fixé au mur du hall d'accueil.

Il lorgna le cadran de sa montre en jurant dans sa barbe, puis observa la horde de flics en uniforme noir qui passaient devant lui, parés de casques, de cagoules et de gilets pare-balles.

Le SWAT.

Putain ! Ce connard de Lawrence est-il si dangereux que ça ?

Ramos releva la tête à l'instant où les portes de l'ascenseur s'ouvraient sur le capitaine Levy, accompagné de deux hommes en costume-cravate. Les fédéraux, probablement.

Il s'avança pour se joindre à eux, mais aucun ne semblait lui prêter attention. Après un rapide coup d'œil derrière lui, Ramos se plaça devant le petit groupe et progressa à reculons.

— Je viens avec vous, embarquez-moi ! lança-t-il. Je suis certain que Victoria court un grand danger, et sur ce genre d'affaire un homme de plus n'est jamais de trop.

— Vous n'avez rien à foutre à Cleveland, Ramos. Retournez chez les cul-terreux de Wellington ! rétorqua le capitaine Levy. Même si c'est grâce à elle que l'on a pu mettre un visage sur le cannibale de Cleveland, Victoria est actuellement mise à pied. Et puis c'est une grande fille…

— Je vous dis qu'elle est en danger, vous comprenez ?

— Mais, putain de merde ! Où est-ce que vous vous croyez ? hurla Levy en laissant filer les deux agents du FBI. Vous ne voyez pas que notre police a été traînée dans la boue ? Ne venez pas me faire chier avec Fletcher. Elle reste dangereuse pour elle comme pour les autres, et elle sera sévèrement sanctionnée pour avoir outrepassé ses droits…

Ramos eut l'impression de recevoir un coup de poing dans l'estomac et sentit sa mâchoire se décrocher.

Coño ! Il mériterait que je lui refasse la gueule, ce salopard !

— Vous plaisantez, capitaine ? Je suis en train de vous dire que le sergent Fletcher est en danger de mort… et vous, vous me parlez de sanctions et de vos fichus codes protocolaires à la con ?

Levy soupira en observant le cadran de sa montre :

— Bon, je vous écoute… C'est quoi, votre embrouille ?

— J'ai eu Victoria au téléphone avant-hier soir, et je peux vous dire que quelque chose la tracassait. Elle n'était pas dans son assiette. Je pense que Lawrence va chercher à la contacter, si ce n'est déjà fait ; et là, on peut s'attendre au pire…

Levy sembla soudain s'intéresser au discours du Mexicain.

— Lawrence ? Il ne fera aucun mal à…

— Si j'étais vous, je ne serais pas aussi confiant. Il sait qu'elle l'a démasqué. Il ne supportera pas qu'une femme le mène à sa perte.

— Que suggérez-vous ?

— Moi ? Rien, fit Ramos en ricanant. Par contre, il va falloir être prudent pendant l'opération… Victoria pourrait bien être la monnaie d'échange de ce salopard de Lawrence…

*

Cleveland, État de l'Ohio/États-Unis,
2 octobre 1981/0 h 04

— Ne t'inquiète pas, petite, nous sommes bientôt arrivés. Encore un bloc et, après, on y est…, fit la voix derrière le volant.

Victoria savait qu'elle se trouvait dans l'œil du cyclone. Son désir de vengeance l'avait conduite à sa propre fin, punie avant même qu'elle ait accompli l'acte délictueux.

Elle frissonna. La voix s'éleva de nouveau :

— J'irai assez vite avec toi… C'est dommage : je t'aimais bien, sincèrement ! Mais je ne peux pas laisser les choses se dérouler comme ça, il m'est impossible de te laisser continuer, Victoria. Tu ne souilleras pas ma mémoire lorsque je ne serai plus de ce monde. Je sais que tu as éprouvé du désir pour moi, que tu as rêvé de mon corps, de délicieuses et fiévreuses étreintes, mais tu ne pouvais pas savoir… Concernant Gary, ne t'en fais pas, je lui réserve une surprise. Je te promets que sa mort sera des plus douloureuses et qu'il pensera à toi en rendant son dernier souffle…

Le véhicule s'immobilisa après s'être introduit dans une impasse sombre, une ruelle au bout de laquelle deux immeubles se faisaient face.

Le conducteur descendit, fit le tour de la voiture et ouvrit la portière arrière.

Victoria était là, allongée, terrorisée par l'homme qui venait de lui apparaître. Ce dernier se pencha, posa sa main sur un genou de l'enquêtrice et la fit remonter jusqu'à son entrecuisse en ricanant. Il lui caressa lentement l'intérieur des jambes en fermant les yeux et en laissant courir sa langue sur ses lèvres.

Il y avait quelque chose de violent dans ses gestes pourtant très lents, appliqués. Il posa l'index sur sa bouche en suggérant à Victoria de garder le silence, puis lui arracha brusquement son bâillon d'adhésif.

— Je te conseille de te taire si tu veux vivre encore un peu…

— Putain de merde ! Lawrence ! Qu'est-ce que vous branlez ? hurla Victoria. Comment en êtes-vous arrivé…

Freddy Lawrence posa une paume massive sur les lèvres de la jeune femme :

— Je te laisse une seconde chance. Si tu hurles de nouveau, je t'étrangle et tu ne sauras jamais rien…

Le souffle court, Victoria réprima son cri de toutes ses forces quand Lawrence retira sa main. Elle fit même de son mieux pour avoir l'air détendue.

— Freddy, on peut essayer de faire quelque chose pour vous. Je ne sais pas, moi, on peut peut-être envisager une thérapie… Vous n'êtes pas conscient au moment de vos actes, ce n'est pas vous, c'est quelqu'un d'autre…

— Ne me la fais pas à l'envers, Victoria, rétorqua Lawrence. Je connais ce charabia. Personne ne peut rien pour moi, et tu le sais. Je ne vais pas être magnanime parce que mon ancienne coéquipière me croit innocent, ou parce que j'ai des chances de m'en sortir avec un psy. Je vais crever comme tous les malades ! La police m'abattra, car c'est la règle. Je vais mourir, seul, comme toujours, sans personne pour me donner l'absolution…

— Vous n'êtes pas seul, Freddy…

— Si, je suis seul. J'ai été seul toute ma vie, Victoria. Mon père était bien trop occupé à baiser ses maîtresses et à s'occuper de la ferme pour penser à ma petite personne, ma mère était bien trop faible et chétive pour supporter le poids de cette vie misérable. Lorsque la maladie l'a emportée, j'ai connu une solitude infernale et destructrice… J'ai connu la solitude psychique, l'isolement de l'esprit, encagé dans les couloirs de la folie.

— On peut vous soigner, Freddy… Vous échapperez à la peine capitale ! Les juges seront cléments, ils ne voudront pas froisser l'opinion publique. On ne vous jettera pas dans le couloir de la mort… Je m'y emploierai, je ne vous lâcherai pas. Je suis consciente que vous devez être jugé et condamné, mais vous ne serez pas exécuté…

— Laisse tomber, fit Lawrence en couvrant Victoria d'un plaid écossais. Je veux qu'on sache *pourquoi*. Je ne veux pas qu'on me juge, je veux juste qu'on me comprenne… qu'on sache à quel point j'ai été malheureux chez l'oncle Jo dans le Montana, à bouffer sa barbaque écœurante de vieux cerf faisandé, à quel point j'étais seul, coupé du monde, privé de mes proches et de leur affection… Je veux qu'on sache que tous ces gens, je les ai tués parce que je les aimais, pas parce que je les haïssais ; je voulais les garder auprès de moi, toujours… Patrick Mac Callaugh a eu une belle fin : il est mort en martyr, tué par les mains de son propre demi-frère ! Quant à Eileen Fitzgerald, c'est peut-être elle, la responsable de ma chute. Cette femme a été mon erreur de parcours. J'ai bien essayé, pourtant, mais je n'ai jamais rien trouvé d'autre chez elle que le moyen d'extraire la semence qui me brûlait le corps, comme si le diable me pénétrait et me pissait à l'intérieur…

Il hissa le corps de Victoria sur son épaule et claqua la portière. Puis il approcha ses lèvres de l'oreille de la jeune femme et souffla à travers le tissu :

— Je te conseille de ne pas crier. Si tu veux savoir de quelle manière je vais tuer, dépecer et déguster Gary, reste sage jusqu'à ce que nous soyons arrivés à mon appartement…

— Et si je refuse ? Et si je me moque des couilles de Gary ? fit la voix étouffée de Victoria à travers le plaid.

— Je ne crois pas que ce soit le cas, princesse…

Freddy Lawrence regarda autour de lui, observa l'extrémité de l'impasse où des poubelles débordaient, scruta le ciel, puis l'enseigne du grossiste en viande bovine qui s'étendait sous deux fenêtres aux volets clos.

Le flic déchu soupira et lança :

— Mais on n'est jamais assez prudent !

D'un geste vif, il planta la fine aiguille de la seringue dans le cou de Victoria. Puis il poussa la porte d'un des immeubles et entreprit de grimper la volée d'escaliers.

La jeune femme n'eut pas le temps de prononcer la première syllabe du prénom de son agresseur. Elle sombra profondément, loin, dans l'antichambre de la mort, en pensant une dernière fois à Gary, à ses mains velues posées sur sa peau nue et fragile d'adolescente…

49

Cleveland, État de l'Ohio/États-Unis,
2 octobre 1981/0 h 12

La Ford roulait depuis quelques minutes et un silence froid emplissait l'habitacle du véhicule.

— On entre dans le secteur ou on reste en périphérie, capitaine ? demanda soudain le sergent Livingstone, posté derrière le volant. Le SWAT est déjà en place, je crois…

— Contentez-vous de vous approcher de Slavic Village, répondit Levy. Vous rejoindrez l'équipe de Spencer à l'angle de Fullerton et de Broadway. Ramos et moi-même irons fouiner du côté des habitations qui longent la 71e. Il se pourrait que la planque de cette ordure se trouve dans ce coin. Et pas un mot à l'officier en charge de la coordination des opérations du SWAT, OK ?

— Entendu, capitaine, dit simplement le conducteur.

Le regard de Levy se posa sur son poignet.

— C'est quoi, ce bracelet ridicule, Livingstone ?

Surpris par la question, l'officier jeta un bref regard à son bijou fantaisie et déclara en riant :

— C'est mon fils, capitaine ! Mon petit Jonas me l'a offert hier soir en me disant : « C'est un porte-bonheur, papa, pour arrêter tous les méchants… »

Le capitaine lui adressa un sourire, mais ses traits se durcirent aussitôt. Ramos se rapprocha du siège passager et lui glissa à l'oreille :

— Les trois logements sur Broadway Avenue que nous a indiqués notre informateur sont peut-être ceux de Lawrence, mais celui de Fullerton Avenue est isolé, et plusieurs témoins ont reconnu notre suspect…

— Et alors ? grogna le capitaine.

— Et alors, il se peut que nous le trouvions là-bas.

Ils furent interrompus par les grésillements de la radio. Levy s'empara du micro en recommandant à Ramos de garder le silence, fit signe au sergent d'immobiliser le véhicule et souffla, tandis que Livingstone partait rejoindre l'équipe en place :

— Ici Falcon 77, confirmez votre position et attendez instructions. À vous, Eagle 72…

Quelques petites interférences, puis une voix lointaine, prise dans un magma de bourdonnements et de craquements :

— Ici Eagle 72, nous confirmons notre position sur *Hotel California*.

Le capitaine se tourna vers Ramos, l'œil amusé et le sourire aux lèvres, pas peu fier des noms de code qu'il avait gambergés pour l'opération.

— À mon top, les équipes Eagle 72, 73 et 74 devront prendre leurs chambres d'hôtel. Falcon 77 se charge du reste, terminé.

Ramos sentit la rage le submerger. Ce vieux crapaud de Levy n'allait pas tarder à tâter du peigne-cul de Wellington.

— Qu'est-ce que vous foutez, Levy ? Victoria est avec Lawrence, vous n'avez pas compris ? Cette raclure nous a préparé un comité d'accueil, c'est évident ! Lawrence est flic, il a bossé sous vos ordres, il connaît le fonctionnement de vos équipes et vos habitudes par cœur. Il va nous baiser !

— C'est moi qui dirige cette putain d'opération, Ramos, et je n'ai pas d'ordres à recevoir d'un petit flic de campagne. Vous croyez quoi ? Que, parce que vous avez fricoté avec une de mes subordonnées, je vais vous laisser m'emmerder ? Vous êtes ici parce que je vous y ai autorisé, point à la ligne.

Ramos sentit monter le feu depuis ses entrailles. Il serra les poings et la mâchoire, prêt à écrabouiller sans pitié la gueule de ce capitaine arrogant. Il n'eut pas le temps de réagir, car Levy enchaîna aussitôt dans le micro :

— À toutes les équipes : Intervention… maintenant ! Intervention !

Il venait de condamner Victoria.

Une bouffée de chaleur envahit Ramos et un vertige l'enveloppa. Ce connard avait donné l'ordre d'intervenir à l'aveugle ! Il s'agrippa à la banquette arrière pour ne pas se ruer sur lui.

Les forces de l'ordre pénétrèrent simultanément dans les trois appartements de Broadway Avenue.

Les groupes d'intervention Eagle 72, 73 et 74 étaient sur le point de prendre la mesure de la cruauté du cannibale de Cleveland…

*

Cleveland, État de l'Ohio/États-Unis,
2 octobre 1981/0 h 18

Lawrence éclaira la pièce.

Il attacha la jeune femme au radiateur avec une paire de menottes et l'abandonna sur le sol, comme une poupée de chiffon dont il se serait lassé.

Il se servit un grand verre de vodka, s'installa à table et alluma une cigarette.

Il contemplait Victoria. Inconsciente et affalée.

Cette sensation de contrôle lui donnait le frisson.

Il allait devoir se presser : l'effet du Sécobarbital n'était pas éternel et il n'avait pas encore de plan pour se débarrasser d'elle.

Il l'entendit gémir au bout d'une dizaine de minutes. Victoria émergeait en se massant la tête comme si elle avait reçu un coup de massue sur le crâne.

Freddy Lawrence eut un sourire et un petit hoquet de plaisir anticipé.

Il se leva pour vérifier sa porte d'entrée et les multiples points de fermeture : verrous, serrures et divers cadenas. Il s'accorda un instant pour en caresser la surface froide et lisse tout en soupirant.

— Alors, miss Fletcher, on se réveille ? lança-t-il sans se retourner. Ça tombe bien, il faut que je te parle de Gary avant de te tuer… Mais, d'abord, je vais te demander de tendre l'oreille et d'écouter…

Victoria venait de s'asseoir contre le radiateur. Encore sonnée, elle ouvrit les yeux.

— Écouter ? Écouter quoi ? demanda-t-elle d'une voix étouffée.

Lawrence mit sa main en pavillon derrière son oreille et sourit.

Un grondement assourdissant s'empara du corps de Victoria et résonna dans son crâne. C'était comme si tout l'appartement avait vibré, comme si un séisme avait fracassé l'immeuble et l'avait emporté…

Puis le silence.

Et les hurlements…

50

Cleveland, État de l'Ohio/États-Unis,
2 octobre 1981/0 h 23

Une gigantesque boule de feu embrasa Slavic Village. Le flash de lumière orangée rayonna jusqu'aux rivages noirs du lac Érié, s'étirant aux confins obscurs de l'étendue glacée.

Une intense vibration fit trembler le sol, comme si la ville entière allait se soulever.

Calfeutrés dans la Ford Capri MK3, Levy et Ramos se recroquevillèrent, la tête entre les jambes, sur le plancher du véhicule. Le souffle de l'explosion avait pulvérisé les vitres de la voiture, ainsi que celles des immeubles et des résidences du quartier. Boutiques et véhicules offraient un concert d'alarmes qui hurlaient dans le lointain, donnant le tempo d'un chaos sans précédent.

Trois explosions s'étaient déclenchées à quelques fractions de seconde d'intervalle, de façon presque simultanée.

Putain d'enfoiré de merde ! Je le savais ! pensa Ramos.

Il releva la tête, le visage légèrement tailladé par le verre brisé, le regard perdu, incapable de trouver ses mots.

Levy était resté figé, comme paralysé par ce qui venait de se produire.

Au loin, les sirènes des secours résonnaient dans le ciel de Cleveland.

Le feu valsait. La lueur ambrée dansait, créant d'inquiétantes ombres dans la nuit qui se faufilaient le long des ruelles étriquées.

Le diable avait décidé de s'amuser.

Ramos, sous le choc, sortit brusquement de sa torpeur.

— Levy ? Levy, réveillez-vous ! Répondez-moi, comment vous vous sentez ?

Le flic tourna simplement la tête, hagard.

Tous ces hommes… tous ces hommes morts…

— Je vous l'avais dit, que ce sac à merde nous réserverait un comité d'accueil !

— Qu'est-ce qui s'est passé, Ramos ?

— Il s'est passé que cet enfoiré a piégé les appartements, c'était évident…

— Est-ce que… vous vous rendez compte qu'ils sont tous morts ?

— Nous allons nous rendre sur place… On verra bien.

— Et… et si cette ordure avait piégé la rue entière ?

— Allons, ne dites pas de conneries, venez… Allons voir !

Le long de Fullerton jusqu'à l'angle de Broadway, une multitude de badauds s'étaient rassemblés sur le trottoir. Tout le monde avait été surpris dans son sommeil ou sur son canapé, devant son poste de télévision.

Les premiers secours arrivaient en masse : les pompiers, les ambulances, les hommes du coroner et la police de

Cleveland. Un spectacle digne de Noël ! L'abondance de gyrophares suffisait à éclairer le quartier d'un halo presque surnaturel qui se posait en palpitant sur les ténèbres, un bleu et rouge alternatif qui donnait aux visages meurtris un aspect démoniaque.

Les pompiers s'affairaient déjà sur les lieux du drame, happés par la chaleur du brasier et par l'ampleur du désastre qu'ils découvraient au fur et à mesure de leur progression.

Ramos et Levy avançaient sur le trottoir, bouleversés, encore secoués par l'onde de choc qu'avait propagé le souffle des déflagrations, hébétés par le bruit de la détonation imprimé au creux de leurs tympans.

Après une bonne centaine de mètres, ils parvinrent à l'endroit où deux immeubles avaient été soufflés. Les deux immeubles où se trouvaient les trois appartements loués par Freddy Lawrence.

Un amas de gravats, de ferraille et de verre se tenait en lieu et place des bâtiments, émergeant d'un écran de fumée noir et blanc comme la scène irréelle d'un film catastrophe.

Les pompiers tentaient tant bien que mal de contenir le feu qui cherchait à se répandre.

Des flics en uniforme se précipitèrent sur Ramos et Levy, leur intimant l'ordre d'évacuer les lieux, de respecter la zone de sécurité. Le capitaine Levy extirpa sa plaque et la fourra sous le nez des agents. D'un signe de tête, l'un des policiers leur permit d'avancer en soulevant la bandelette de sécurité.

L'attention de Levy fut soudain attirée par un objet, par terre, devant ce qui avait été l'entrée d'un des immeubles. Comme un automate, il se pencha de façon mécanique, ramassa l'objet et s'effondra en sanglots. Il tomba à genoux, en serrant très fort dans sa main le bracelet de perles en plastique bleu que le petit Jonas avait confectionné pour son père.

Je l'ai envoyé à la mort… J'ai envoyé ce père de famille à l'abattoir…

Sous les flashes des gyrophares incendiaires, les larmes brillaient sur les joues du vieux policier, sur son visage à jamais déformé.

Ramos observa quelques instants le capitaine de police prostré sur le trottoir, au milieu du tumulte et des pompiers, avant de s'éclipser.

Il accéléra le pas, descendit l'avenue et bifurqua à l'angle de Broadway pour rejoindre la 71e, juste derrière les lieux du drame.

Il restait ce quatrième appartement.

Le flic de Wellington était persuadé que Freddy Lawrence et Victoria l'y attendaient.

*

Cleveland, État de l'Ohio/États-Unis,
2 octobre 1981/0 h 35

Victoria était restée pétrifiée.

Il ne restait plus rien de la femme audacieuse qu'elle avait été.

Sa carapace s'était fendue, l'armure s'était brisée et sa nudité l'offrait en pâture au cannibale de Cleveland, jadis son ami et coéquipier, son confident.

— Qu'est-ce que c'était ? demanda-t-elle, les larmes aux yeux.

Ses mains tremblaient, ses pupilles étaient dilatées par la peur, elle était terrifiée.

Lawrence aimait ça. Il aimait sentir qu'il exerçait un contrôle complet sur les êtres et les situations. Plus fort qu'une érection, de l'ordre du plaisir orgasmique, le pouvoir qu'il ressentait lui procurait une force hors du commun, la sensation de la résurrection du Phénix, le pouvoir sur la mort et la vie.

— C'était quoi ? insista Victoria.

— Un jeu…, répondit-il en se frottant les mains. Un jeu dans lequel ni les gentils ni les méchants ne gagnent ou ne perdent. Un jeu qui élimine peu à peu les éléments superflus et me permet de gagner du temps. J'ai piégé les trois appartements de Fullerton Avenue avec du plastic, beaucoup de plastic…

Victoria chassa les images d'horreur qui affluèrent dans son esprit. La police avait dû intervenir, Lawrence les attendait et il y avait très peu de chances pour que les hommes embarqués dans l'opération s'en soient sortis.

Elle eut un spasme et son estomac se noua.

— Bordel ! Et s'ils avaient décidé de prendre d'assaut l'appartement où nous sommes ?

— Nous serions morts, ma belle, car la porte d'entrée et les fenêtres sont piégées…

Un fil de fer très fin courait sur la largeur de la porte, descendait le long du chambranle et venait mourir au sol, dans un petit carton clos.

Une bombe, une charge de plastic dissimulée dans une boîte.

Lawrence s'accroupit tout près d'elle et lui dit en souriant :

— Je vais tuer Gary pour toi, Victoria. Ce pervers va crever ce soir même, si je peux m'extraire de ce merdier…

L'enquêtrice ne pouvait quitter des yeux le monstre qu'était devenu son coéquipier. Elle ressentit soudain une puissante envie de vomir – l'odeur était insoutenable.

— C'est quoi, cette odeur infecte ? grimaça-t-elle.

Le flic déchu changea brusquement de ton, furieux.

— Tu as entendu ce que je t'ai dit ? Je vais te débarrasser de ton cauchemar !

— Freddy… Vous avez tué tous ces gens, ils sont… ils sont si nombreux, mon Dieu… Votre place n'est peut-être plus celle que vous croyez, vous ne pouvez plus vivre parmi les hommes. Laissez vivre Gary, je vous en conjure, Freddy. Arrêtez tout, maintenant, nous pourrons vous soigner…

Le cannibale lâcha un rire nerveux et lui jeta un regard noir.

Sans prévenir, il lui attrapa subitement le cou d'une main et se mit à serrer un peu. Puis, après quelques secondes de silence, il souffla tout bas :

— C'est comme ça que tu me remercies, Victoria ? J'ai fait de longues recherches pour retrouver ce sac à foutre de Gary afin de le cueillir pour toi, pour te donner la satisfaction de sa mort, et tu me remercies comme ça ? J'avais prévu de l'amener ici et de le dépecer devant toi, sur la grande table, là-bas. Mais soit !

Victoria tourna la tête vers la table et réprima un frisson, un long spasme glacé qui lui parcourut l'échine.

— Tu veux savoir d'où vient cette étrange odeur ? Eh bien, ce sont quelques morceaux choisis, prélevés sur ce merdeux de Novak. Le fumet qui caresse tes narines provient d'un délicieux ragoût au vin rouge. L'odeur de verrat qui s'en dégage est due à la cuisson des tissus adipeux d'androstérone et de scatol contenus dans les viscères et les testicules… À défaut de Gary, nous dégusterons du jeune flic. Je t'invite, c'est moi qui régale, ma belle. Mais, avant tout, je dois m'occuper d'un petit détail très important…

51

Cleveland, État de l'Ohio/États-Unis,
2 octobre 1981/0 h 45

Ramos observa l'immeuble, détailla l'enseigne du grossiste en viande bovine et scruta l'impasse. Au fond, tout au bout, quelques poubelles stagnaient sur le trottoir.

Il tendit l'oreille dans l'espoir de déceler un bruit, une voix qui lui indiquerait à quel étage se trouvait l'appartement de Lawrence.

Malgré la distance, Ramos percevait la rumeur qui s'élevait de l'avenue parallèle où s'était déroulé le drame. Il pouvait distinguer, se détachant sur la nuit noire, les halos de lumière diffusés par les gyrophares des véhicules de secours.

Un détail le fit soudain frémir. Son cerveau rembobina à toute vitesse et fit cavaler les neurotransmetteurs de sa mémoire.

L'accès aux bureaux de l'entrepôt à viande, à gauche du grand rideau métallique de la boutique, était entrouvert… alors qu'il ne l'était pas quelques secondes auparavant. Le policier en aurait mis sa main au feu.

Il s'approcha de la porte en acier, extirpa son arme de service et la pointa droit devant lui. Il poussa la porte du bout du pied et progressa prudemment dans un long couloir faiblement éclairé par un bloc de secours. Sur sa gauche, une volée d'escaliers menait à ce qui devait être des locaux administratifs. À droite, l'accès aux entrepôts et à la boutique. Des effluves de viande, de sang et de matières grasses rances agressèrent son odorat.

Il avança de quelques pas supplémentaires, bifurqua à droite et tendit de nouveau l'oreille dans la pénombre.

Rien, pas un bruit.

Seul son mouvement cardiaque venait cogner à ses tempes, lui indiquant tel un métronome le rythme à tenir, où puiser la force de ne pas céder à la peur.

Au bout du couloir éclairé par deux blocs de secours, il distingua plusieurs accès aux entrepôts dans lesquels étaient suspendues des carcasses. De larges lanières de plastique transparent tombaient sur le seuil, pour réduire les pertes de chaleur sans bloquer le passage des chariots de manutention.

L'inspecteur sentit alors un courant d'air froid traverser le couloir. Il braqua aussitôt son arme en direction des chambres réfrigérées, le souffle court, concentré.

Patiemment, il attendit que se détache la silhouette furtive d'un homme dans la pénombre, la silhouette du cannibale de Cleveland.

Il voulait en finir.

Pour lui, pour Victoria…

*

Cleveland, État de l'Ohio/États-Unis,
2 octobre 1981/0 h 52

L'ordure !

Juste avant de la quitter, Lawrence avait de nouveau injecté une faible dose de Sécobarbital à la jeune inspectrice.

Mais le soporifique n'opérait plus avec la même efficacité sur son organisme.

Elle eut à peine ouvert les yeux que l'odeur de l'infâme bouillon qui mijotait dans la cuisine lui vrilla l'estomac. Malgré sa mémoire morcelée et son crâne douloureux, les détails sordides que lui avait dispensés Lawrence lui revinrent brusquement.

Une douleur sourde dans l'estomac lui arracha un petit cri et une crampe lui tordit le diaphragme.

À quatre pattes, elle éjecta un long jet de bile qui lui brûla la gorge.

De la viande humaine cuisait dans une marmite.

Des abats, des viscères et des testicules…

La tête lui tournait, ses muscles ne répondaient plus.

Elle tenta pourtant de se relever, mais retomba lourdement sur le sol, comme écrasée par un poids énorme. À tâtons, elle chercha la masse rassurante de son arme de service dans son holster.

Vide. Lawrence l'avait désarmée.

C'est alors qu'elle comprit.

Comment est-ce possible ? Bordel !

Freddy Lawrence avait détaché les menottes qui la retenaient prisonnière du radiateur.

Cette liberté toute relative la fit tressaillir. Prise d'une soudaine ivresse d'espoir, presque euphorique, Victoria se mit à rire comme une damnée.

Échouant à se relever, elle rampa jusqu'à la porte d'entrée. Le système de mise à feu de l'engin explosif avait été déconnecté.

Victoria retint un cri de victoire. Sa vie se trouvait là, derrière cette porte ; sa vie l'attendait, en suspens dans les couloirs de la copropriété.

Mais le sursis qui lui avait été accordé ne durerait pas. Elle avait eu de la compassion pour le diable, et il en avait eu pour elle. C'était tout ce qu'il fallait savoir.

Lorsqu'elle posa la main sur la poignée, Victoria fut comme traversée d'une décharge émotionnelle intense, comme si toutes les victimes qui avaient franchi le seuil de cette porte maudite s'étaient unies pour lui porter secours.

Et ce fut effroyable.

Effroyable, tant elles étaient nombreuses…

52

Cleveland, État de l'Ohio/États-Unis,
2 octobre 1981/0 h 54

Le cannibale était apparu entre les carcasses de viande suspendues.

Henrique Ramos ne cilla pas.

Le monstre gratifia le flic de Wellington d'un large sourire et l'invita d'un regard appuyé à baisser son arme.

Ramos ricana.

— Pour qui vous prenez-vous, Lawrence, pour penser que je vais ranger mon arme ? Je vous croyais plus logique… Votre parcours est impressionnant et vous possédez un talent incontestable pour manipuler votre entourage, mais vous faites face au flic qui va mettre fin à votre circuit criminel.

— Rangez votre arme, mon ami, vous savez bien que je n'ai rien à perdre. Mourir ne me fait pas peur. Vous ignorez où se trouve Victoria et, si vous me tuez maintenant, vous ne la retrouverez jamais…

— Je ne suis pas votre ami, cracha Ramos. Pour tout vous dire, j'hésite entre vous crever tout de suite et vous tirer une balle dans les couilles, pour vous laisser vous vider de votre sang pendant que je vous observerai vous tordre de douleur en pleurant votre mère…

— Quelle poésie ! Pourquoi ne pas m'arrêter plutôt, me passer les bracelets et m'emmener tout près d'ici, là où nos chers collègues sont partis en lambeaux, éparpillés aux quatre coins de Fullerton Avenue ? Là où les premiers chiens errants se repaissent déjà des morceaux de viande humaine disséminés sur les pelouses…

Un sourire carnassier découvrit ses dents. Le cœur de Ramos se mit à battre très fort.

Lawrence éclata d'un rire diabolique. Secoué par des hoquets nerveux, il s'accroupit et se prit le visage entre les mains, incapable de calmer l'euphorie malsaine qui s'était emparée de lui.

Ramos observa l'incarnation du démon qui se tenait devant lui.

Essoufflé, Lawrence dévisagea le Mexicain sans rien dire, puis, le visage soudain fermé, lança d'une voix sombre :

— Quoi ? Qu'est-ce qui vous étonne ? Il paraît que c'est une maladie, de rire comme ça : ils appellent ça le *kuru*, la maladie du rire… C'est le prix à payer quand on se nourrit de protéines humaines…

Il s'interrompit un instant, secoué par des spasmes incontrôlables.

— Les peuplades aborigènes anthropophages de Nouvelle-Guinée en souffraient, dit-on… Dans le dialecte de la tribu des Fore, le mot *kuru* signifiait « trembler de peur ». Est-ce que vous tremblez, vous, inspecteur ?

Pétrifié et dégoûté, Ramos n'osait même plus respirer.

Soudain, Lawrence cligna des yeux, leva l'index et fit mine de se concentrer sur un bruit qu'il était le seul à percevoir. Puis il se mit à battre la mesure du bout du doigt…

Le flic mexicain sentait le sang affluer à ses tempes, son cœur cogner de plus belle.

Mais il y avait autre chose, un bruit familier.

Une angoisse indescriptible fit grimper sa tension artérielle lorsqu'il prit conscience de la situation : un minuteur électrique s'apprêtait à couper l'éclairage !

Ramos leva la tête vers les blocs de secours ancrés sur le haut des murs.

Ce n'étaient pas des blocs de secours !

La lumière s'éteignit et ils furent soudain plongés dans les ténèbres…

*

Cleveland, État de l'Ohio/États-Unis,
2 octobre 1981/0 h 56

Victoria ouvrit la porte et se retrouva sur le palier, groggy, tel un boxeur qui aurait encaissé un uppercut foudroyant. Elle tâtonna dans le noir en s'appuyant contre le mur jusqu'à l'interrupteur de la cage d'escalier, appuya sur le commutateur et distingua le nombre 213, gravé sur une plaque de laiton fixée à la porte de l'appartement.

La tête lui tournait.

Une valse diabolique faisait danser les événements des derniers jours sous son crâne, s'entrechoquer les voix, les sons, les images, comme autant de pièces cherchant à retrouver leur place, à s'imbriquer et à reformer le puzzle de toute cette folie.

La nausée lui provoquait des spasmes nerveux. La douleur dans son ventre, les paupières lourdes, le tournis – Victoria avait l'impression de vivre ses derniers instants.

En posant le pied sur la première marche, elle mesura la distance qui la séparait de la liberté et, la drogue aidant, elle jugea que l'effort était considérable et l'escalier démesuré.

Mais elle devait le descendre…

En avait-elle la force ? En avait-elle le temps ?

Où se trouvait Lawrence ?

Elle mit le pied sur la marche suivante, agrippa la rampe d'acier rouillé et avança, titubante, le cœur au bord de l'explosion, la cage thoracique brûlante.

C'est alors que la porte d'entrée de l'immeuble, tout en bas de la cage d'escalier, s'ouvrit avec une violence prodigieuse…

53

Cleveland, État de l'Ohio/États-Unis,
2 octobre 1981/0 h 59

Tout défila à une vitesse incroyable.

Ramos fut soudain saisi d'un vertige indescriptible. Puis il y eut la douleur, vive, profonde.

Quand l'obscurité était tombée sur l'entrepôt, un noir d'encre le plus total, il s'était pensé perdu. Lawrence s'était approché de lui à le toucher. Il percevait son odeur pestilentielle.

Il sentit une fine aiguille lui transpercer la peau du cou, un liquide froid pénétrer ses chairs.

Ramos comprit trop tard, beaucoup trop tard, qu'il s'était jeté dans la gueule du loup…

Un frisson glacial s'insinua au creux de son corps, une nausée atroce. L'inspecteur de Wellington mobilisa toute sa volonté pour contrôler le tournis qui le forçait à ployer, à mettre un genou à terre.

Lorsque la cordelette se resserra autour de son cou, il ne ressentit presque rien, aucune douleur, aucune souffrance. La dose de neuroleptique avait déjà figé son système nerveux.

À l'instant où il discerna une sorte d'éclair blanc qui zébra sa conscience, une chaleur étouffante le submergea et sa dernière pensée fut pour Victoria Fletcher. Quelques secondes avant que ne s'éteigne le diaporama que lui offrait son cerveau, il eut une ultime pensée : celle des ébats de son idylle beaucoup trop courte avec la jeune policière…

*

Cleveland, État de l'Ohio/États-Unis,
2 octobre 1981/1 h 06

Quatre hommes du SWAT prirent d'assaut l'escalier et se précipitèrent sur la jeune femme. Deux d'entre eux retinrent Victoria alors qu'elle sombrait dans l'inconscience, la tête en avant.

Les deux autres gagnèrent le palier, poussèrent la porte de l'appartement 213 et pénétrèrent dans le logement avec une infinie prudence.

Une odeur infecte les agressa aussitôt, amalgame d'urine, de transpiration et d'ammoniac.

L'officier Johnson, fusil d'assaut à l'épaule, avança doucement dans le grand salon en sécurisant les lieux. Son second, l'officier Mendoza, entreprit de fouiller l'appartement, arme au poing.

— Il y a une porte, là-bas, Mendoza. Nous allons explorer cette pièce, je vous précède. Putain ! Mais c'est quoi, cette odeur infernale ?

Johnson, une grimace de dégoût sur le visage, embrassa d'un coup d'œil la grande pièce crasseuse et désordonnée.

Il tourna la tête et visa le radiateur où pendait une paire de menottes. Il fit signe à son coéquipier, lui désigna l'objet et posa l'index sur ses lèvres pour lui suggérer de ne plus parler.

Ils avancèrent encore un peu et remarquèrent une armoire sans porte, avec plusieurs étagères. Les deux hommes se figèrent…

Des crânes. Des crânes humains, blanchis et décorés de peintures tribales, reposaient sur les rayons du meuble.

Johnson et Mendoza ne savaient pas encore qu'ils se trouvaient face à un mausolée. Celui du cannibale de Cleveland.

Ils ne savaient surtout pas avec quelle violence on avait ôté la vie aux êtres humains à qui appartenaient ces crânes.

Ils allaient bientôt le découvrir…

*

Cleveland, État de l'Ohio/États-Unis,
2 octobre 1981/1 h 07

Le magistral épilogue de toute sa putain d'existence allait mettre un point final à son parcours de détraqué.

Il avait entendu la rumeur qui montait de la rue.

Il savait qu'ils étaient tous là.

Son histoire touchait à sa fin. C'était le moment de se rendre aux autorités. Mais il voulait la voir une dernière fois. Voir celle qui avait eu, ne serait-ce qu'un instant, un peu de compassion pour l'individu qu'il était devenu. Même si Victoria avait bluffé, même si elle n'avait pas pensé ce qu'elle lui avait dit, elle s'était montrée humaine devant le monstre qu'il était.

Victoria avait eu de la compassion.

Peut-être l'avait-elle même compris ? Avait-elle ressenti la souffrance qui le brûlait, la solitude qui l'avait accompagné toute sa vie ?

Peut-être.

Elle l'avait aimé, ne serait-ce que quelques jours, avant de découvrir la noirceur de l'homme qu'il n'avait pas forcément voulu devenir.

Lawrence ressortit des entrepôts par l'arrière, en empruntant l'issue réservée aux livraisons. Puis il contourna le bâtiment et rejoignit l'entrée de l'immeuble.

Après avoir observé un instant la lueur des gyrophares qui se rapprochaient, il s'immobilisa, alluma une cigarette et s'engouffra dans la cage d'escalier qui menait à son appartement…

*

Cleveland, État de l'Ohio/États-Unis,
2 octobre 1981/1 h 10

Les deux officiers s'introduisirent dans la chambre à coucher.

Johnson actionna l'interrupteur et la pièce s'éclaira.

Un rapide coup d'œil leur permit de répertorier un lit, une armoire, une chaise, un tapis. Au mur, des nus masculins, photographies noir et blanc d'hommes sportifs à la plastique avantageuse.

Près du lit, une table de chevet.

Johnson s'approcha et s'empara d'un paquet de photos qui reposait sur le petit meuble.

Au fur et à mesure qu'il feuilletait les clichés, son teint pâlissait. Ses mains s'étaient mises à trembler.

Il trouva toutefois la force de faire signe à Mendoza de s'approcher.

L'horreur se déroula, crue, sous leurs yeux. Soixante-quatorze polaroïds à la surface aussi glacée que les corps qui y étaient figés.

Les deux flics découvrirent d'innombrables hommes, très jeunes, posant dans des poses dégradantes, photographiés lors d'actes sexuels ignobles. Certaines de ces photos présentaient des individus décédés. Sur plusieurs d'entre elles, les corps apparaissaient démembrés et mutilés.

Ces clichés avaient été pris dans l'appartement où ils se trouvaient…

Ils sursautèrent soudain. Freddy Lawrence se tenait sur le seuil de la chambre, hagard, le visage défait et baigné de larmes.

— Je voudrais juste boire une bière avant d'y aller, les gars, fit-il en désignant le réfrigérateur. J'ai eu une putain de journée de merde…

Son arme braquée sur Lawrence, Mendoza hocha la tête et attendit que Johnson lui donne l'autorisation d'accompagner le suspect jusqu'à la cuisine.

Le jeune Latino avait à peine ouvert le frigo qu'il eut un mouvement de recul et poussa un hurlement. Il brassait l'air devant lui comme pour chasser un essaim de mouches. Johnson, qui tenait toujours Lawrence en joue, fit appel à toute sa volonté pour ne pas appuyer sur la détente…

Sur le plateau supérieur du réfrigérateur reposait une tête humaine, la bouche ouverte et les yeux fermés. Une boîte de bicarbonate de soude était placée à côté, probablement pour absorber l'odeur. Les relents de décomposition qui se dégageaient de la tête coupée n'en étaient pas moins indescriptibles.

Plus bas, dans les bacs à légumes, deux autres têtes et un cœur constituaient un charmant panier garni.

Freddy Lawrence avala une dernière bouffée de fumée, écrasa sa cigarette et, levant les mains en l'air, n'opposa aucune forme de résistance lorsque les deux officiers lui demandèrent de se mettre à genoux…

54

Cleveland, État de l'Ohio/États-Unis,
2 octobre 1981/1 h 11

— Victoria ? Victoria, vous m'entendez ?

Non seulement elle entendait la voix qui lui transperçait la cervelle, mais elle sentit la brûlure de la gifle qui vint s'écraser sur sa joue, tout près de son oreille.

L'acouphène siffla un long moment.

Le capitaine Levy, assis près du brancard dans l'ambulance où Victoria Fletcher avait été placée sous assistance médicale, finissait de se remettre de la charge émotionnelle qui l'avait submergé.

La jeune enquêtrice ouvrit les yeux, jeta un regard circulaire et demanda, inquiète :

— Comment va-t-il ? Où est-il ?

Levy la scruta, consterné.

— Que… quoi ? Ah… Il s'est éclipsé tout à l'heure. Je crois qu'il s'est fait une raison et qu'il a rendu les armes : il sait que mes hommes vont finir le travail. Il s'inquiétait pour vous… Et vous ? Comment vous sentez-vous ?

Victoria fronça les sourcils et se redressa sur les coudes.

— Il s'inquiétait pour moi ? Mais… vous l'avez vu ?

Levy resta silencieux, le visage fermé.

Partout autour d'eux, les hommes s'affairaient, les pompiers combattaient le brasier désormais sous contrôle et les agents fédéraux prenaient possession des lieux. Des agents en uniforme tentaient de maintenir un périmètre de sécurité et de contenir une foule furieuse, terrifiée, qui invectivait tout ce qui ressemblait à un représentant des forces de l'ordre.

— Ça vous étonne qu'il m'ait demandé de vos nouvelles ? Ce plouc est fou de vous, Victoria, ça saute aux yeux…

— Je ne vous parlais pas de Ramos, capitaine… Je parlais de Lawrence… Je… Il n'est pas vraiment celui qu'on croit, il…

— Je vous dirai ce que j'en pense lorsque tout sera fini, Victoria, lança sèchement Levy. S'il n'oppose aucune résistance, il ne sera pas abattu, je vous le promets… Je veux bien croire que vous ayez de la compassion pour le diable : il était votre ami, votre collègue de travail… Mais, à mon avis, vous êtes surtout sous le choc et vous présentez tous les signes du syndrome de Stockholm…

Victoria se laissa retomber en arrière en soupirant, persuadée qu'elle ne reverrait plus jamais Henrique Ramos ni Freddy Lawrence. Ses deux idylles étaient mortes. Il fallait oublier.

Ce qu'elle ignorait cependant, c'est qu'un autre homme, lui, n'était pas près de l'oublier…

*

Cleveland, État de l'Ohio/États-Unis,
2 octobre 1981/1 h 13

Johnson avait passé les bracelets à Lawrence en l'informant de ses droits.

Mendoza ne pouvait s'empêcher de repenser à la farandole d'images qui avait défilé sous ses yeux, cette série de clichés sordides, vomitifs.

De nombreux polaroïds figeaient l'instant où Lawrence démembrait ses victimes. L'un représentait la tête d'un très jeune homme posée sur le couvercle abaissé de ses toilettes, un autre arborait un corps incisé du cou jusqu'à l'aine, tel un cervidé étripé après la chasse.

Après le départ du SWAT, les agents du FBI s'introduisirent dans l'appartement. Dans les infects relents dégagés par la marmite fumante, ils procédèrent au relevé détaillé de l'habitation de Freddy Lawrence.

Les portes de l'appartement étaient protégées par d'énormes verrous et diverses alarmes, ainsi que par un système de mise à feu relié à une charge explosive désamorcée.

Des cannettes de bière vides traînaient un peu partout, toutes sérigraphiées d'une publicité à l'effigie des Indians de Cleveland ; de la vaisselle sale moisissait dans l'évier et sur la table ; des cassettes vidéo et des livres étaient éparpillés sans ordre. Ils relevèrent des films pornographiques, une vidéo documentaire sur l'évolution naturelle selon Darwin, une Bible, le recueil de poésie de William Blake, *Le Mariage du ciel et de l'enfer*, une série de conférences audio sur « La science de la Création et la Bible » et « Le Déluge de la Genèse »…

Dans la chambre de Lawrence, ils mirent la main sur un couteau de boucher souillé, présentant des traces de sang séché.

La fouille révélait des abominations qui les plongeaient dans un état second, entre terreur et incrédulité.

Il fallut enfoncer la porte verrouillée de la salle de bains. Là, ils découvrirent l'horreur sans nom.

Incroyable. Impossible…

Et pourtant.

Au fond de la pièce, sur un petit meuble à étagères était posé un récipient métallique qui contenait des mains, des pieds et des pénis en décomposition. À côté se trouvaient deux crânes. Il y avait aussi des bouteilles d'alcool, de chloroforme et de formaldéhyde, ainsi que des bocaux pleins d'organes génitaux masculins conservés dans le formol.

L'horreur dans toute sa démesure, inimaginable, infinie.

Dans le couloir de l'appartement, une armoire renfermait trois crânes peinturlurés aux couleurs psychédéliques. La penderie abritait un squelette complet, des scalps humains desséchés et, sur une étagère, des boîtes à bijoux pleines d'organes génitaux.

Et, comme s'il existait une gradation dans l'effroi, les fédéraux ouvrirent, tel le bouquet final d'un feu d'artifice, une cuve de deux cent soixante litres d'acide dans laquelle flottaient trois torses humains à différents stades de décomposition…

Ce n'est qu'au petit matin, lorsque la lumière du jour caressa les ruines des immeubles soufflés par l'explosion, que les équipes de légistes et de policiers des deux scènes de crime estimèrent que leur travail était terminé.

La presse, la télévision, les badauds, toute une faune avide de sensations tentait de s'abreuver d'informations et se pressait contre le périmètre de sécurité dans l'espoir d'apercevoir le visage du cannibale de Cleveland.

Le visage de l'homme qui, pendant des années, avait impunément tué leurs enfants, leurs fils, frères, cousins ou voisins. Qui leur avait fait comprendre que le diable n'existait pas, mais qu'il fallait continuer à le craindre…

ÉPILOGUE

La rédemption

Tout le temps de sa détention, lors de l'instruction de l'affaire, Freddy Lawrence se confia à ses avocats et leur déverrouilla les portes de son esprit.

Il se montra également très coopératif avec le juge d'instruction, répondant : « Je comprends, Votre Honneur », chaque fois que le magistrat lui demandait s'il comprenait bien les charges retenues contre lui.

Il y avait quelque chose de terrifiant dans ses paroles, ses pensées. Comme si une bête, un alien monstrueux vivait depuis toujours caché dans son corps, ancré au creux de son âme, et en avait pris le contrôle.

L'affaire du cannibale de Cleveland défrayait la chronique et des journalistes des quatre coins des États-Unis pistaient la moindre information, exerçant une vraie pression sur les magistrats et les avocats qui l'instruisaient.

Lawrence évoqua son enfance, son père, son oncle Jo et sa mère, les Mac Callaugh, son aversion pour la viande de gibier, ainsi que ses nombreuses expériences sexuelles.

Bien plus tard, une fois que son sort serait scellé par la justice, il avancerait : « Je ne sais pas comment c'est arrivé, ni même pourquoi. Une idée, une envie a cheminé doucement, puis s'est mise à galoper dans mon crâne. Cette fameuse nuit à Cleveland, cette nuit… impulsive. Rien n'a plus été normal, depuis. Ça entache votre vie entière. Après que ce soit arrivé, j'ai pensé que j'allais juste essayer de vivre aussi normalement que possible, et que j'allais enterrer ça. Mais les choses comme ça ne restent pas enterrées. Je ne pensais pas que ça le ferait, mais ça le fait, ça infecte toute votre vie. »

Freddy Lawrence s'épancha sur son premier meurtre, sa toute première victime. Il donna tous les détails, plus sordides les uns que les autres ; le meurtre, la relation sexuelle avec le cadavre, la dissimulation du corps démembré, absolument tout.

Certains de ses avocats, plus jeunes et moins aguerris que les autres, certains magistrats aussi, durent s'y prendre à plusieurs fois pour l'auditionner, tant le contenu de ses récits était effroyable, insupportable, atroce.

Le 9 octobre 1981, Freddy Lawrence fut extrait de sa cellule et déféré une dernière fois devant le juge. Il savait que, cette fois, il n'était pas question de retourner sur le lieu d'un de ses crimes ; il ne s'agissait pas d'une reconstitution. Le juge devait lui notifier les charges qui pesaient sur lui, les chefs d'inculpation qui avaient été retenus et seraient utilisés par l'accusation le jour de son procès.

Ce jour-là, il fut inculpé de quatre homicides volontaires et la justice fixa sa caution à un million de dollars, comptant.

Le 20 octobre 1981, la police réussit à identifier tous les restes humains retrouvés à son domicile de Slavic Village.

Le 22 octobre, la caution de Freddy Lawrence passa à cinq millions de dollars, lorsque huit accusations de meurtre supplémentaires furent ajoutées aux précédentes. Au bout du compte, le 7 novembre 1981, Lawrence fut accusé de quinze meurtres.

Dans un dernier soubresaut de conscience, Freddy laissa couler ses larmes. Il répétait : « J'ai vraiment merdé, cette fois… j'ai vraiment merdé ! » Il avait bien essayé pendant sa jeunesse de se raccrocher à Dieu, de le prier, pour que disparaisse la bête monstrueuse qui avait pris naissance en lui et enflait comme un furoncle douloureux.

Mais le miracle ne s'était pas produit…

Le procès de la douleur

En juin 1982, le procès de Freddy Lawrence fit l'effet d'une bombe médiatique. Il fut télévisé et plusieurs pays d'Europe en diffusèrent certaines séquences.

Les preuves accablantes qui venaient, à charge, instruire le dossier témoignaient d'une horreur sans fond. Un juge avança même – non sans provoquer l'hilarité de ses confrères – qu'elles apportaient la preuve de l'existence du diable.

Le flic déchu avait décidé de plaider non coupable, sur le conseil de ses avocats. Ils évoquèrent la folie, l'aliénation de leur client.

Le procès dura deux semaines et la cour jugea que Freddy Lawrence était sain d'esprit. Le procureur considéra donc l'accusé comme responsable de ses actes et coupable de quinze meurtres. Le jury se rangea du côté du magistrat et Lawrence fut condamné à quinze peines à perpétuité, soit neuf cent cinquante-sept ans de prison.

Lorsque la cour prononça la sentence, le cannibale de Cleveland eut du remords pour l'ensemble de ses actes criminels et déclara vouloir mourir.

Puis l'ex-flic fut transféré dans l'établissement pénitentiaire de Colombus, dans l'Ohio, pour y purger sa peine.

Il raconta plus tard qu'il voulait vouer son âme à Dieu et profiter de son incarcération pour expurger le venin qui coulait dans ses veines.

Il se proclama évangéliste. Un prêcheur local accepta de le rencontrer et de le baptiser.

Tout au long du procès, les yeux s'étaient cherchés, furtivement ; les regards glissaient sur celui que l'on appelait désormais le « cannibale de Cleveland ».

Les proches des victimes avaient été nombreux à assister au procès. Ils firent face avec courage à l'énoncé des actes sordides auxquels s'était livré l'accusé. Certaines descriptions étaient si atroces, bestiales et barbares qu'elles semblaient irréelles. Parents, amis, proches, ils se tenaient immobiles sur les bancs grinçants de la salle d'audience. Ils avaient gardé le silence, la douleur ancrée au creux des tripes et des larmes brûlantes au bord des yeux. Tous avaient osé regarder celui qui avait tué, abusé sexuellement, démembré, dépecé et s'était repu des chairs d'une personne qui avait compté pour eux.

Comment est-ce possible ? Comment a-t-il pu faire ça ?

Les pensées douloureuses s'entrechoquaient aussi dans le crâne de ceux qui avaient côtoyé Freddy Lawrence pendant des années.

L'ex-flic avait lui aussi cherché des yeux une personne bien précise dans l'assemblée. Et il l'avait vue, là… Amy Mac Callaugh était venue assister à la chute de l'assassin de son fils, son rejeton né d'une idylle empoisonnée avec celui qui avait conçu le diable.

Lawrence avait longuement dévisagé, avec ressentiment, celle que son père, Jake Lawrence, avait ensemencée. La mère de son demi-frère, celle par qui tout était arrivé.

En retrait se tenaient le capitaine Levy, la famille du sergent Yuri Novak, celle du lieutenant Henrique Ramos et la très vieille mère d'Eileen Sterling Fitzgerald. Ils s'étaient infligé l'épreuve de soutenir le regard, d'observer le visage du monstre qui, à lui seul, avait détruit tant de vies, volé tant de bonheur et anéanti tant de familles.

Enfin, le regard de Lawrence avait accroché celui de la seule personne qu'il avait pu comprendre et qui l'avait compris. Victoria Fletcher, qui avait pensé ne jamais revoir son ancien coéquipier, ne l'avait pas lâché des yeux une minute. Elle avait écouté avec effroi le récit – narré d'une voix monocorde par le procureur – de ce qu'avait été sa vie, ses tortures mentales, sa solitude. Une bête de foire. Une étrangeté, un loupé de l'espèce humaine.

Une expression complexe s'était imprimée sur le visage de la jeune femme, mélange de compassion et d'épouvante, à mi-chemin entre la pitié et la haine.

Les yeux de la belle brune aux origines cheyennes avaient flamboyé. Elle qui avait ressenti du désir pour cet homme plein de mystère, une attirance pour le côté sombre qu'il drainait malgré lui. Mais l'horreur, l'abjecte psychologie de cet homme révélée au grand jour l'avaient forcée à prendre du recul et à accepter que la part d'humanité de Lawrence s'était égarée, très loin, et ne représentait plus que l'improbable lueur vacillante d'une chandelle au milieu d'un océan démonté…

Soudain, Victoria n'y tint plus. Elle devait sortir, quitter la salle d'audience quelques minutes pour soulager sa nausée.

Elle s'apprêtait à passer la porte de la salle lorsqu'elle sentit un regard insistant, appuyé, peser sur elle. Elle tourna la tête et repéra l'individu qui la reluquait.

Que me veut ce gros porc dégueulasse ?

Elle frissonna : l'homme se passait la langue sur les lèvres en se massant le sexe d'une main velue.

Une masse s'écroula du ciel, l'écrasa, la pulvérisa sous son poids.

Victoria fut happée par un tourbillon d'images et se sentit submergée par la douleur.

Elle comprit.

Ce qui devait se produire se produisait toujours, un jour ou l'autre…

Rendre les armes

Freddy Lawrence s'était vite adapté à l'univers carcéral. Pourtant, les autorités pénitentiaires avaient décidé de le placer avec les autres détenus, ce qui avait eu pour effet immédiat de compromettre sa sécurité.

En 1984, alors qu'il suivait un service religieux dans la chapelle de la prison, il fut agressé par un Cubain qu'il ne connaissait ni d'Ève ni d'Adam. Ce dernier tenta de lui trancher la gorge au moyen d'une lame de rasoir. Lawrence s'en sortit avec quelques blessures superficielles et fut transféré en zone de haute sécurité.

Au bout de quelques semaines, le prisonnier modèle parvint à convaincre la direction du QHS de le renvoyer parmi ses codétenus. Lawrence avait un besoin vital de tisser des liens relationnels. Il fut donc autorisé à prendre ses repas dans les zones communes et on lui attribua des travaux collectifs de nettoyage.

Le directeur de la prison restait étonné de la capacité d'adaptation de Freddy Lawrence. Il était presque effarant de constater que le cannibale de Cleveland avait su enfouir profondément ses pulsions pour devenir quelqu'un d'autre.

Après tout, n'était-ce pas un signe de ce qu'on appelle l'*intelligence* ?

Mais la sinistre légende du cannibale de Cleveland devait prendre fin le matin du 18 décembre 1984.

Lawrence lavait le carrelage des douches de la salle de sport, loin d'imaginer qu'il trouverait la mort sous la main d'un jeune Noir, lui qui en avait tant tué.

Ce matin-là, Lawrence travaillait avec deux prisonniers connus pour être extrêmement dangereux : Andrew Jefferson, un Blanc qui avait tué sa femme de trente-trois coups de couteau et accusait un Noir de son crime, et Warren Lewis, un jeune Noir schizophrène, persuadé d'être le fils du Créateur, dont la place était à l'hôpital plus qu'en prison.

Il n'est pas compliqué d'imaginer de quelle façon Lewis percevait Lawrence, l'assassin de tant d'hommes noirs, qui avait fait carrière dans la police…

Les trois hommes récuraient les sanitaires de la salle de sport depuis une demi-heure quand un gardien vint vérifier si tout se déroulait bien. Il trouva Freddy Lawrence à plat ventre dans une mare de sang, le crâne fracassé. Le corps d'Andrew Jefferson était positionné sur le dos, dans une douche, baignant lui aussi dans son propre sang.

Pris d'une crise de folie, Lewis leur avait frappé le crâne avec un haltère. Une fois ses victimes au sol, il avait continué à leur frapper violemment la tête contre le carrelage.

Lawrence décéda durant son transport à l'hôpital. Jefferson mourut peu de temps après lui.

L'ex-flic, que le mal et la solitude avaient rongé de l'intérieur comme un ver se repaît d'un fruit pourri, n'avait pourtant pas fini de faire parler de lui.

Blake n'était plus.

Le diable avait rendu les armes, mais il avait su sensibiliser certaines âmes. Fascination ou compassion, rien n'est tranché…

Le cannibale de Cleveland allait connaître au fil du temps une notoriété impressionnante : documentaires, films de cinéma, romans, autant d'œuvres qui contribueraient à construire son mythe.

Sa mort, survenue comme le point d'orgue de son effroyable existence, ajouta une dimension nouvelle à son palmarès : les arcanes du pire emportés dans la tombe, le dogme mystique du *serial killer*.

Au-delà du pire

Cleveland, État de l'Ohio/États-Unis, **2 octobre 1999**

Victoria Fletcher quitta la police en 1990, six ans après la mort de Freddy Lawrence.

Elle trouva la mort en 1994, violée et assassinée dans une ruelle de Cleveland, alors qu'elle sortait d'une salle de cinéma.

Ironie du sort, Victoria venait de voir l'adaptation de la vie de Freddy Lawrence portée à l'écran.

Quand l'homme avait surgi, elle avait aussitôt su qui il était. Tout lui était revenu : l'odeur, la voix. Son regard terrifiant, malgré la pénombre de la rue.

Lasse, elle n'avait pu se débattre très longtemps. Malgré son âge avancé, l'homme possédait encore la vigueur de ses quarante ans.

Il lui avait décoché deux directs du droit, deux violents coups de poing qui lui avaient explosé l'arête nasale et les dents. Il l'avait ensuite plaquée sur le capot d'un véhicule en stationnement, avait remonté sa jupe et l'avait pénétrée brutalement en lui serrant le cou de ses deux mains puissantes.

Entre deux râles, la bête immonde qui s'activait à sa triste besogne avait lâché froidement :

— Tu lui as pardonné… mais à moi, jamais, salope ! Tu as eu de la compassion pour ce fils de pute…

Du moment où cette phrase avait tournoyé dans son crâne à l'instant où elle avait senti le froid de la mort la saisir, Victoria s'était répété : « Comme je regrette… comme je regrette de ne pas l'avoir laissé te tuer il y a onze ans, ordure ! C'était toi, à son procès… c'était toi qui m'observais, Gary… »

Victoria mourut alors que Gary pratiquait le plus dégradant des actes sur celle qu'il avait persécutée tout au long de son existence.

Elle ne saurait jamais pourquoi il avait attendu toutes ces années pour récidiver.

Lui non plus.

*

Cleveland, État de l'Ohio/États-Unis,
11 septembre 2001/8 h 28

Joey savait.

Il savait d'où il venait, qui il était et ce qu'il allait devenir.

C'était écrit. C'était ainsi.

On ne sort pas indemne d'un orphelinat, d'une enfance malmenée par les familles d'accueil malveillantes.

Vivre au gré des humeurs de parents adoptifs qui confondaient enfant et objet de plaisir, Joey savait parfaitement ce que cela voulait dire. Il avait failli commettre son premier meurtre sanglant le jour où le père d'une famille de péquenots du fin fond de l'Indiana avait cru bon de le réveiller en le masturbant.

Âgé d'une vingtaine d'années, le jeune homme savait que sa vie finirait comme celle de son père.

Il savait, pour sa mère. Il avait tout appris.

Des archives de presse relatives à certaines affaires criminelles de l'Ohio dénichées sur Internet, des questions posées aux bonnes personnes, quelques dollars dans de discrètes enveloppes glissées aux chefs de service de l'état civil… De fil en aiguille, Joey avait eu accès aux informations qu'il désirait. Il avait tout saisi.

Il savait que sa mère avait été assassinée.

Il savait, pour son père. Quel genre d'individu il avait été, comment il avait terrorisé les États-Unis pendant plusieurs années.

Comment vivre avec ça ? Pourrait-il supporter la solitude à son tour comme son père l'avait fait ?

Joey avala son café en observant du coin de l'œil un jeune homme installé à l'autre bout de la terrasse. Des traits fins, des lèvres bien dessinées et des yeux verts comme il n'en avait jamais vu. Le plus troublant, c'était le contraste entre sa peau noire et son regard d'émeraude. Joey sentait que cela lui plaisait.

Il ne se trompait pas. Il avait déjà ressenti cette excitation.

Le jeune homme se leva, passa près de lui en lui souriant, et entra à l'intérieur de la brasserie pour demander où se trouvaient les toilettes.

Joey embrassa du regard la terrasse. La plupart des clients étaient plongés dans leurs affaires, leur portable, discutaient, lisaient le journal ou rêvassaient en buvant leur bière ou leur café.

Parfait… il ne me faut que quelques secondes.

Il se leva, contourna deux ou trois clients et se rapprocha de la table où se tenait le jeune Black. D'un rapide coup d'œil, il observa le verre d'eau pétillante, la carte des consommations, le trousseau de clés et le paquet de Chesterfield. Alors, tout en faisant mine de récupérer la carte des tarifs, et après avoir une dernière fois examiné son environnement, Joey versa dans le verre le contenu d'une gélule qu'il gardait au fond de son sac.

L'effet serait rapide. Il connaissait bien ce produit. Il l'avait testé le week-end précédent sur une conquête de passage.

Le jeune homme revint s'installer à sa place, prit une cigarette de son paquet et l'alluma. Il lança à Joey un regard ardent et avala son verre d'un seul trait.

Joey plongea alors la main dans la poche intérieure de sa veste. Il en retira une enveloppe, en extirpa la lettre et, pour la dixième fois, en parcourut le contenu en frissonnant.

L'employé du service de l'état civil avait monnayé les informations et les documents au prix fort, mais cela valait son pesant d'or.

« Cher Monsieur, vous trouverez dans cette enveloppe les informations requises et les documents nécessaires à vos recherches. Ce dossier est une copie, et vous imaginez bien que, en cas de problème, je nierai toute implication personnelle. Votre mère, Eileen Sterling Fitzgerald, a accouché sous X en juin 1979 d'un enfant mâle. Cet enfant, c'est vous (voir document 6/24 joint au dossier). Le document 8/24 vous apprendra pourquoi votre mère biologique a décidé de ne pas assumer sa maternité. Elle est allée jusqu'à mentir à votre propre père biologique… »

Joey leva les yeux, la gorge serrée.

Mon père…, pensa-t-il succinctement en laissant lentement couler son regard sur le bel éphèbe, toujours installé au bout de la terrasse.

Il reprit sa lecture :

« Eileen Fitzgerald a préféré annoncer à votre père qu'elle avait fait une fausse couche. Elle a précisé à l'équipe médicale qui l'a assistée que le père ne reconnaîtrait pas l'enfant et que c'était mieux ainsi. À l'époque, le chef du service obstétrique de l'hôpital Charity Medical Center de Cleveland était un cousin de votre mère, et il a contribué à camoufler votre naissance. Dans le document 12/24, signé de la main de votre mère, vous comprendrez pourquoi elle craignait pour sa vie ; vous lirez des mots terribles. Votre mère était convaincue que votre père lui ôterait la vie. Elle stipule dans cette lettre, datée de juin 1981, que votre père était un criminel et qu'elle avait découvert ses horribles agissements. Elle a été tuée quelques semaines plus tard… »

Le beau Black venait de se lever. Il dévisagea Joey en lui souriant de nouveau, régla sa consommation en posant un billet sur la table et observa le cadran de sa montre.

De sa place, Joey pouvait percevoir les effluves de son parfum. Il ne voulait pas perdre des yeux ce jeune homme, mais il lui fallait avaler les derniers mots qui couraient sur la fameuse lettre :

« Après les événements, le meurtre de votre mère et le reste, le cousin Sterling a revendu certaines informations que lui avait confiées votre génitrice. Agrafée au feuillet 22/24, vous trouverez la photo de votre père, le tristement célèbre Freddy Lawrence, alors surnommé le “cannibale de Cleveland”. Vous effectuerez le second versement comme convenu, dans trois jours. Vous déposerez l'enveloppe dans la consigne 143 de la Gare centrale. J'espère que vous m'oublierez, et que nos routes ne se croiseront plus jamais… »

Ce péquenot des services municipaux s'était vraiment fourré le doigt dans l'œil. Joey ne pouvait pas se permettre de laisser dans la nature un témoin aussi gênant…

Il abandonna sa table et rejoignit sa voiture pour suivre discrètement le jeune Black qui venait de quitter la terrasse du *Johnny's Downtown*.

Ils bifurquèrent à l'angle et remontèrent Frankfort Avenue.

Si ce gamin savait que ça fait déjà trois jours qu'il me hante…

Arrivé au bout de l'avenue, le jeune homme tournerait à gauche et emprunterait la 9e jusqu'à son immeuble. Joey était bien préparé…

Lentement, il laissa s'inscrire un frêle sourire sur ses lèvres et entama le décompte…

10, 9, 8…

Le gars n'allait pas tarder à tituber. L'esprit embrumé, le raisonnement troublé.

…7, 6, 5…

Le jeune homme s'arrêta soudain, essoufflé. Il se prit la tête entre les mains, se pencha en avant, se redressa et fit quelques pas de plus, à peine quelques mètres.

Le sourire de Joey s'élargit, découvrant une denture blanche, parfaite. Il accéléra légèrement pour se retrouver à la hauteur de sa cible.

…4, 3, 2, 1…

Le bel apollon ploya. Il posa un genou à terre en se tenant la gorge comme s'il manquait d'oxygène. Il tenta de se retenir au rétroviseur du Chevrolet Tracker, mais s'écroula sur le trottoir…

Maintenant!

Joey ouvrit rapidement sa portière arrière, souleva le corps, le jeta sur la banquette et le recouvrit d'un plaid épais.

Puis il referma calmement la portière.

Il eut une pensée pour le jeune homme qu'il venait de kidnapper. Les quelques secondes durant lesquelles il s'était absenté pour aller aux toilettes lui seraient malheureusement fatales. La substance anesthésique aussi.

Joey alluma une cigarette et contempla le ciel, puis l'horizon, au-delà du haut bâtiment qui abritait les services de l'US Marshals, où il travaillait depuis quelques mois.

Il regarda sa montre.

Il lui restait une heure avant de prendre son poste. Ce qui, en théorie, était largement suffisant pour faire un bond jusqu'à son appartement, à deux pas, déposer le corps sur son lit et en faire ce dont il rêvait depuis quelques mois.

Le reste, il s'en chargerait dans la soirée, après son service. Même s'il éprouvait une étrange compassion pour ce jeune homme, il n'en était pas moins impatient de goûter enfin à cette précieuse denrée et d'accéder aux fantasmes qui le torturaient.

Il remonta à bord de son Tracker et brancha l'autoradio sur la station *oldies*. L'animateur de WMJI annonça qu'il était 8 h 45. *Say it ain't so Joe*, interprété par Murray Head, envahit l'habitacle du véhicule tandis que le vol 11 de la compagnie American Airlines fendait le ciel de Manhattan, au-dessus de la tour nord du World Trade Center.

À 9 h 03 précises, le vol 175 percuta la tour sud.

La violence. Les hurlements. Un nouveau chapitre venait de s'ouvrir dans l'histoire de l'humanité…

À 9 h 10, l'hymne américain, *The Star-Spangled Banner*, pénétra le crâne de Joey, qui ajusta les écouteurs sur ses oreilles. Il fit glisser sa lame dans les chairs tendres de la cuisse et découpa soigneusement un long filet.

À 9 h 14, alors que les États-Unis d'Amérique basculaient dans l'horreur, Joey venait, pour la première fois, dans la pénombre de son appartement, de goûter au plaisir de la chair…

À DÉCOUVRIR CHEZ MILADY THRILLER

CJ LYONS
CONFIANCE AVEUGLE

Sarah Durandt sait que l'assassin est mort. Elle l'a vu recevoir l'injection. Pourtant, elle n'est pas apaisée : il n'a pas révélé où se trouvaient les corps de son mari et de son fils, qu'il lui a arrachés deux ans plus tôt.
De retour chez elle, elle s'engage dans une contre-enquête désespérée. Mais la vérité qu'elle découvre la glace d'effroi.
Ils ont peut-être exécuté le mauvais coupable. Le véritable meurtrier est peut-être toujours en liberté, prêt à tuer de nouveau.

DISPONIBLE EN MAI 2016

« Un rythme effréné, à vous couper le souffle. »
Publishers Weekly

JOSEPH INCARDONA
220 VOLTS

Ramon Hill est un écrivain à succès. Mais depuis plusieurs mois, rien. Panne sèche. Son roman est en retard, la page reste blanche et avec sa femme, le courant ne passe plus.
Margot prétend qu'un séjour en montagne leur fera le plus grand bien. Le bon air régénère les esprits et les corps fatigués. Mais l'isolement devient parfois une prison et l'autre, une menace…

Couronné par le Grand Prix de littérature policière en 2015, **Joseph Incardona** tranforme avec *220 Volts* une histoire d'amour en roman noir. Car les histoires d'amour finissent mal, en général.

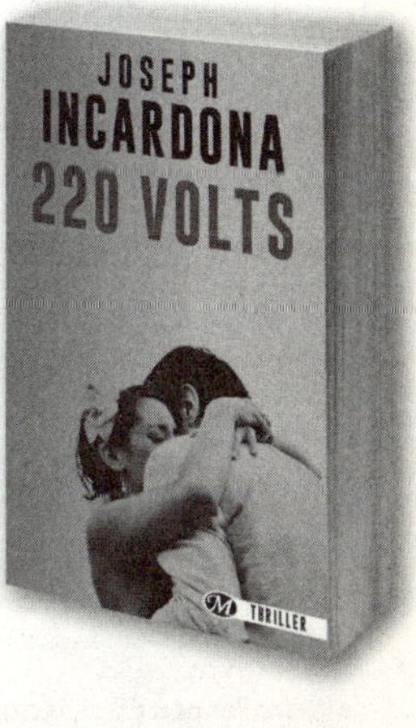

« Un polar noir à souhait. »
Le Nouvel Observateur

DISPONIBLE EN JUIN 2016

Achevé d'imprimer en février 2016
Par CPI France
N° d'impression : 3016077
Dépôt légal : mars 2016
Imprimé en France
81121695-1